キネマ探偵
カレイドミステリー

イラスト◉スカイエマ　デザイン◉荻窪裕司

キネマ探偵カレイドミステリー

斜線堂有紀

嗄井戸《かれいど》高久《たかひさ》がいつぞや言ったことがある。

「一八九四年、最初の映画と言っても過言じゃない『キネトスコープ・エジソン』が商業化された。これは小さな箱にレンズがついた奇妙な代物でね。万華鏡《まんげきょう》を想像してもらえるといいかな。その箱を覗《のぞ》き込むと、そこには人がくしゃみをする映像や、鍛《か》冶屋《じや》が仕事をしているところの映像が観《み》られたんだよ。映像としては余りに短く、余りに淡泊なそれらは、連日長蛇の列を作り、人々の目を楽しませることになる。おかしいと思わないか？　その小さな箱から目を離せば、フルカラーの世界が広がっていて、もっと複雑な動きをした人間たちが歩いているのに。どうして人はキネトスコープに夢中になったんだろうか？」

「物珍しかったんだろ」

「確かに最初はそうだったかもしれない。でも、これ以後も映画は発展を続け、今なお多くの人間を魅了してやまない」

そのときの嗄井戸は妙に饒舌《じょうぜつ》だった。

「偉大なるヒッチコックは言った。映画は人生のつまらない部分を切り取って、面白い部分だけを繋《つな》げたものだ、と。それじゃあ、現実は映画を超えられないんじゃないのか？　人生の喜びも悲しみも、本当は映画に敵《かな》わないいんじゃないのか？　映画より鮮やかな人生なんて、存在しないんじゃないのか？」

俺はその頃まだそんなに映画に入れ込んでいなかったので、嗄井戸の言葉も何となくでしか聞いていなかった。嗄井戸は随分映画が好きなんだな、と、感想なんてそのくらいである。

嗄井戸はソファーで依然として何か考え込んでいる風だったので、こっそり冷蔵庫から嗄井戸のプリンを拝借して食べようとしたのだが、それについては目敏《めざと》く「ちょっと、何で勝手に食べようとしてんの？」と言われてしまった。

「なんか映画観てればそれで十分的なこと言ってたから、別にプリンくらい良《い》いかと」

「曲解が過ぎるだろ、それ」

「そもそもこのプリン結構前から冷蔵庫にあったじゃん。要らないんだろ？」

「君に取られると思ったら今食べたくなったんだよ、今」

それから先はプリンを寄越《よこ》せだの寄越さないだのでお互いにぎゃーぎゃー言い合うことになり、結局センチメンタルなムードなんて欠片《かけら》もなくなってしまったのだが、意外なことに、俺はこの嗄井戸の言葉をたまに思い出す。

現実より映画の方が素敵で素晴らしいなんてことは、本当にあるんだろうか？　と。

第一話「逢縁奇縁のパラダイス座」（『ニュー・シネマ・パラダイス』）

俺は映画というものを殆《ほとん》ど観たことがなかった。強いて言うなら小学生のときに観た『ドラえもん』が最後だろうか。美しくて幸せなリゾートホテルの地下に、迷い込めば生きて戻れない地下迷宮がある、という話が好きで今でも覚えているけれど、中学に上がってからはあの恐ろしくて楽しい映画を観返したことがない。というか、映画自体を観なくなってしまった。

俺は私立大学の二年生という気楽で愉快な立場であり、映画なんか観なくてもずっと楽しいことが世の中に溢《あふ》れていると思っていたのも理由の一つかもしれない。

現に、大学に入ってから、俺は映画なんか観なくなってしまった。馬鹿騒ぎするだけの飲み会も、明け方の海へのドライブなんてテンプレートなイベントも、このまま、まともな未来なんて迎えられないんじゃないかという感慨も、全部全部愛《いと》しかった。

ちょっと過激な物語についてだってそうだ。少し目を向ければ今日も何処《どこ》かで誰かが死んだり殺されたりしている。現実世界だけでそんなものは事足りている。

映画というフィクションは、俺の楽しい現実を超えられなかった、とでも言えばいいのかもしれない。なかなか素敵な言葉だ。それこそ映画に出てくるみたいに。

そんなただただ楽しいだけの大学生活を送っていたある日、俺は自分の運命を大きく変える事件に遭遇することになる。初夏の爽やかな空気が辺りを包み、足が自然に前に出る軽やかな季節だ。そんな麗《うら》らかな日のことだった。

俺は、留年宣告を受けてしまったのである。


俺の話をしよう。私立大学の文学部、ドイツ文学科に在籍する俺の話だ。ドイツ文学なんて一冊も読んだことがないのに、「言葉の響きが格好良いから」という理由でドイツ文学科への進学を決めた、ちょっと可哀想《かわいそう》なくらい馬鹿っぽい大学生の話だ。

俺の通う英知《えいち》大学は、入学試験は勿論《もちろん》、定期試験も大変なことで有名な大学だった。昨今の弛《たる》んだ大学生を憂い、出席が緩い分、試験を厳しくすることで、ある程度の学生生活の自由を赦《ゆる》しながら、同時に勉学の方にもよく励むよう促している。つまり、よく学びよく遊べを本気で実践することに心血を注いでいる大学なのである。

その為《ため》、都会のど真ん中にあるこの大学は否応《いやおう》なく勤勉で、真面目《まじめ》な子女たちが集まることで有名な名門校となった。そこまではいい。俺も素晴らしい方針だと思う。

しかし、いくら学校側がそうして譲歩を見せたとしても、それについていけない不真面目な輩《やから》は一定数存在する。そういったとき、大学側はどうするか？　容赦なく落とすのである。情状酌量なんて殆どない、試験の点数が悪ければ容赦なく落第だ。そのお蔭《かげ》で本気で学問をやりたい人間にとってはうってつけの場所となっているのだが、適当に大学生活を謳歌《おうか》したい人間には厳しい学校となっている。

そういうわけで、俺はあっさりと成績を落とし、ついに担当教授からの呼び出しを受けてしまった。

丁度、前期試験期間が始まる少し前という、七月中旬のことである。教授の方も、俺が無駄な試験勉強をするのは忍びなかったのだろうか。無慈悲にも程がある留年の知らせを事務室からの電話で知らされたのは、そういう時期だった。

まるでデートをすっぽかされた女の子のような冷たい声で、電話の相手は俺の留年を告げた。きっとまだ若い女の子だろう。初々《ういうい》しい声をしていた。

というか、両親や教授ならまだしも、事務員さんがどうしてそんなに怒っているのだろうと思わなくもなかったが、とにかく彼女は心底怒っていた。初夏に反発するような冷たい声が、つらつらと事務的に連絡事項を並べ立てる。

『残念ながら前期にして留年決定の運びとなったわけですが、学業継続にあたって、ドイツ文学科学科長、高畑《たかはた》教授からお呼び出しがありましたので、明日の午後一時に高畑教授の研究室に来るようにとご連絡が』

「……それって、救済措置があるってことですか？」

俺は震える声で電話に向かってそう尋ねた。しかし、電話の向こうの声はどこまでも冷たく『私にはわかりませんね』と言った。

『でも、今まで一度留年の連絡を入れた学生に救済措置が出たことはありませんから。高畑先生からのお説教じゃないですかね』

「はは、留年宣告受けてるのにどんなお説教されても耳に入ってこなくないですか？」

『それでも、そうですね。私が高畑教授だったら、貴方《あなた》に思いっ切り説教出来たらきっとめちゃくちゃすっきりすると思います』

そう言って、事務室のお姉さんは電話を一方的に切った。ツー、ツー、という寂しい音が鼓膜に残る。たっぷり一分はその音を聞き、俺は溜息《ためいき》を吐《つ》きながらスマートフォンをポケットに仕舞った。高畑教授からの呼び出しまでバックレるほど、俺は強い人間ではなかった。

というわけで、俺は次の日、言われた通り高畑教授の研究室へと向かった。ちなみに、このときはまだ、土下座したらどうにかなるんじゃないかな、なんて甘いことを考えていた。想像力が貧困な俺は、土下座よりも酷《ひど》い誠意の見せ方があるなんてことに、少しも思い至らなかったのである。

「奈緒崎《なおさき》くんは前期中間試験は五割しか取れず、期末でも芳《かんば》しくなく、おまけに出席率が六十八パーセントを切っている。これはつまり、進級の為の基準に著しく到達していないというわけなんだけど」

「はあ、なるほど」

「理解しているかな？」

「……留年ですか？」

「留年だねぇ」

高畑教授は暢気《のんき》な声でそう言った。

「どうしてこんなことになったのかな？」

「勉強しなかったからです……」

「まあ、そうだよね」

高畑教授の研究室は、八階建ての研究棟の最上階にあり、窓から都会の景色が見渡せた。こうして見るとこの場所はちょっとした展望台のようだった。空を優雅に羽ばたく鳥の群れに、無責任な憧憬《しょうけい》を投げかける程度には追い込まれている。窓を背にする高畑教授は、歳《とし》の割にたっぷりと生えた白髪《しらが》も相まって、まるで後光を背負っているようで、なんだかとても厳《おごそ》かで恐ろしかった。

どうして勉強をしていなかったのかと問われれば遊びほうけていたからとしか言い

ようがなく、どうして授業に出席しなかったのかと問われれば、朝起きるのが辛《つら》いからだ。なんというか、自分でも吐き気がするほど中身のない理由だった。自分が堕落の沼に嵌《はま》っていることを自覚していても対策を講じなかったのは、心の底で段々と投げやりになっていたからかもしれない。俺は昔からそうなのだ。最初に塗った太陽の色が気に入らなくて、あとは手抜きで埋めた図画工作の時間のように。描き進めている最中で、この絵が決して自分の中で納得のいくものにならないと心の何処かで知りながら筆を進める惰性の味。

そうした俺の鬱屈《うっくつ》を嗅《か》ぎ取ったのか、それとも単に俺の反応なんかどうでもよかったのか、高畑教授はこれ以上そのことについて追及しようとしなかった。

「ドイツ文学に興味はないのかな。もしかして」

「あの、えっと」

「ああ、別に構わないよ。私は学生がどういうつもりでドイツ文学を学んでいるかなんて本当はどうでもいいんですよ。君とは違って落第せずに悠々と学生生活を送っている優等生たちだって、本当にドイツ文学に興味がある人間なんて一握りだと思っています。でもまあ、いいんですよ。ドイツ文学を専攻している人間が全てドイツ文学の研究者になるわけではありませんしね。彼らはいわば、ドイツ文学、あるいはドイツ語というツールを使って、大学生という立場を獲得しているわけであってね。そういうことに異存はないんですけど、異議もないんですけど、君のように最低限ツールを使いこなせずに立場だけお金で買おうっていうのは少しばかりこの大学では認められないわけですね」

高畑教授は穏やかな表情のまま、つらつらとそんなことを言った。少しも崩れない微笑が怖い。

「……その心は？」

「奈緒崎くん。君、ドイツ文学を真面目に学ぶこと以外で大学生活をパスしたくはありませんか」

「はあ」

「私が出す課題をクリア出来たら、君がどれだけドイツ文学に興味がなくても、ドイツ語が出来なくても進級させてあげると言っているんです。勿論留年についても取り下げましょう」

「ほ、本当ですか⁉」

「ええ、本当です」

冗談を言っているようには見えなかった。

ただ、本気だというのがありありとわかってしまうからこそ怖かった。息を呑《の》む。月並みな表現だけれど、部屋の中は異常に寒かった。クーラーだけでは説明のつかない寒気だ。

ややあって、「嗄井戸高久くんっていうのがいるんだけどね」と、教授は話し始めた。

「カレイドタカヒサ？」

「彼は君と同じドイツ文学科の学生なんだけれど、もうずっと大学に来ていないんだ。それどころか、自分の部屋からも出ていない。もしその彼を大学に連れてくることが出来たら、留年の決定は取り消してもいい。これから先の成績も保証するよ。大学に来なくてもいい。ちゃんと卒業させてあげるから」

それはどうなんだろうか？　そもそも学校に来ない人間を連れ戻したご褒美として俺が学校に来なくてもいいようにするというのも矛盾してないか？　と思ったのだが、納得よりも今は単位が欲しかった。

「……でも俺、単なる学生ですよ？　別にそういう引きこもりを説得するのに長《た》けた人間じゃないんですが」

「別にそこまで気負わなくていいですよ。君の出来る範囲で誠意を見せてくれればいい。案外同期の学生が行けばすんなり出てきてくれるかもしれません」

「そんなにすんなりいくなら、そもそも引きこもってないんじゃないですか」

俺の言葉を無視して、高畑教授は殆どうっとりとした口調で話し続けた。まるで、俺のことなんか見えていないかのようだ。

「嗄井戸くんはね、端的に言うと凄《すご》く優秀なんだ。君の一個上の代で、首席入学を果たした子だよ。でも、ずっと休学してて。私としてはどうしても戻ってきてほしいから、奈緒崎くんに手伝ってもらえたらなって、それだけなんです」

「職権乱用じゃないですか」

「職権乱用だよ。でも、乱用出来ない権力なんてなんの意味もないよね」

高畑教授は楽しそうにそう言った。確かにその通り……かもしれない。けれど、俺の進級はそんなお使い一つで決められるようなものなんだろうか？　少なくとも、俺の人生を多少なりとも左右する大事件のような気がするんだが……。そんな俺の疑問を余所《よそ》に、高畑教授はもうこの条件をひっこめるつもりはないようで、話は終わったとでも言わんばかりに微笑《ほほえ》んでいる。

「……わかりました」

「楽しみにしていますね」

純粋な期待の目。天秤《てんびん》に掛けられているのは俺の進級、これからの進退だ。

俺はどうにかして笑顔を作ると、一礼をして研究室を出た。

俺と話し始めてから話し終わるまで、高畑教授はその笑顔を少しも崩さなかった。

これが、これからの奇妙な挑戦の始まりである。


件《くだん》の引きこもり男・嗄井戸高久は下北沢《しもきたざわ》に住んでいた。下北沢。街全体が得体のしれないお洒落《しゃれ》さに包まれた、サブカルチャーとカフェと居酒屋の聖地。ごみごみとした街並みを形作る店たちは、一つ一つがはっきりとした個性を持っており、歩いているだけでかなり愉快な街だ。

何故《なぜ》そうやって知った風な口を利《き》くのか？　と問われれば、何を隠そう、俺が昔下北沢に住んでいたからである。

両親共々英知大学の学生だったこともあり、奈緒崎家は俺が生まれてから暫《しばら》くは学生時代と同じ下北沢に居を構えていたのだ。丁度、小学三年生に上がる頃だろうか？　マイホームへの渇望を抑えきれなかった父親が埼玉《さいたま》に一軒家を買い、引っ越したことで俺は下北沢を離れた。

そういうわけで大学進学の際に俺は、大学から一時間の距離にある戸田《とだ》で独り暮らしをすることになったのだが……こうして見ると、なかなかどうして下北沢もいいところだった。こちらにアパートを探しても良かったかもしれない。

歩いて行く内に段々と思い出が蘇《よみがえ》ってくる。好きだった菓子屋だとか、立ち読みしに行っていた本屋とか。嗄井戸の家への道を半分も行く頃には、俺はどうして自分が下北沢で下宿先を探さなかったのかが不思議に思えるくらいになっていた。思い出補正で見る風景は甘い。都会特有の小さな公園の脇を通る頃には、俺の気分はすっかり懐《なつ》かしさに浸っていた。

その内、一層見覚えのある辺りに差し掛かってきた。旧奈緒崎家があるところである。そのマンションは変わらずそこにあって、誰かまた新しい住人がそこで暮らしているようだった。それも、なんだか感慨深い。

そこを抜けると指定された住所はもうすぐそこだった。家からも大通りからも外れた場所なのに、そこにも何だか見覚えがあった。何故だろう、と思った次の瞬間には、もう疑問が解決していた。

ここは、〝冷《ひ》え冷《ひ》え屋敷〟の近くなのだ。

「うわ、めっちゃ覚えてるな……」

独りごちながら思い出す。町並みは恐ろしいほど記憶に忠実で、まるで俺のことを待っていてくれたかのようだった。

〝冷え冷え屋敷〟というのは、俺と近所の子供たちが呼んでいた愛称のようなもので、実体は単なる個人の家に過ぎない。冷え冷え屋敷では家主の趣味なのか、何故かいつでもクーラーが効いていた。四六時中、どの季節でもだ。だから、冷え冷え屋敷。安直で素直で実直なネーミングセンスである。

麗らかな春の日にもその家ではガンガンとクーラーを掛けていて、最初の頃は扉が開く度にあらゆる気候を無視して寒風を吹きつけてくるその家に恐れをなしていたのだが、季節が巡り、具体的に言うならば夏真っ盛りになったところで、冷え冷え屋敷は不気味な場所ではなく、お金のない子供が簡単に涼を取れる人気スポットとなった。

そういった理由から家の前に集まる子供たちを、冷え冷え屋敷の主《あるじ》——確か、常川《つねかわ》さんと言ったはずだ——は、屋敷の印象に似合わない歓待ぶりで家の中に迎え入れてくれたのを覚えている。夏の冷え冷え屋敷はまさに天国で、俺たちは常川さんの家に呼ばれては、アイスを食べさせてもらったり、映画なんかも観せてもらったのだ。

映画館で働く常川さんの家には大きなスクリーンがあり、もしかしたら俺はそこで観たのかもしれない。『ドラえもん』を。

角を曲がると、いよいよ件の〝冷え冷え屋敷〟が見えてきた。何もかもが変わっていない。あの家では今でもクーラーが効いているんだろうか？　と、思った次の瞬間だった。冷え冷え屋敷の前の人影に気付いて、俺は自分の感情が一気に振り切れるのがわかった。十年以上ぶりだ。記憶がどんどん呼び覚まされていく。自分が、するすると過去の自分に戻っていくような感覚だった。

大きな荷物を台車に載せて運んでいる男性に向かって、俺は声を張り上げた。

「常川さん!」

常川さんは、俺の記憶の中よりも随分痩《や》せて老《ふ》けていたが、それでも面影はありありと残っていた。昔より細くなった目が、俺に気付いて見開かれる。俺は、こっちを見つめる常川さんに向かって、駆け出し、もう一度声を掛けた。

「俺です、奈緒崎です」

最後に行ったのは覚えてなくても仕方ないくらいの昔なのに、常川さんは少し俺を見ただけで記憶を呼び覚ましてくれたようだった。

「ああ、奈緒崎くんか……! 大きくなったね」

そう言って、常川さんは人のよさそうな笑みを浮かべた。それを見て、なんとなく気恥ずかしくなってしまう。『大きくなったね』は人を子供に帰す魔法の言葉だ。

「覚えてますか?」

「勿論。佐々木《ささき》くんや菊池《きくち》くんと一緒に、うちに遊びに来てくれていた子だろう?

忘れるはずがないよ」

「覚えていてもらって嬉《うれ》しいです」

「忘れられないよ。昔はよく遊びに来てくれたね」

「その節はお世話になりました」

俺が深々と頭を下げると、常川さんは困ったように笑った。

「あの奈緒崎くんにそんな態度を取られると、成長を感じると同時に少し寂しくなるな。今は大学生？」

「そうです。ここから少し先の駅の、英知大学ってところに」

「へぇえ、頭良かったんだねぇ。うんうん、でも確かに、昔からしっかりしてたものね」

手放しに褒められることでの気恥ずかしさと罪悪感が最高潮になっていく。残念ながらただいま留年しそうなんですけど！　と注釈を入れる気にはなれなかった。俺はそこまで正直者じゃないし、心が強くもない。

「そういえば、常川さんはここで何を？」

これ以上この話題を広げられても心苦しいので、話題を変えた。すると、常川さんの顔があからさまに曇った。何かまずいことを言ってしまったんだろうか、と一瞬ったのだ。

戦《おのの》く。仕方がない。留年よりも気まずい事実がそこにあることを、俺はまだ知らなか

「ああ……まあ、仕事だね」

「あ、覚えてますよ。裏にあるんですよね、映画館……えっと、そうだ。パラダイス座《ざ》。生憎《あいにく》あんまり映画を観ないので、客として行ったことは多分ないんですけど……」

「そうか、それは少しばかり残念だな。私は今、僭越《せんえつ》ながらそこの支配人をやらせてもらっていてね」

「え、本当ですか！　それで忙しいんですか？」

「仕事と言っても敗戦処理のようなものさ。少しずつパラダイス座から重要なものを引き払わないといけなくてね」

「敗戦処理？」

「実は、パラダイス座は閉館するんだ」

そのときの俺の衝撃といったらなかった。こんな話が引き出されるんだったら、無難に大学の話や天気の話でもしておけばよかった、と心の底から後悔した。納得の敗戦処理、常川さんの不幸はデリケートにも程がある。俺のその後悔が顔から滲《にじ》み出てしまっていたのだろう。常川さんは明らかに慌てて取り繕い始めた。

「もう大分前から決まっていたことだし、気にすることはないよ。いやあ、やっぱりこの国は映画に少しばかり風向きがよくなくてね。ウチのような小さい映画館が潰れるのは致し方ないことではあるんだよ。ミニ・シアターに徹することも出来ず、かといって他の映画館で大々的に宣伝するような派手な超大作ではシネマ・コンプレックスに負けてしまうしね。パラダイス座が潰れるのは仕方がないことなんだよ。時代の流れ、というやつだね」

俺には昨今の映画事情はわからないが、常川さんがどれだけパラダイス座の閉館を不本意に思っていて、どれだけ悲しんでいるかはわかる。久しぶりの再会がこんな場面であることが悔しかった。もっと早くパラダイス座に来ていれば、と思ったが、嗄井戸の件がなければ俺はこの駅で降りることもなかったのだ。人間はそういう風に、適度に薄情に出来ている。

「暗い話をして悪いね。もう少し明るい話題を提供出来ればよかったんだけど」

「いえ、そんなことは……」

「少し休んでから、また映画に携わる仕事を探したいと思っているよ。やはり映画が好きだからね。どうにも大人《おとな》しくしていられない」

常川さんはそう言って笑った。

「いつなくなるんですか、パラダイス座」

「三日後」

「え、も、もうすぐじゃないですか……」

「まあ君が知ったのは今日の話でも、ずっと前から決まってたことだからね。小さな映画館に派手なさよならイベントは似合わないし、このままフェードアウトさせてもらうつもりだ」

「なんか、寂しいですね」

「終わりはいつだって寂しいものだよ。わかるだろ」

そういうものなんだろうか。俺はとりあえず頷《うなず》きながらそう思う。もう少し派手にやってもいいだろうし、もう少し悔しがってもいいんじゃないかと思った。パラダイス座は常川さんにとって大切な場所なんだろうし、もう少し意地になって守ってもいいはずなのだ。

しかし、常川さんの顔はなんだか心底色々なものを諦めてしまったようで、俺は何も言えなくなってしまった。一体何がそこまで常川さんを卑屈にしているんだろうと思ったそのときだった。

「おお、どうした。息子《むすこ》か何かか？」

揶揄《やゆ》するような声だった。俺と常川さんが共にいるだけで、可笑《おか》しくてたまらないというような声だ。俺は咄嗟《とっさ》に声のした方を睨《にら》んだ。そのとき、常川さんが密《ひそ》かに怯《おび》えていたことには全く思い至らなかった。

声の主は、でっぷりと太った小さな男だ。灰色がかってはいるものの豊かな髪と薄い唇は、一見すると紳士の特徴なのに、この男が湛《たた》えているというだけでろくでもない代物に見えた。スーツ姿のその男は首筋にじっとりと汗をかき、がめつそうな目をこちらに向けている。

「笹沼《ささぬま》さん」

笹沼と呼ばれた男は、ふんと鼻を鳴らしてじろじろと俺と常川さんのことを見た。その動作一つ一つがとんでもなく下品に見えて、よくもまあここまで悪人然とした振る舞いが出来るものだなと思う。

「……俺は常川さんの知り合いですが、何ですか」

うっかり攻撃的な声が出た。どう見ても、男にはあからさまな悪意があった。俺はそれを見過ごせるほど大人じゃないのだ。

笹沼は俺の嚙《か》みつきなど何処吹く風で、にやりと笑った。

「ああ、そうだよな。お前にはカミさんがいないはずだったからな。金にも逃げられカミさんにも逃げられだと流石《さすが》に可哀想だ」

「やめてくださいよ、冗談がきつい」

「お前の現実よりもきついものなんてないよ」

全く以《もっ》て笑えないジョークだ。そこで、恨みがましそうな目を向けている俺に常川さんが気付いたのだろう。取り繕うような形で、笹沼の紹介が始まった。

「こちらは笹沼さんだ。パラダイス座が建っているところの土地を持っていらっしゃる方で、資金援助もしてもらっている」

なるほど、それで常川さんは嫌みを言われてもへこへことしているわけだ。金を借りている相手なら、強く出られないのも無理はないし、笹沼がここまで偉そうにふんぞり返っている理由もわかる。社会の嫌な部分を見せつけられたような気がして、最悪の気分になった。

「実はな、もう大分計画が進んでてな。下見に来たんだ。そしたらお前に会ったんだよ。いやあ、偶然だなぁ」

「本当ですね」

「もう潰れたんだっけか」

「いえ、まだですね。あと三日は」

「ちゃんと片せよ？　立つ鳥跡を濁さずってな」

「ええ、今もその最中です」

「それで、金になりそうなものはあったか？」

「笹沼さんの御趣味じゃないかもしれませんが、出すところに出せばそれなりにお金になるものはあります。まとめて、今日明日にでもお送り出来ると思います」

「頼むよ。どうせ大した金ないんだろう？　そこそこのものを出してくれたら、まあそれで手打ちにしようじゃないか」

笹沼は乱暴に常川さんの肩を叩《たた》き、もう一度下品に笑った。常川さんよりも背が低いので、なんだか奇妙で可笑しな光景だった。

「あ、そうだ。ついでに蟹《かに》でも送ってくれ。そのくらい良いだろう？　長い間世話してやったんだから」

「ああ、是非」

そういうことは自分から言い出すようなことじゃないだろうと思ったのだが、笹沼にとっては普通のことらしい。俺の目の軽蔑の色がどんどん濃さを増していく。その視線をどう勘違いしたのか、笹沼はどこか得意げに言った。

「こいつ北海道出身でな。いい海産物のギフトを知ってるんだよ。こいつの家行ったことあるか？　東京は暑すぎるってんで一年中クーラーガンガンにかけてるんだよ。そんな金もない癖に、何から何まで道楽だよなぁ」

「そうなんですか」

俺は思わず常川さんにそう尋ねてしまった。常川さんが困ったように頷く。知らなかった。〝冷え冷え屋敷〟の謎は常川さんの出身地に関わるものだったのだ。暑がりというには少しばかり度が過ぎているような気がしたが、まあ、納得出来なくもない。

「それじゃあ頼むよ。なるべく早くな。蟹の話をしていたら本当に蟹が食べたくなってきた」

笹沼は好き放題言うと、もう一度大きく常川さんの肩を叩き、去って行った。常川さんの肩は叩かれる度嫌な音を立てていて、さする腕は何となく不穏だった。

「……急に土地代が高くなったんだ」

笹沼の姿が見えなくなってから、常川さんがぽつりと言った。

「ある日いきなり、クリエイティブな仕事がしたいと言われたんだ。笹沼さんのやっていることは金貸しと場所貸しだけだからね。要するに、気まぐれだよ。それで、パラダイス座が矢面《やおもて》に立たされた。私は既に笹沼さんに多額の金を借りていたし、私が笹沼さんに逆らえるような人間でないことは、彼自身がよく知っていた」

「どうにかならないんですか？　そんな横暴なやり方、弁護士か何かに頼んでやめさせることは……」

「弁護士を雇っても、あちらがもっと優秀な弁護士を何人もつけたら敵わない。民事裁判なんてそんなものなんだよ。そもそも、私にはそれをする金もない。嫌な話だけど、パラダイス座はずっと業績が不振でね。そうでなければ、理不尽な値上げにも抵抗することが出来たさ。けれど、私はもうずっと前から、値上げされる前の地代や借金の返済に苦しんでいた。限界だったんだ」

「一体なんでそんなことに」

「さっきも言ったろう。彼はクリエイティブな仕事がしたい。その為にあの土地が必要で、私は邪魔なんだ」

「一体クリエイティブな仕事って何なんですか」

俺は絞り出すような声でそう言った。それはパラダイス座よりもずっといいものだろうか。

「パン屋をやるらしい」

「パン屋」

「大型のパン屋だ。大量に作って大量に売る方針のパン屋」

それは少し、……意外だった。笹沼のでっぷりした体型から食べ物を連想するのは簡単だが、よりによって始めるのが泣く子も笑うパン屋である。不覚にも、少しだけ笑ってしまった。どの辺りがクリエイティブなのかもよくわからない。

ただ、確実に言えることは、俺はパラダイス座よりも、笹沼が始めるパン屋の方にずっと用があるということだ。俺は今でこそ即席の感傷に浸っているけれど、本来映画に無関心な人間だった。パラダイス座がパン屋になっても構わない側の人間だった。それがパラダイス座を閉館に追い込む一つの要因になった。そういうことなのだ。

責任を拡大するのは恐ろしい思想だし、大変な思い上がりでもある。けれど俺は、無責任に罪悪感を覚えていた。

「……これで店の名前がパン・パラダイスとかだったら超面白いんですけど」

「それ、大分悪趣味だね」

常川さんは笑っていたが、目に生気がなかった。笹沼と遭遇する前と、明らかに様子が違ってしまっていた。

「何なんですか、あの男。信じられません」

「キャラクター性があるよね、彼には」

「キャラクター性？」

「笹沼さんは、一目見ただけで悪人だって感じでしょう。キャラクター造形としては最高だよ。セルフプロデュースとしてあれでいいのかは疑問だけどね。あんなに悪の親玉みたいな恰好《かっこう》をしていて、自分では気にならないのかな」

映画が好きな人間らしい感想だった。確かに、あの風体《ふうてい》であのふてぶてしさと憎らしさは、ある意味期待を裏切らない。

「常川さんは善い人に見えますよ。パラダイス座のオーナーに相応《ふさわ》しいと思います」

「はは、覚えておくといい奈緒崎くん。善人に見えるキャラクターには大抵特徴がない」

そう言って、常川さんは大声を出して笑い始めた。自分で言ったジョークがツボにはまったらしい。俺も最初は一緒に笑っていたが、じきにその勢いに呑まれるように段々と真顔になっていった。常川さんのその渾身《こんしん》の笑い声は、なんだかよく出来たスタンダップコメディのような、あるいは喜劇役者のような、なんとも言えない悲しみに満ちていた。

パラダイス座が潰れなければいいのに、と思った。けれど、それは俺にも常川さんにもどうにも出来ないことだった。確かに笹沼は悪人に見え、俺たちにとってはどうしようもない障壁だったが、世の中の『悪』はそう簡単に白か黒かでは決められない。

笹沼は商売として土地と金を貸していた。それを回収する権利があるのだ。

俺は途方もない息苦しさを覚えながら、常川さんに、仕事を少しだけ手伝う旨《むね》を申し出た。小さい頃お世話になった常川さんには、それくらいしか返せることがなかったからだ。

常川さんの方も最初は遠慮したが、「『パラダイス座』を見て欲しい」という気持ちから俺の申し出を受けてくれた。俺はパラダイス座から数個の段ボール箱を運び出し、常川さんの家へ搬入した。案外重いそれには、常川さんの大好きな映画たちの古いパンフレットが収められているのだという。月替わりで様々な映画のパンフレットを展示するのが楽しみだった、と常川さんは言った。

〝冷え冷え屋敷〟にはあんなにお世話になったというのに、パラダイス座は殆ど記憶になかった。外観は映画館というよりも小洒落た美術館のように見える、雰囲気のいいレンガ造りの建物だった。

その建物を映画館らしくしているのは、でかでかと掲げられた映画の宣伝看板と、古いけれどしっかりと建物にしがみつく『パラダイス座』の文字だ。一目見ただけでも、とても好ましい建物だった。ここがなくなるのは惜しかった。

「良い建物ですね」

「そう言ってもらえるとありがたいよ。名前も含めて、かなり思い入れのある場所なんだ。……私が今までで一番愛した作品から頂いた名前だ。私の映画への憧れは、あの映画から始まっている」

常川さんが言っているその言葉の意味がわからないのが悔しかった。常川さんが言うくらいだから、きっと良い映画だろうに。

中には古式ゆかしいポップコーンとドリンクの売店があり、小さなパンフレット売り場があった。奥には赤い扉があり、そこがスクリーンへの入り口になっているらしかった。

「ここには二つしかスクリーンがないから、どうしても上映出来る本数が限られるんだ。ここはやっぱり、大型のシネマ・コンプレックスに負けるところだね。最近のそういう施設では売店も充実していて、チュロスやホット・ドッグなんかも食べられるようだし。やはり、選択の幅が広くないとお客は飽きてしまうんだよ」

「さっきも言ってましたけど、そのシネマ・コンプレックスって何ですか？」

「今の子は逆に知らないのか……。複数のスクリーンがある大型の映画館のことだね。多くの作品を上映出来るから色々なお客さんを呼び込みやすいし、設備も充実してる。それに加えてショッピングモールなんかと一緒になっている場合も多いから、あれが出来てから小さな映画館は苦しくなったね。勿論、映画を観る人間があれで増えてくれたのはとても喜ばしいんだけど」

　確かに、俺のイメージする映画館もその『シネマ・コンプレックス』の方だ。ショッピングモールに、まるでテーマパークか何かのように悠々と鎮座して多くの客を楽しませる場所。入ることはないが、見ているだけでもなかなか楽しめる場所だから、嫌いじゃない。

　けれど、常川さんの映画館もこれはこれでとてもいいものだった。雰囲気がよく、これから映画を観るんだな、という実感のようなものを覚えることが出来る。常川さんのことだから色々なものにこだわっているのだろう。件のパンフレット展示コーナーも、数人のお客さんが楽しそうに見ていた。客の入りは慎《つつ》ましくても、ここには本当に映画の好きな人が集まっているような気がしてならなかった。

「俺、パラダイス座好きですよ」

　映画なんか観たことがないのに俺が偉そうにそう言うと、常川さんは微笑みながら「ありがとう」と言ってくれた。

　段ボール箱を運び入れた〝冷え冷え屋敷〟の方は懐かしく、変わっていなかった。入ったのは玄関までだけれど、その時点で既にクーラーの心地いい冷気を感じることが出来た。七月の中旬には過ぎた冷気のような気がしたが、昔を思い出してなんだかとても感じ入るものがあった。

「『パラダイス座』はなくなるけれど、よければこっちにもまた遊びに来てくれると嬉しいな」

「はい、是非」

常川さんとはそう言って別れた。常川さんは俺のことが見えなくなるギリギリまで手を振ってくれていた。小さな子供を見送るような様子だったが、それもまた心が温かくなった。

俺は当初の目的を忘れそうになりながらも、下北沢を進んだ。パラダイス座から嗄井戸の家までは程近かった。

このときから、月並みな表現だが、何かが起こる予感があった。フィクションじゃ満足出来ない俺に、紛《まが》うことなき『本物』が訪れる気がしていた。それが果たして正しかったのかそうでもないのかは今でもわからない。ただ、喝采《かっさい》の前の静けさのような奇妙な感慨が、俺の中に満ちていたことだけは確かだ。

そして十分もかからない距離を行き、俺はとうとう嗄井戸高久に出会った。

嗄井戸の住んでいる場所は小ぢんまりとした二階建てのアパートだった。屋根は薄汚れた朱色で塗られており、そこそこ年季が入っていた。二階に三部屋、一階に四部屋分のドアが見える。錆《さ》びた看板には『銀塩荘《ぎんえんそう》』と書かれていた。いや、よく見るとその上から無理矢理文字が上書きされている。『シルバーソルトハイツ』。……どうやら英語表記にしたかったらしい。

住所によると、嗄井戸の家は二階に上がってすぐの部屋のようだった。表札も何も掛かっていない無愛想な扉の前で、意を決してインターホンを鳴らす。ピンポーンという安っぽい音が辺りに響いた。

俺は嗄井戸がどんな男であるかを高畑教授に殆ど聞いていなかった。このとき知っていたのは嗄井戸が英知大学の学生であること、優秀な学生であること、引きこもりであることの三点である。引きこもりである以上、マッチョな大男は想像していなかったのだが、それじゃあどういう、と言うとちゃんとしたイメージを持っていたわけでもない。精々、陰気そうでステレオタイプなガリ勉を想像したくらいだ。

だから、億劫《おっくう》そうな雰囲気を醸《かも》し出して扉から出てきた男を見たとき、俺はそれが目当ての人物だとはすぐには気付けなかった。出てきた男は、俺の想像よりずっと外れたところにいる人物だったからだ。

髪が白い。

馬鹿げた感想だが、それしかまずは出てこなかった。

白い肌に痩せた身体《からだ》、身長は百八十センチある俺よりやや低いくらい、艶《つや》めいた、白い、髪。ぎょっとした。どう見ても同年代なのに、その髪は老人のような色をしている。

ビジュアル系バンドにハマっているんだろうか？　と思うような奇抜な髪の色だった。けれど、それにしては服装が地味だ。黒のシャツに黒の綿ズボンという、真夏のビーチに全く似合わなそうな服装。ピアスをぼこぼこと開けているような様子も見えないし、髪の色以外に派手なところはない。となると、どうしてこんな髪の色にしているんだろうか？

派手なところは他にないと言ったが、強いて他に派手な部分を挙げるとすれば、それは男の顔立ちだった。男は仏頂面《ぶっちょうづら》をしているが、表情さえ抜きにすればまるで人形か何かのようなシンプルな美形だった。端整に作られた顔のパーツが収まるべきところに収まっている、という印象である。それがなんだか人工的に見えて、少しだけ気味が悪かったが、美形とは得てしてそういうものなのかもしれない。

正直に言って、ここまで端整な顔立ちをした男を俺は見たことがなかった。本当に何から何まで人形染《じ》みていた。人形なら、ここから出られなくても仕方がない。そう思わせられるほどだった。

「あ……どうも。元気か？」

白髪の男は俺のことをつまらなそうな目で一瞥《いちべつ》すると、おもむろに口を開いて、

「好きな映画は？」と、ただ一言だけ聞いた。

俺は当然のように不意を突かれた。だって、初対面の相手に尋ねるのが名前でも用件でもなく『好きな映画』なんて、どう考えてもおかしいんじゃないだろうか？　まるで出だしから失敗したお見合いみたいだ。何と答えていいか迷っている俺に、男は視線で答えを急《せ》かしてくる。たまらず、俺は頭に浮かんだ一本の映画の名前を口にした。青い海、青いシルエット、迷宮への入り口。

「ドラえもん……」

言ってしまってから後悔した。よりによってどうしてドラえもんなんだろうか。大学生が口にするタイトルとしては、これは明らかに可愛《かわい》らし過ぎる。常川さんと再会したばかりの所為《せい》もあるだろう。もっと他の映画のタイトルを言えばよかった。『ハリー・ポッター』だとか、『ゴジラ』だとか。両方とも観たことはないが。

けれど、男は真剣な顔をして、こう尋ねてきた。

「ドラえもん？　どれ？」

「あの、よく覚えてないんだが……ドラえもんが敵に捕まったりして……、そうだ、ホテルの地下に顔みたいな模様のゲートがあって」

「ああ、『ブリキの迷宮《ラビリンス》』だね」

「ブリキの迷宮？」

「なるほど、ドラえもんの映画か。僕は『魔界大冒険《まかいだいぼうけん》』が好きだな。パラレルワールドの概念をあれほど恐ろしく思ったことはないね。しずかちゃんはいつだってドラえもんとのび太《た》くんに助けてもらえるけれど、無数のパラレルワールドの中には、きっとしずかちゃんが無残に殺されてしまう世界もあったんだろうね」

「はあ？」

「それがわかってたからこそ、僕たちはあの物語を楽しみながら、少しだけあの物語に怯えていたんだな、うん」

俺はドラえもんを素直に楽しんでいたので、別に怯えたりはしていなかったのだが、男はうっとりしたような目つきでそう語った。引きこもりは自分の世界に閉じこもりがちなんだろうという偏見が元々あったのだが、今回ばかりはそれが綺麗《きれい》に当てはまっているような気がする。

こいつは多分、人の話を聞かない。

「それで、他に何の映画が好き？」

男は全く俺を家にあげようとせずに、玄関に立ったままそう話し始めた。どうやら、客を招き入れるという概念はこいつにはないようだ。丁度いい。俺だってはみ出し者二人で仲良くお茶でも飲もうという気はない。あくまでビジネスライクに、この仕事を終わらせたいのだ。俺はわざとらしく溜息を吐いて、男に本題を切り出した。

「話したいのは山々なんだが、俺の目的はそれじゃないんだ」

「どういうこと？」

「俺は奈緒崎と言うんだが、お前の同級生で……つまり俺が言いたいのは、大学のことで……」

「大学？」

男が口にするその言葉は遠い異国の地名のようだった。現実味がまるでなくて、大学の話を切り出した俺が狂人であるみたいに。目の前の白髪の男が宇宙人で、たった今この星にやってきたばかりと言われた方がずっとしっくりきた。宇宙人に地球の話をしても、そりゃあわかりっこないだろう。俺はすぐさま踵《きびす》を返して帰りたくなった。けれど、進級がかかっている以上、ここで退《ひ》くわけにもいかなかった。

「そう、大学。というか、お前は……お前が、嗄井戸なのか？」

俺が意を決してそう尋ねると、男はゆっくりと首肯した。

「そうだよ、僕が嗄井戸だ」

「じゃあ、」

「だけど、大学にはもう行かない。もし僕に『学校に来てほしい』だとか、そういうことを期待してるならどうぞ帰ってくれ。どうせ高畑教授あたりからの差し金だろう？　全く、あの人にも困ったものだ。まるで義務教育じゃないか！　仮にも象牙の塔を名乗るなら、学生の自由意思を認めて欲しいものだね。まあ、ご足労どうも。それじゃあ」

そう言って、嗄井戸は躊躇《ちゅうちょ》なくドアを閉めようとした。慌てて足でそのドアを止めると、嗄井戸は綺麗な顔を思いっ切り不快そうに歪《ゆが》ませて、俺のことを睨む。

「……何？」

「いや、ちょっと待ってくれ。そうだ、俺は高畑教授に頼まれて来たんだ。お前を大学に連れ戻してくれって」

「それなら答えは言った。僕の答えはノーだ。帰ってくれ」

「そういうわけにもいかないんだ。俺の進級がかかってる」

「お前を大学に連れてこれたら進級させてやるって言われたんだ。だから、このままお前に閉じこもられてると困るんだよ！」

「進級？」

なりふり構っている場合じゃないので、玄関口で大声を出した。正直、この様子だと大学に継続して通わせるのは無理そうだけれど、とにかくこの男を高畑教授のもとに連れて行かないとどうしようもないのだ。

「頼む、一回だけでいいから……。高畑教授は、お前に会いたがってるんだ」

けれど、嗄井戸は少しだけくつりと喉《のど》を鳴らし、とても嫌みで楽しそうな笑顔を浮かべるだけだった。綺麗な顔に似合わない、醜悪な笑みだった。

「僕は会いたくないもんでね。君は残念だったが、これからはちゃんと勉強しろ」

そう言って、とうとう扉は閉められてしまった。叩きつけるような、容赦のない閉め方だった。

残された俺はあっさり途方に暮れていた。ここまでやってきて、得られた物が一つしかない。俺の記憶の奥深くに眠っていた『ドラえもん』の映画のタイトルである。全く嬉しくない成果だ。

白髪の男はなかなかに気難しい性格であるようで、今日はもうインターホンを鳴らしても出てこないような気がした。……頭が痛くなる。前途多難のようだった。俺は心理カウンセラーでもネゴシエイターでもない。

よろしくないのは、俺が常川さんと再会してしまったことだった。それだけで俺は、まだ何も達成していないのにも拘《かか》わらず、妙な達成感を得てしまっていたのだ。それで、俺はすごすごと下北沢を後にすることになってしまった。

変な一日だった。帰り道には常川さんはおらず、冷え冷え屋敷だけが俺のことを見送っていた。


「あちゃー、駄目だったか」

次の日、俺は高畑教授のもとへ行き、事の次第を説明した。嗄井戸は白髪のとんでもない奴《やつ》で、いきなり好きな映画は何かと聞かれ、挙げ句の果てに大学には行かないとすげなく断られたと、全てを話した。高畑教授は何だかよくわからない笑顔を浮かべているだけで、俺に対する慈悲は少しも酌《く》み取れなかった。

「あの、それで……」

「うん？　嗄井戸くんは駄目だったんでしょ？　となると奈緒崎くんを進級させるわけにもいかないかなって。それにしても、嗄井戸くんは変わらないなぁ。彼、映画が好きでね」

「ちょっと待ってください、あの」

高畑教授はあろうことかそのまま嗄井戸の思い出話に移行しようとしたので、俺は慌てて遮る。過去編よりも感傷よりも大事なものが傍《そば》にある。きょとんとした顔の教授に、俺はもう一度言った。

「本当に駄目なんですか？　俺は、嗄井戸のところに行きました。……俺は、それで、大学に来るよう言ったんですけど」

「でも、奈緒崎くんは連れ戻すことに失敗したよね。それなら駄目だ。試験の点数においても、嗄井戸くんを連れ戻すことでも、進級条件を満たせなかった。だったら私は君の進級を認められない」

「でも……」

「あと一週間あげよう。その間に嗄井戸くんを連れ戻すことが出来たら、そのときは君を進級させてあげる」

高畑教授は前と変わらず、少しも譲らない瞳で俺を見ていた。穏やかだけれど有無を言わせない強い口調。

教授はどうしても嗄井戸高久を連れ戻したい。理由はわからないけれど、それだけはわかった。

　相変わらず俺に選択権はなかった。俺はもう一度嗄井戸の家に行くしかないのだ。

　というわけで、俺はすぐさま行動を起こし、嗄井戸の所へ向かった。相変わらず無愛想な白いアパートである。荒々しくドアを叩き、ファンファーレみたいに高らかにインターホンを鳴らすと、たっぷりと時間をおいて、嗄井戸が姿を現した。さっきまで眠ってでもいたのか、目が潤んでいる。

「……ん？　ああ、君か」

「随分とおそようさんだな。暢気なもんだ。寝てるくらいならちゃんと授業に出ろ」

「別に寝てない」

「寝てただろ。額に痕ついてるぞ」

　カマをかけてやると、嗄井戸はあっさりと騙《だま》されて額を手で拭った。どうやら本当に眠っていたらしい。暢気な奴だ、と思うとなんだかとてもイラついた。俺はどうしてこんな自分勝手な引きこもりの家庭訪問なんかしているんだろう。

「昨日の話だったら、答えは変わらない。僕は外に出るつもりなんかないし、大学も行かない。これ以上そうやって付きまとわれるなら、大学なんかもう籍を抜いたっていいんだ」

嗄井戸は鼻を鳴らしながらそう言って駄々をこねた。まるで子供のような振る舞いだ。さしずめこの部屋はわがまま王子のお城か？　笑えなかった。俺も高畑教授も、どうしてもこの男を呼び戻したい。

「おい、部屋にあがらせろ」

「え、」

「そんなにこの部屋面白いのか。だったら入れろ」

俺は玄関口しか見たことのない嗄井戸の部屋に強引に割って入る。靴を投げ出すように脱いで、「おじゃましまーす」とおざなりに言った。

もっと怒られるかと思ったのに、嗄井戸は案外すんなりと俺の侵入を許した。抵抗するのが面倒になったのか、それとも別の理由なのかはわからなかった。

陰気そうな部屋の中はアパートの扉からは想像出来ないほど広かった。部屋の壁に、映画のポスターらしきものが所狭しと貼られている。物は多いが意外と綺麗に掃除されており、引きこもりの住む家とは思えなかった。

「中は広いな」

「アパートの三部屋分をぶち抜いてワンルームにしてるからね」

「へえ、ということは二階全部お前の家なのか？」

「そうなるねって、お前……」

ぶち抜くくらいなら他の広い部屋に引っ越せばいいのに、と思わずにはいられなかったが、黙っておいた。学費といいこの部屋といい、嗄井戸は案外金持ちなのかもしれない。

ただ、まあ、異様な部屋だった。一人暮らしの俺のワンルームよりも遥《はる》かに広く、壁三方に備え付けられた棚に大量のＤＶＤやらビデオが、まるでレンタルビデオ店か何かのように収まっている。いや、その喩《たと》えは適切じゃないかもしれない。どちらかというと、その様子は図書館に似ていた。天井まで届く記録と物語の塔。その塔から出されたＤＶＤやビデオは床に乱雑に積み上げられ、そこでもまた小さな塔が出来ている。

また、東側の壁を覆うように大きなスクリーンが掛かっていた。きっと映画を観る為の専用の装置なのだろう。傍《かたわ》らには立派なスピーカーが置いてあり、見ているだけで威圧感がある。その対面、部屋の中央には四人掛け出来そうな大きなソファーがあった。窓に遮光カーテンまで引いてあるその部屋は暗くて、まるで小さな映画館だった。

　スクリーンでは今も映画がかかっている。何の映画かはわからないが、画面全体が青く映っている。外国人が出ているから多分洋画だろう。我ながら頭の悪い理解だった。

　嗄井戸は俺をリビングに招き入れただけで仕事は果たしたと思ったのか、さっさとソファーに戻って寝転び始めた。ソファーには枕代わりのぬいぐるみと黒い毛布が掛かっており、嗄井戸はそれに包《くる》まりながらスクリーンを観ている。やっぱり観ながら寝てたんじゃないか。

「何観てるんだ？」

「『グラン・ブルー』」

　嗄井戸は素っ気なくそう言った。恐らく、それが映画のタイトルなんだろう。

「へえ、面白い？」

「面白いけど、そう一口には言えない映画だよ。ここには人生があるんだ」

「うわ、めんどくさい感じがする」

　経験則から言って、そういう大袈裟《おおげさ》なことを語る人間の八割は面倒臭い。

「『グラン・ブルー』に描かれている海は凄く綺麗で、きっと本物の海よりずっと青い」

嗄井戸は俺の言葉が聞こえていないのか、うっとりとした声でそう言った。映画は途中な上、日本語字幕すらついていなかったので俺には内容がちっともわからなかった。男がイルカと会話し、イルカが嬉しそうに泳ぎ回る。もしかするとこれはとても悲しいシーンなのかもしれないが、俺にはその辺りすら酌み取れなかった。

「……観ないの？」

「映画を観に来たわけじゃない。……高畑教授が、もう一度行けって」

「またその話か……」

「その話以外にお前に用なんかねえよ」

嗄井戸は露骨につまらなそうな顔をして、スクリーンの方へ眼《め》を遣《や》った。俺よりイルカや海の方が大事らしい。それならそれで結構だ。もう俺に出来ることはない。

正直な話、俺は自暴自棄になっていた。この引きこもりに振り回されるくらいなら、いっそ潔《いさぎよ》く留年した方がマシなんじゃないだろうか？　そんなことまで思っているくらいなのだ。俺はいつでも諦めが早く、そして、くだらないプライドを守るのに必死だ。

「返事は？」

「変わらない」

涼やかに嗄井戸が言う。俺は軽く頷いて、踵を返した。

「……じゃあ帰る」

「帰るのか？」

その瞬間、寝ていた嗄井戸が飛び跳ねるように起きてこちらへ近づいてきた。その俊敏さにぎょっとする。あまりに驚いてしまった所為で、俺は嗄井戸の過剰反応に気が付かなかった。

至近距離で真摯《しんし》な目をしてくる嗄井戸を見つめて二秒。ペースに呑まれないように少しだけ距離を取って、言った。

「帰るだろ、普通。お前は学校に来ないんだろ。それならそれでいい」

こんな辛気《しんき》臭い部屋で、引きこもりと一緒にいるなんてごめんだ。相変わらず外に出るつもりはないようだし、そうなると俺がここにいる理由もない。さっさと立ち去ろうとした瞬間、俺は嗄井戸の細い腕に摑《つか》まれ、そのまま床へ転倒した。

悶絶《もんぜつ》する俺に、積み重なっていたＤＶＤの山がどんどん降ってくる。一つ一つは軽い一撃でも、束になってかかってこられるとそれなりの痛みになる。打撃の雨に晒《さら》されながら、俺は必死でもがいた。ＤＶＤを払いのけつつ、俺は涙目で起き上がった。

「だ、大丈夫か？」

「もうこんな部屋二度と来るか！　何なんだよ！」

「も、申し訳ない……」

「一体何なんだよ！」

　めずらしくしおらしい態度で謝る嗄井戸に対して声を荒らげた。一体何だっていうんだ。わけのわからない指令を受けて、わけのわからない男の部屋に来させられて、謎の映画を観せられる。不条理過ぎて泣けてきた。けれど、意外にも、途方に暮れたような顔をしているのは俺よりも嗄井戸の方だった。

「君がこんなに早く帰ると言いだすなんて思わなかったんだ……何か気に障《さわ》ったんじゃないかと思うと、こちらとしては気にもなる」

「何なんだよ、……わけわかんないな、お前」

「別に。ただ、部屋にあがるくらいなら、……そこまで早く帰らなくてもいいだろ」

　歯切れの悪い回答だった。……もしかして、寂しいんだろうか？　と思ったのだが、そう口にしたら何だかもっと気まずくなりそうだったので、俺は大人しく腰を下ろした。かといって、それにコメントがつくこともない。相変わらずスクリーンの中の登場人物は何を言っているのかわからない。

「なあ、これ何語？」

「イタリア語と英語」

「わかるのか？」

嗄井戸が静かに頷く。教授が言っていた〝優秀〟というのは即《すなわ》ちこういうことなんだろうか？　それとも別のことなんだろうか？　全くわからないまま、映画だけが進む。相変わらず言葉はわからないが、『グラン・ブルー』はサイレント映画でも通用するんじゃないかと思うくらい、画面が雄弁な映画だった。このまま観ていてもそれなりに楽しめる。

嗄井戸は俺を引き留めてきた癖に、映画に集中して少しも俺のことを気にしていなかった。映画を観ているんだから当然かもしれないが、会話がない。けれど、どう俺の方から話を切り出していいものかもわからない。

嗄井戸の顔はぼんやりとしていて、まだどこか眠たげだった。余計に何を言っていいか困った。

そこでようやく思い出した。そういえば、映画オタクが喜びそうというか、関心を持ちそうな話題なら一つ俺にはストックがある。

これだけＤＶＤがあるんだし、筋金入りの引きこもりのようだから、映画館なんかには興味がないかもしれないが、映画を観ない俺が嗄井戸の関心を引ける話題なんてこれしかなさそうだった。

俺はさも今思い出したかのような顔をして、嗄井戸に尋ねた。

「そうだ、お前パラダイス座知ってるか？　あの、小さな映画館」

「知ってる」

意外にも、嗄井戸は即答した。そして、更に意外なことに、大きな目をぎらぎらと輝かせている。どうやらこの話題は嗄井戸の琴線に触れたらしい。引きこもりであるが映画オタクでもある。引きこもりである前に、映画オタク。俺は少しその目に気圧《けお》されながら続けた。

「あそこ、閉館するんだってよ」

「え、嘘《うそ》、本当に？」

「本当だ。支配人直々に聞いた」

「……そうなのか。全く嘆かわしいね。映画は娯楽でもあり、芸術でもあるんだ。易々《やすやす》と発表の場が失われていいはずがないのに」

嗄井戸は心の底から遺憾そうな顔をしてそう言った。まるで自分の身が切られているかのような辛そうな顔だ。

「俺、あの映画館の支配人と顔見知りなんだよな。冷え冷え屋敷の主人で、夏場はよくお世話になった」

「冷え冷え屋敷って何？」

「あそこのおっさん暑がりでさ、クーラーガンガンに掛ける人なんだよ。家はいっつも涼しくてさ、真夏なんかはたまに中入れてくれて、あれには本当に感謝したわ」

「へえ」

それを聞いて、嗄井戸はにやりと笑った。俺の無知を嘲笑《あざわら》うときのような笑顔でもなく、単なる微笑みでもなく、例えるならば——そう、まるで褒められたがりの子供のように、屈託のない笑みだった。

何を誇っているのかはわからないが、とりあえず笑顔の中身は俺に教えるつもりがないようで、嗄井戸は何度かその言葉を確かめるように、「冷え冷え屋敷、冷え冷え屋敷か」と呟《つぶや》くだけだった。その笑顔は少し好ましい反面、表情が案外ころころ変わるこの男のことが、少しばかり気味悪かったのも確かである。

「僕もその冷え冷え屋敷に行ってみたいね」

「は？　お前外出れんのかよ。だったら大学来い」

「それは無理だな」

嗄井戸は今さっき自分が引きこもりであると思い出したかのように、目を逸《そ》らしながらそう言った。この男は、何かトラウマでもあるんだろうか？　これだけ映画フリークなんだから、てっきり映画が観たくて外に出てこないだけだと思っていたのに、これじゃあまるで外の世界に怯えているみたいだ。

一体何がこいつにあったのかはわからない。俺の仕事はこの男を大学に連れ戻すこと。様々な思惑が好き勝手に展開していく今の状況は映画みたいだと言えなくもなかったが、俺は自分の物語だけで精一杯なのだ。

「僕は『ギルバート・グレイプ』のボニーなんだよ。いや、ギルバートと言ってもいい」

「何だ？　また映画か」

「それも、良い映画だ。主人公のギルバートはアイオワ州の小さな町から一度も出たことがないんだ。知的障害を持つ弟のアーニーと、外にまともに出れないくらい太った母親のボニーに縛《しば》られてね。ギルバートは家族思いだから、その二人を見捨てられないんだ。色々な要因が、彼を小さな町と小さな家に閉じ込めているんだけど、そこに母親とトレーラーで旅をするベッキーがやってくるんだ……そして、ギルバートの世界が変わる」

「お前は別にデブじゃないだろ」

「そういうことを言ってるんじゃない。全く、これだから教養のない奴は困るよ」

「思うんだけど、映画も教養に入るのか？　単なる娯楽だろ？」

「はあ？」

嗄井戸が心底こちらを軽蔑したような顔をしてそう言った。

「当たり前だろ。映画っていうのは総合芸術なんだ。愚かしい人間が作った唯一にして至上の代物だよ。映画を単なる娯楽だと言い放てるような人間に、まともな奴はいないね。まあ、元より留年ギリギリな男の頭の程度なんて知れてるか。どうせ、親にろくな教育を受けてないんだろ？」

「……は？」

「その点だけは同情するよ。程度の低い家庭で低俗なものを消費して生きてきたんだろ？　そんなの僕なら耐えられないからね。子供が子供なら親も親だ」

「……親は関係ないだろ」

「関係あるさ。君のような出来損ないを育てた責任がある」

嗄井戸の顔は表情がとてもわかりやすい。顔立ちが過度に整い過ぎているからだ。

その顔が、醜悪に歪んでいる。まるでわざとこっちを怒らせようとしているみたいだった。その挑発の意味を悟るべきだったかもしれないし、それにまんまと乗らなければよかったのかもしれない。けれど、俺はそんなに冷静な人間じゃないのだ。

　気付けば俺は、嗄井戸の顔を思いっ切り殴り飛ばしていた。細身の身体が綺麗に吹っ飛び、床に転がってＤＶＤの塔を崩す。しまった、と思ったときにはもう遅い。けれど、無責任な行いは物凄くすっきりする。俺の感情は理性よりもずっと奔放に出来ていた。

「何が映画だ。何が物語だ。何がギルバートだ。何が外に出られないだ、何が役者だ！」

　嗄井戸はまるで初めて怒られた子供のような顔をして、俺のことを大きな目で見つめていた。瞼《まぶた》がぱちぱちと拍手のような音を立てるのが聞こえたが、恐らくは幻聴だろう。

「お前なんかここで一生引きこもってればいいんだ」

　捨て台詞《ぜりふ》を吐くと、ほんの少しだけすっきりした。その後は、大きな目から逃れるようにさっさと逃げ出した。このままいるとどうにかなりそうだった。

　扉を閉める寸前、嗄井戸が何か言ったような気がしたが、そんなことはもうどうでもよかった。どうせあの男はこの部屋から出られないのだから。

　苛々《いらいら》しながら銀塩荘を去る。このアパートへの来客が珍しいのか、近隣の住民が遠巻きに俺のことを見ている気がした。ここから人が出てくるのはよほど久しぶりのことなのかもしれない。ともあれ、このときはもうどうでもよかった。この世で自分が一番理不尽な目に遭っているんじゃないかというとんでもない被害妄想を抱え、ただただ鬱屈としてしまっていた。

陳腐な言い方だけれど、理不尽な不幸なんていくらでもあるというのに。

ここでお決まりの言葉でも据えておこうと思う。実はこのとき、裏ではとんでもないことが画策されていたのだが、俺も嗄井戸も、このときはそんなことを全く知る由《よし》もなかったのだ。

そして、それから丸々一週間が過ぎた。

この一週間で本格的に夏が進行し、気温はぐっと上がった。照りつけるような日差しが、肌の表面を滑っていく。

気が重い案件が二つもあった。一つは嗄井戸のこと。嗄井戸の顔を思いっ切り殴ってしまったことだ。よりによって顔しか取り柄がなさそうな弱々しい引きこもりを殴るなんて、完全に俺に非がある。あの日の嗄井戸の、怯えた子犬のような目を思い出すと、流石に罪悪感を覚えたし、第一寝覚めが悪かった。

酷いことを言われたからといってあの対応はない。いくらなんでも暴力はなしだ。

嗄井戸には嗄井戸なりに何かしら理由があったのだろうし、それを無理矢理引き摺《ず》り出そうとしたのは俺なのだ。癇《かん》に障ったからといって殴るだなんて、正直どうしようもないの一言に尽きる。言ってしまえば最低だ。人間としてどうかしている。

最早《もはや》進級の為も何もない。教授から与えられた期限を華麗に過ぎて、ようやく覚悟が決まった。俺は嗄井戸に謝らなくちゃならない。それだけやって、俺はこの一連の全てを終わらせなくちゃならない。

というわけで、俺は再び下北沢に来ていた。初めて来たときにはそんな余裕はなかったが、今回はやけに街の様子が目についた。俺が住んでいた頃と雰囲気は同じなのだが、随分住みやすくなっているように思う。映画のセットとしてよく映えそうな街なのに、ここでちゃんと生活をしていけるという安心感がある。スーパーやコンビニが景観を損ねずにちゃんと取り入れられているからだ。

実を言うと俺は一層この街が好きになってきていた。思い出補正もあるのかもしれないが、なんというか魅力的な街だ。一本裏道に入るだけで、街の様子がぐっと親しげになる。枯れた植物がそのままになっている植木鉢がこんなに微笑ましく見える道なんてそうそうない。

けれど、下北沢には憂鬱な場所もあった。気の重い案件その二、無残にも潰されたパラダイス座である。

嗄井戸の家に行く為には、冷え冷え屋敷・常川邸かパラダイス座の前のどちらかを通らなくちゃならないのだ。他に道を知らないので、下手《へた》にルートを変えたら迷う可能性がある。けれどきっと、もしまた常川さんと鉢合わせして、彼の浮かない表情を見てしまったら、もう俺はどんな反応をしていいかわからない。ポーカーフェイスが得意ではないという自覚があるから、常川さんだって気まずいだろう。

ところが、気まずいタイミングの方が得てして巡り会いやすいものなのだ。人生ってとことんままならない。

せめて常川邸の前を通らないようにして、と、俺はもうないであろうパラダイス座の方を回った。せせこましい抵抗である。こんなことをしたって出くわすときは出くわすのだが、それくらいしか出来ることがないのである。パラダイス座は一体どうなっているんだろうか。せめて取り壊している現場を見なくてすみますように、と密やかに祈る。

そして俺は、信じられないものを見た。

パラダイス座はまだ取り壊されることもなく残っていた。その点には酷く安堵《あんど》した。だが、問題はここからだ。パラダイス座には、多くはないが以前と変わらずに人が出入りしている。服装からして明らかに工事関係者ではなく、映画を観に来た一般客だろう。俺は信じられないものを見たような気分で二、三度目を擦《こす》ったが、パラダイス座は露と消えずにしっかりとそこにあった。

この世のものではないものを見せられたような気がして、俺はふらふらとパラダイス座に吸い寄せられた。パラダイス座が営業している。まさか、閉館が延期になったのか？　それにしては妙だった。何しろ、赤レンガの壁に大きく貼られていた、『閉館のお知らせ』の紙がない。延期ならそう書いた紙を貼っておくはずだ。そうでないと、混乱の種になる。

茫然《ぼうぜん》としたまま、パラダイス座の中に入る。客がいて、売店が営業していて、常川さん自慢のパンフレット展示コーナーがまだある。しかも、前回とは違うラインナップだ。パラダイス座の余裕が見てとれる。

俺は狐《きつね》につままれたような気分で、パラダイス座の中を見て回った。目的は勿論、支配人である常川さんを見つける為だ。上映のベルが奥で響く。一体どうなっているんだ？

「どうしたんだい、奈緒崎くん」

狼狽《ろうばい》した俺の背に、聞き慣れた声がかけられたのはそのときだった。振り返ると、そこにはスーツを着た常川さんがいた。いかにも支配人、というような堂々とした佇《たたず》まいだった。前回会ったときの悲しげな風貌《ふうぼう》でもなく、〝冷え冷え屋敷〟に俺を招いてくれたときの柔和《にゅうわ》なおじさんでもなかった。今日の常川さんは、この上なくパラダイス座の支配人に相応しかった。

「奈緒崎くんも映画を観に来たのかな？」

「いや、そうじゃなくて……」

言っていいものか一瞬だけ迷った。これは一から十まで素晴らしい夢で、俺が無粋なことを言った瞬間魔法が解けてここが更地になる……なんて、くだらない想像をしたのだ。

「どうしてパラダイス座がまだここにあるのか……気になるのかな？」

俺の動揺を察したのか、親切にも常川さんはそう尋ねてきた。

「いや、その……まあそうですね。俺は正直な話、ここがなくなって常川さんが落ち込んでるんじゃないかと思っていて……」

「ありがとう。嬉しいよ。でもね。平気なんだ」

「平気？」

「そう、平気なんだ」

　そう言って、常川さんは笑った。幸せそうな笑みだった。立ち退《の》きもなしだ。だから、これからもパラダイス座はなくなったんだよ。

「パラダイス座の取り壊しはなくなったんだよ。立ち退きもなしだ。だから、これからもパラダイス座はあり続ける」


「え……？　本当ですか？　一体どんな気まぐれで！」

　でも確かに、あの男は随分な気分屋に見えた。一朝一夕でこしらえたパン屋への憧れだったら、一夜の内に消えてしまってもおかしくない。

「気まぐれじゃないよ。笹沼さんはああ見えて結構頑固でね。一度決めたら無理にでも押し通そうとする人なんだ」

「え……それじゃあなんで……」

「笹沼さんは亡《な》くなったんだ」

「……え？」

「嘘みたいな話だけれどね、本当なんだよ。笹沼さんの家が火事になって、大量に煙を吸い込んだ笹沼さんはそのまま意識を失ってね。家も全焼したんだ。それで、パラダイス座閉館の話も立ち消えになった」

「それは……」

　おめでとうと言うべきなのか、それともお悔やみを申し上げるべきなのか。不謹慎という言葉と笹沼のあの胸糞《むなくそ》悪い笑顔が頭の中でぐるぐる回る。結局俺は何より先に「おめでとうございます」と言っていた。当事者である常川さんが笑顔だったからだ。

「地権者が死んでしまったからね。これからどうなるかはわからないんだけど……笹沼さんには妻子共にいらっしゃらなかったしね。私はそういう法律関係には疎《うと》くて……ともあれ、しばらくはパラダイス座の閉館はなしだよ。嬉しいことだ。嬉しいことだ。奇跡だ。ありがたいことだ」

俺の脳が情報を処理出来ずにぐるぐると無意味な回転を続ける。何と言っていいのかわからなくて、言葉が出てこない。無言はいつだって勝手に解釈を施されるというリスクがあるのに、俺は何も言えなかった。奇跡の火事、笹沼さんの死。だって、そんなのは、まるで――

黙っている俺に押し付けられた解釈は、最も手酷く容赦ないものだった。さっきよりずっと冷たい目をした常川さんの口が開く。しまった、と思ったときには、既に遅かった。

「奈緒崎くん」

「は、はい。何でしょう」

「言っておくけどね、私は笹沼さんの家が燃やされたとき、ずっとパラダイス座にいたんだ。なにしろこんなオンボロ映画館でも、最後となったら沢山のお客さんに来てもらえてたんだから。私にはアリバイがある」

「別に俺は、常川さんを疑ってるわけじゃ……」

「わかってる。でもね、私のことをそういう風に言う人間もいるってことさ。何しろ、本当にタイミングが良すぎるからね。でも、誓って私はそんなことはしていない。していないんだ」

常川さんは念を押すようにそう言った。その言葉を聞く度に、俺はどんどん暗い沼に沈んでいくような気持ちになっていった。だってそうじゃないか。そういう言葉は、聞けば聞くほど心に傷を残すのである。常川さんの言葉を信じたい。信じたいのに、天邪鬼《あまのじやく》な俺はそれを信じられず、ポーカーフェイスが下手な俺は、如実《によじつ》にそれを常川さんに伝えてしまう。

「……もし君が本当に私を疑っているのなら、どうやって私が神様になったのかを答えてもらおうか。奇跡なんてそうそう起こらないと思うかい。起こるんだよ。そのくらい良いじゃないか。映画では、あんなに沢山起こっているんだから」

「俺は常川さんを疑いたくありません」

「知ってるよ」

その目に俺は、まだ子供に映っているだろうか。ここでこれ以上言うべきことなんて一つもなかった。俺はパラダイス座に背を向けて歩き出す。常川さんの視線が背に焼き付いて焦げ付いた音を立てる。

世の中には酷いことが沢山あって、どうしようもないことも沢山あるのだと理解している。けれど、どうしてここなんだ、と本気で嘆いた。よりによって、どうして不幸の係留地がパラダイス座なのか。常川さんの大切な場所なのか。

そして奇跡が起こって、笹沼が死んだ。常川さんの与り知《あずか》らぬところで炎にまかれて無残に死んだ。パラダイス座を潰そうとした罰で、呪われてしまった。パラダイス座は取り壊しを免れ、これからもあそこにある。

でも、俺はどうしてもこれを奇跡と呼ぶ気にはなれなかった。

だって奇跡はもっと美しくて、もっとご都合主義で、もっと後腐れなく幸せなものじゃないといけないはずだからだ。

俺はそのまま変わらず目的地へと向かった。嗄井戸の住む、銀塩荘だ。もう俺の頭からは当初の目的なんかはすっかりと抜け落ちてしまっていて、ただただこのことを嗄井戸に伝えなくてはいけない、とそれだけが頭にあった。当初の目的を思い出したのは、不機嫌そうな顔で出てきた嗄井戸の顔が見るも無残なことになっているのを見てからである。うっかり言葉を失いそうになりながら、それでも俺は「話がある」と絞り出すように言った。

「僕にはない」

嗄井戸はそう言って無慈悲に扉を閉めようとした。慌てて悪徳セールスマンのように足を差し込んでそれを止める。嗄井戸の顔がますます不機嫌になっていたが、気にしてはいられなかった。俺は形振《なりふ》り構わず続ける。

「大事な話だ。パラダイス座の話だ。奇跡が起きた。閉館はなくなったんだ」

「奇跡？」

その瞬間、嗄井戸の表情が変わったのがわかった。大きな目が更に大きくなり、口元が少しだけ緩む。完膚なきまでの引きこもり、世間との関係を断絶する男にはそぐわない、素晴らしい食いつきようだった。

「興味あるだろ」

「どれに？　パラダイス座に？　奇跡に？」

「こういう面白いことにだよ」

不謹慎な物言いだったかもしれない。けれど、まず間違いなく嗄井戸は楽しんでいた。

俺は常川さんから聞いた『奇跡』の顛末《てんまつ》を語って聞かせる。嗄井戸はその間、一言も口を挟まなかった。

「へえ、仇《かたき》の家が炎上、ね。物騒な奇跡もあったものだ」

「話を聞いてくれないか。頼む」

そう言った瞬間、扉の抵抗がふっと緩む。嗄井戸が無言で中へ入っていくのを見て、その背を追った。


一連のことを話しながら、俺はずっと嗄井戸の顔を見ていた。反応が気になったからじゃなく、顔の傷が気になったからだ。傷は控えめに言っても酷いものだった。悲惨というか惨《むご》い。一言で言うなら、うわあという感じだった。美形の顔を無残に傷つけたというのは、なんというか、とんでもない悪徳な気がした。凡百の人間の顔を殴ったのに比べて、罪悪感が三割増しである。

でもまあ、幸いなことにそこまで痛がっている様子もない。話に聞き入っているからそう見えるだけかもしれないが、少しだけ安心する。

「俺は、正直な話そんな偶然があるなんて思えない。でも、常川さんにはアリバイがあるんだ。……常川さんは執拗《しつよう》に『従業員にも聞いてみるといい』って勧めてきた。自信があるんだ。揺るぎない自信が。火事があった日、ちゃんと常川さんはパラダイス座にいたんだ。放火なんてしていない。事件発生時刻に確かに常川さんはパラダイス座にいたんだ。こんなことってあるか？」

俺は種明かしを急かす子供のようにそう言った。本当は、真相を教えて欲しいというよりは、「ありえない」と言って欲しかった。パラダイス座のスタッフに言われても常川さんに言われても信じられない最低な自分を看破して、常川さんを信じさせて欲しかったのだ。

「へえ」

けれど、嗄井戸は首を振って、俺の全く期待していない言葉を吐いた。

「話はわかったよ。なるほど、そうか。でもよかった。映画館を潰すなんて言語道断だからね。そんな奴、死んで当然だ。そんな無粋な奴を殺すなんて、常川さんはいいことをしたよ」

嗄井戸の言葉に息を呑む。そして、俺はゆっくり尋ね直した。

「お前、今何て言った？」

「常川さんはいいことをした」

「その前」

「死んで当然」

「少し後」

「無粋な奴」

「を？」

「殺すなんて、いいことをしたよ」

「それだ！」

「何？　説明してくれよ」

「奇遇だな。俺も説明して欲しいんだ」

「……何を？」

「のび太くんみたいな顔をするなよ。お前はドラえもんになる発言をしたぞ」

「それって解決役ってこと？　……せめてホームズ役とワトソン役で例えて欲しいんだけど……」

「常川さんは、笹沼を殺したのか？」

俺はしっかりと嗄井戸の目を見てそう言った。嗄井戸はしばし目をぱちぱちと忙《せわ》しなく瞬《しばたた》かせていたが、そのまま黙って頷いた。

「僕は長らく無神論者でね。神様は映画の中にしか存在しないものだと思っている。というわけで、そんな奇跡なんて起こりはしないよ。完ッ全に常川さんが笹沼殺しの犯人だろうね。いやはや、なかなか凄いことをするものだ」

「……嘘だろ」

「残念ながら、僕にはそうとしか考えられないよ。奈緒崎くんの期待に沿えなかったら申し訳ないけどね」

「そうなのか……」

全く期待に沿わないお話だったし、さらっとそれを言ってのける嗄井戸のことも信じられなかった。けれど、俺は何となく、腑《ふ》に落ちたような気分にもなっていた。何と説明していいのかわからないが、何故だか俺は『嗄井戸が言うならそうなんだろう』と、思ってしまっていたのだ。このときの俺と嗄井戸の関係なんて、引きこもりとその同級生以上のものじゃない。それなのに、妙に俺は嗄井戸の言葉を信用していた。理由は今でもわからない。しかし結果的に、俺の勘は当たっていた。嗄井戸は少し考え込んで、こう続けた。

「聞きたいことがあるんだけど」

「何だ？」

「僕の推理が正しければ、常川さんは笹沼に何か贈り物をしたんじゃないか？　それが何かわかればいいんだけれど……難しいか」

「いや、わかる」

俺はあのときその場にいたからだ。笹沼の奴が常川さんを嘲笑う光景。

「……常川さんは北海道出身で、それで、クール便で蟹を」

「蟹！　いいね。蟹はいいものだよ。あんなに強そうで格好良くて、殻を剝《む》けばとんでもなく美味《おい》しい生き物は他にない」

嗄井戸は楽しそうにそう言って笑うと、不意に真顔になってこう続けた。

「常川さんはまず間違いなくそのクール便に蟹以外の何かを入れたね」

「だが、爆弾とかなら流石に気付かれるんじゃないか？　笹沼だってそれほど馬鹿じゃない」

「それが爆弾に見えなかっただけだろう。僕の推理が正しければ、普通の人間はまずそれが凶器だなんて思わない」

黒い毛布をマントのように被《かぶ》りながら、嗄井戸はそう言った。

「一体、凶器って何なんだ」

「奈緒崎くん、君が望むなら、僕は別に探偵役を買って出てやっても構わないよ。だが僕は外に出られない。真実を知ってどうするかは君次第だ。一任する。それでも君は聞きたいのか？　僕は何の責任も負わないぞ」

探偵役に相応しくない注意書きの多さだった。責任も何もないし、多分こいつは好奇心だけで動いている。常川さんのことはあくまで他人事《ひとごと》で、興味深い事例の一つだと思っている。

それでいい。キザったらしい前口上も、『さて』から始める解決編も、面倒なことは全て引き受ける。

「いいから俺に丸投げしろ」

「オーケイ、謎は全て解けた。終幕だ。傑作だったな」

嗄井戸はそう言って、ボロボロの顔でにんまりと笑った。

なんだかとても、楽しそうな笑みだった。


俺は、再度常川さんのもとに足を運んだ。正確に言うならパラダイス座に向かった。

俺は映画を観ないから、映画館を訪れるのは数えられる程度である。小さい頃に母親に連れられて観たアニメ映画が最初で最後かもしれない。それが『ドラえもん』だったかどうかは定かじゃない。

常川さんに会いたいという旨を受付の女の子に伝えると、案外すんなり取り次いでくれた。常川さんは元からフレンドリーに来客を受け入れる性質《たち》だったらしいし、俺と常川さんは、一応旧知の仲である。

「ああ、奈緒崎くん。どうしたのかな」

「常川さん、お話があります」

「それは、ここじゃ駄目な話？」

「あまりよろしくないと思います。もし常川さんの手が離せないようだったら、再度出直しますが」

常川さんは少し考えるような素振りを見せていたが、やがて、柔和な笑顔と共に口を開いた。

「私の家——君が言うところの〝冷え冷え屋敷〟でどうだろう。相変わらず寒いが、大丈夫かな？」

俺が大きく頷くと、常川さんはいつもと変わらない笑顔で、俺を先導する。笑ってしまうほど普通だった。これから起こることが想像出来ないくらいだった。

久しぶりに足を踏み入れた冷え冷え屋敷は、思い出の中とは違っていた。多分、物が少ないのもクーラーが相変わらずガンガンと効いているのも、前と同じだろうに、カーテンの閉め切られた部屋は電気を点《つ》けていても薄暗かった。

寂しい部屋だ。寒いからそう感じるのかもしれないし、物が極力排された空間だからそう思うのかもしれない。とにかく、この部屋は人の住む家というより、本当に倉庫のような感じだった。生活感がない。

嗄井戸の部屋と同じく、壁には高級そうなスクリーンがかかっている。ここで俺は、常川さんに映画を観せてもらったのだ。

「相変わらず凄いスクリーンですね」

「実はね、これとは別にもっと凄い映写室があるんだよ。私が個人的に使っているものだから、奈緒崎くんたちには見せてあげなかったけれど」

「え、そうなんですか」

「営業終了後のパラダイス座さ」

そう言って常川さんは悪戯《いたずら》っぽく笑った。確かにその通りだろう。

「それで、奈緒崎くんはどうしたの？　君は映画に興味がないんだと思っていたけど」

「ああ、そうです。俺、全然映画を観なかったんです。だから気付かなかった」

「気付かない？　何に？」

「映画を観る人でも、事件の真相を暴《あば》くのって難しい。だって現実と映画は違うものだって思い込んでるから」

「事件？　穏やかじゃない物言いだね」

「でも、俺の知り合いの、嗄井戸って男は違うんです。だって、嗄井戸にとって映画は現実だから。それが世界の全てだから」

「つまり、どういうこと？」

「常川さん、笹沼さんを殺したのは貴方ですね」

まさか自分がこんな台詞を言う日が来るとは思わなかった。でも、仕方がない。今の俺は嗄井戸高久だ。引きこもりの名探偵の口である。

常川さんは黙っていた。次の言葉を待っている。

嗄井戸の言葉を待っている。

「『ニュー・シネマ・パラダイス』という映画があってね」

そう嗄井戸は話し始めた。

俺が素直にその映画を観たことがないと言うと、嗄井戸は散々俺の教養の足りなさを罵《のの し》り（ここで危うく殴り合いの喧嘩《けんか》に発展しかけた）、その後で静かにその映画のあらすじを語り始めた。

「舞台はシチリア島の小さな村でね、その村には教会兼映画館をやっている小さな『パラダイス座』があったんだ。Cinema Paradiso」

俺はその名前に聞き覚えがあった。多分、少しでも映画を観る人間ならすぐにピンとくるだろう、その名前。

「常川さんの映画館の名前と同じ……」

「多分、ここから取ったんだろう。その映画館に勤める映写技師のアルフレードと、映画に魅せられ彼に懐く少年トトの交流の話なんだ。村の娯楽は映画館しかないんだけど、何せ場所が教会だからね。そこでかけられる映画にはとある酷い処置なんかもされていたんだけど、その処置に怒る住人たちも、新作映画の封切りに殺到する住人たちも、なんだかとても愛しいんだ。監督が、そういうのを描くのが上手《うま》い人でね。トトとアルフレードはどんどん絆《きずな》を深めていくんだけれど、ある日事件が起こる」

「事件？」

嗄井戸の語り口は、まるでその悲劇を実際に見てきたかのようだった。嗄井戸は、静かに言う。

「パラダイス座が火事になるんだ」

「常川さんも、『ニュー・シネマ・パラダイス』は知ってますよね」

「ああ、勿論だ」

映画では、愛しいパラダイス座は火事で焼け落ちてしまうのだという。そのときに大切なアルフレードの視力も失われてしまって、彼は二度と映画を観ることが叶《かな》わなくなる。そこまで話を聞いたとき、胸が詰まった。なんて映画だ、なんて話だと無責任に思った。その後も、映画は続いていく。

けれど、重要なのはそこじゃなかった。

常川さんは完全に俺の言いたいことがわかっているだろう。でも、自分から真相を語ってくれる様子はない。あくまで俺の口から、真相を暴かせるつもりだ。逆に言えば、それすら出来ないくらいなら、もうこの事件に関わるな、ということなのかもしれない。

俺は真っ直《す》ぐに常川さんを見て、ここから逃げ出したりしないことを誓う。俺は嗄井戸に真相を教えられてしまった。そうなったらもう、暴くしかない。

「常川さんも知っての通り、『パラダイス座』を燃やしたのは、映画のフィルムでした。出火元はそれなんです。あの頃映画用に使われていたニトレートフィルムはニトロセルロースが使われていた所為で燃えやすかった。アルフレードも映画の中でそう言っていたそうですね。実際に、日本でも何件か、ニトレートフィルムが原因の火災が起きている」

ニトレートフィルムは二十五度以下で保存しないと自然発火する可能性のある、取り扱いの極めて難しいフィルムだ。大量のフィルムを所蔵・保管している東京国立近代美術館フィルムセンターでも、一九八四年に同じように火災が起きている。その日も気温は三十八度を超えていた。そして、フィルムは発火してしまった。

「常川さんがいつもクーラーを効かせた家に住んでいたのもこれが理由だ。常川さんは、ニトレートフィルムを所有しているんでしょう？　それも、大量に。それの自然発火を防ぐ為に、常川さんはずっとクーラーを効かせていなくちゃいけなかった」

「……面白い話を知ってるね」

「ただの暑がりだと言うなら留守中にクーラーを掛けていく必要はない。あのクーラーは、常川さんの為じゃなくフィルムの為だったんでしょう？　……もしかして、笹沼に言っていた『金になるもの』って、そのフィルムだったんですか？」

それは貴重で高価で、とっておきの宝物だったに違いない。パラダイス座を常川さんは愛していた。フィルムだってそうだ。だって常川さんは、映画が大好きなのだ。

それを笹沼は奪おうとした。だから殺した。殺すしかなかったのだ。

「私の財産なんて、フィルムくらいのものだからね。それで？」

「つまり、笹沼を殺したのはパラダイス座を燃やしたのと同じ凶器ですよ。貴方が持っていたニトレートフィルム。笹沼の家に仕込むのは簡単です。それを蟹と一緒にクール便に入れて送ればいいんですから。蟹と一緒に送られてきたフィルムの束に違和感を覚えども、笹沼がそれを危険なものとみなすことはないでしょう。……笹沼は映画を観ない。送られてきたそれを、ただの換金対象としか思えず、暑い部屋に置いてしまう。焦《あせ》ることはありません。相手は何の警戒もしないんですから、勝手に発火してくれるのを待てばいい。温度が引き金になるんだから、発火するのは九割方日中でしょう。日中、常川さんは仕事に出ている。……完璧なアリバイがある」

そして、火事は起こった。笹沼は死んだ。パラダイス座と映画を守るという常川さんの目的は、見事に果たされたのだ。

「ニトレートフィルムはその発火のしやすさから、他のフィルムへの移行期には過去の忌《い》まわしき遺物とされていました。意図的に燃やされたり、劣悪な環境に置かれたり。ニトレートフィルムが、記録した映像を劣化させない優れた記録媒体だと見直され、その価値が注目されるまで、断罪され続けてきたんです。ニトレートフィルムは今でも発掘され続けていますが、扱いが難しいのは変わりません。時代を経たフィルムたちは軒並み発火の可能性を備えている。常川さんのような、映画を適切に愛する人が扱わない限り。これが、今回の火事の真相です。これは計画的な放火だったんでしょう？　大事なコレクションのフィルムを切ってまで、常川さんは大切なものを守りたかったんだ」

そうまでしてでも、常川さんはパラダイス座を守りたかった。

その愛情だけは正しかった。でも、それだけだ。

「……面白い話だね。君の友人は大した名探偵らしい」

「嗄井戸は、切られたフィルム、そのタイトルまで当てました」

「……そんなことまで出来るのか？　その子は超能力者か何かなのかな？」

「エスパーじゃないかもしれないですけど、あいつは外しませんよ。……どうやら奴は、常川さんと同じく、死ぬほど映画を愛しているようですから」

この凄惨《せいさん》な事件の謎解きをしているというのに、あいつの目はキラキラと恐ろしいほどに輝いていた。映画のことが本当に好きなのだとわかると同時に、その姿は白髪と相まってとてもおぞましく見えた。全てを話し終えた後に、嗄井戸は無邪気な声でこう言った。

「ところで奈緒崎くんは、常川さんにこの事件の真相を暴きにいって、罪を償わせるつもりなのかな？　確かに、大事なフィルムを切るなんて許されないからね」

それを聞いて、俺は麗《うるわ》しの優先順位を知り、密かに震えた。嗄井戸の中では殺人よりも映画のフィルムを損壊したことの方が罪で、映画館を不届きにも潰そうとしたことは他の何より悪なのだ。

それを聞いたとき、俺はこの事件を暴こうと決めた。これを殺人事件として糾弾《きゅうだん》出来る登場人物が、一人でもいないといけないんじゃないかと思ったのだ。

その役を担《にな》えるのは俺しかいなかった。責任を取ると、嗄井戸に約束してしまったからだ。

「タイトルがわかる？　私が所有しているかすらわからないのに、どうしてタイトルがわかるって言うんだ？」

「美しいからです。映画は総合芸術です。観て楽しく、心を震わせ、美しくなければいけません。細部に神は宿るんです。だから、常川さんがそこを外すとは思えない、そう言っていました」

「それじゃあ聞こう。私が切り取ったフィルムのタイトルは何かな？」

俺は、嗄井戸が言っていた映画のタイトルを、心の中で復唱する。

「『ヴィッジュの消防士《しょうぼうし》たち』」

そのタイトルを聞いた瞬間、常川さんの表情が凍った。どうやら正解だったようだ。

ああ、確かに。そうでなくては。そこまで合わせないと美しくない。

「『ヴィッジュの消防士たち』は『ニュー・シネマ・パラダイス』で、パラダイス座が火事になったシーンで、アルフレードが上映していたフィルムです。尤《もっと》も、俺は観たことがありませんけれど。……常川さんがどれほどのコレクターかはわかりませんが、こんなに美しい殺害方法を選んだんだから、使用したフィルムはこれ以外にないだろう、と」

「……なるほど、美しい……美しい、ね。それにしても、『ヴィッジュの消防士たち』を知っているとは思わなかったよ。君の友人は本当映画が好きなんだな」

「友人と言っていいかはわかりませんが……」

「『ヴィッジュの消防士たち』のフィルムは、私のコレクションの内の一つだった」

俺はハッとして常川さんの方を見た。常川さんはもう俺の方を見てはいなくて、ただじっと、奥の扉を眺めていた。俺が想像もつかないような映画のフィルムが収められているはずの部屋だろう。

「常川さんは映画を愛している。『ヴィッジュの消防士たち』のフィルムが切り取られているはずだ。もし、常川さんが本当に潔白なら、……切られてないフィルムを見せてください。そう、嗄井戸の奴が言ってました。もし、常川さんが犯人じゃないのなら……俺に、『ヴィッジュの消防士たち』を観せてくれませんか？」

勿論、犯行に使われていたフィルムが他の物である可能性は十二分にある。そもそも、『ニュー・シネマ・パラダイス』に合わせる必要なんて本当はない。そもそも常川さんが俺に『ヴィッジュの消防士たち』を観せる義務もない。警察が家宅捜索でもしなければ、常川さんの犯行は露見しない。切り取られたフィルムが見つかっても、言い逃れはいくらでも出来る。

でも、俺は——正確に言うなら嗄井戸の奴は、確信していた。

「これは復讐《ふくしゅう》だからね」

嗄井戸は、まるで自分が犯人であるかのような顔をしてそう言った。

「映画を愛する者が、映画を冒瀆《ぼうとく》する人間に対して行う復讐だ。ただ放火するだけなんて赦せないよ。そうじゃないと、映画に申し訳が立たないだろう？」

映画を冒瀆した人間を、映画で殺す。その為には、最高のお膳立《ぜんだ》てをしなくちゃならない。それこそ、映画のように、隅々まで手が回されていなくてはならない。

嗄井戸はそう考えたのだ。名探偵さながらに、一人の映画好きとして。

「火事になるのは不幸だった」

「……え？」

「映画の話だよ。『ニュー・シネマ・パラダイス』。パラダイス座が火事になるシーンは、観る度に胸が痛んだ。アルフレードと同じくらい私は身悶《みもだ》えた。けれど、直前のあのシーン。上映される『ヴィッジュの消防士たち』が、あんまり楽しそうだから、私は何も言えなくなってしまう」

俺はその映画を観たことがないので、何とも反応出来なかった。それが、この上なく歯がゆく思えた。こんなことなら、ちゃんと映画を観ておけばよかった、と思った。

「『ヴィッジュの消防士たち』。あれはいい映画だよ。私が持っているフィルムでもない限り、おいそれと観られないだろう。正当な方法ではね」

「……そうなんですか」

「でも、私にはそれをもう、君に観せてあげられない」

常川さんは静かに言った。クーラーが効いた部屋の中で、機械音だけが鳴っている。

「それじゃあ……」

「ああ、切ってしまったよ。大切なフィルムだったのにな。愛していたのに」

それは痛ましい自白だった。恐ろしい犯罪についての話をしているというのに、何とも美しい言葉だ。

「ああ、奈緒崎くんが言った通りだ。私は笹沼にフィルムを送りつけ、殺した」

淡々と、常川さんがそう告げる。ある種望んでいた言葉だったのに、味わったそれはどうしようもなく苦い。

「やっぱり、パラダイス座の為に殺したんですか」

「あの男が死ぬかどうかなんて本当はどうでもよかった。賭けだったんだ。私の愛した映画で、あいつが痛い目に遭えばそれでよかったんだ。あのケチ屋敷が燃えたら少しは反省するかもしれないってね」

でも、そうはならなかった、と続ける。

「あいつは燃え盛る部屋に飛び込んだ。親愛なる映写技師アルフレードのように。でも、そこに映画を愛する気持ちなんてなかった。『貴重な映画のフィルムだ、きっと高く売れる』と言い含めておいたからね。火種が何なのかすら知りもせずに、金になる物がおじゃんになると思って燃え盛る部屋に飛び込んで、煙にまかれて死んだんだ。

ただ、それだけだ」

「……殺すつもりはなかったんですか」

「殺すつもりはなかったけれど、死んでくれてよかったと思っている」

ぞくりとする言葉だった。そう言う常川さんには迷いがない。映画を軽んじて踏み躙《にじ》った笹沼に、嗄井戸が向けたものと同じ表情だった。

「私は後悔していないよ。あいつが死んだのは天罰だなんて、そんなことまで思っている。後悔なんて出来るものか。あいつは、私の大事なものを、踏み躙ったんだ」

そう語る常川さんは、もう俺の知っている常川さんじゃなかった。冷え冷え屋敷の優しいおじさんではなく、大事なものを守る為にどんなものでも犠牲に出来てしまう強い意思が見える。

俺にはそれほど愛せる何かがなかった。それに気が付いたとき、俺はこの事件の真相を聞いたときよりもずっと絶望していた。それがどういうことなのかはわからない。冷え冷え屋敷の中で、クーラーだけが悠々と自分の役割を果たしていた。

その後、事の顚末を知らせに、俺は四度目の正直で嗄井戸の家へ向かった。当初の目的は何処へやら、である。こんなことになってしまった俺を、高畑教授はどう思っているんだろうか？　教授の方にも報告に行かなくてはいけないが、まずはこっちからだろう。

インターホンに対する反応が早かった。がちゃりと開いた扉と覗く白い頭に安心する。嗄井戸の方も訪問され慣れてきたということだろうか。

「……奈緒崎くん」

「嗄井戸。入っていいか」

「……構わないよ」

ぎこちなくなりながらも、俺は嗄井戸の部屋の中に入った。図書館のようなワンルームは、以前より更に綺麗になっているように見えた。

「片付いてるな」

「お金を払って掃除に来てもらってるから、定期的に綺麗になるようになっているんだ」

「お前の家、お手伝いさんまでいるのか……バブリーだな」

会話しながら俺は素早く嗄井戸の頬《ほお》の具合を確認した。随分腫れが引いている。この分だと、その内すぐに元通りになりそうだった。それにいくらかほっとする。リビングのスクリーンでは珍しく映画が掛かっておらず、遮光カーテンが開いていた。白いのっぺりとしたスクリーンがこの部屋をもっと寂しくさせていた。

ここも寂しい部屋だ。常川さんの家に行ったときと同じ感想を抱いた。物が大量にあるからわからなかったが、この部屋はなんだかとても寂しい。ここに、嗄井戸はいつも一人でいたのだ。

「それで、何しに来たんだい？」

ソファーに座りながら淡々と尋ねてくる嗄井戸に、俺は常川さんの事件の顛末を話した。常川さんは結局自首をして、所有していたフィルムは全て、東京国立近代美術館にある、フィルムセンターに寄贈されることになったこと。あと、パラダイス座は他の人の手に渡り、少しの休業を経てまた営業再開する予定だということを告げた。

この話を聞いた嗄井戸はここ最近で一番嬉しそうな顔をしていたので、それだけで何となく、俺はこの事件が解決されてよかったと思うのだった。人一人の死を隠蔽《いんぺい》したまま営業される映画館なんて、あんまり幸せじゃなさそうだし。

「そうか……パラダイス座がね。それは嬉しいニュースだ。わざわざ報《しら》せに来てくれてありがとう」

「だって、お前の手柄だろ。今回は」

そう言うと、嗄井戸は笑うときのような、あるいは泣く手前のような、奇妙な顔を見せた。折角《せっかく》の美形が歪む。あんなに映画の登場人物然としていたのに。

それがなんだか、とても好ましかった。

「……あと、謝りに来た」

「謝りに？　何で」

「お前の顔、殴ったから。いや、これについては本当に申し訳ないと思ってる。……何か、お前が家族のことまで言ってくるのに苛ついて……本当に、悪い」

俺の謝罪に、嗄井戸は何も言わなかった。

何も言わずに、ただただ驚いていた。大きな目が星を散らす。嗄井戸は、今初めて自分が怪我《けが》をしていたことに気が付いたかのように、頬に手を遣った。

「何か言えよ」

「……いや、意外だった。まさか謝られるとは」

「謝罪の気持ちもあるし、感謝の気持ちもある。常川さんの事件が解決したのはお前のお蔭だからな」

「いや……それほどでも……」

嗄井戸は首を傾《かし》げながら、ほんの少しだけ眉を寄せた。どうやら、真っ当に照れているらしい。もしかすると、嗄井戸は思いがけず素直な人間なのかもしれない。

「……提案なんだけど」

ややあって、嗄井戸がそう呟く。

「どうした？」

「『ニュー・シネマ・パラダイス』、観ない？」

そうして俺と嗄井戸は、件の『ニュー・シネマ・パラダイス』を観た。これがまあ、恐ろしいほどよかった。ラストシーンでは、ぼろぼろ泣いてしまった。詳しく内容を書くのは野暮である。だから、ただただ俺は、アルフレードとトトに素晴らしい体験をさせてもらったということだけ言っておこうと思う。

嗄井戸は俺の泣きっぷりに引いていたんじゃないだろうか。勝手にティッシュを使いまくってからそう思ったのだが、驚いたことに嗄井戸の奴も泣いていた。

「映画で泣ける奴は良い奴だと思う。善じゃなくて良だけれど」

「それって、自分が良い奴だって主張してる？」

嗄井戸は答えなかった。柔らかな髪を揺らしながら、エンドロールを眺め続けている。

「俺たち仲良くなれるんだろうか？」

「もう一本観てから決めようじゃないか」

嗄井戸がそう言って立ち上がった。そこでようやく俺は、この男が柄にもなく浮かれているのを知った。

第二話「断崖絶壁の劇場演説」（『独裁者』）

高畑教授の奇妙な依頼からパラダイス座の事件を経て、俺は嗄井戸高久に出会い、その人となりを知った。嗄井戸は銀塩荘という変な名前のアパートの二階を丸々借りて引きこもるブルジョアな男で、日がな映画を観て過ごしている根っからの社会不適合者である。

一体人間は何を以て友人となるのか？　気付いたら友人となるのか？　でもそれっていつ気付くんだ？　長らく生きてきて、俺はこの奇妙な男を前にその基本的なことを忘れてしまっていた。だから、当の本人に聞いてみた。

嗄井戸の答えはこうである。

「もう一本観てから決めようじゃないか」

取り出したるは別の映画のＤＶＤである。映画オタクのこの男のコミュニケーションツールはとことん映画らしい。ある意味キャラがはっきり立っていて、とってもよろしい。ずばりと事件を解決してくれたことで気分がよかったこともあり、そのとき俺はとても素直にそれを了承した。その前に観せられた『ニュー・シネマ・パラダイス』がとてもいい映画であったというのも大きい。俺は、「嗄井戸が薦めてくる映画は無条件に面白いものなんだろう」と思い込んでしまったのだ。それが大きな間違いだった。

次に嗄井戸が取り出したのは、『ニュー・シネマ・パラダイス』と同じジュゼッペ・トルナトーレ監督が撮った、『マレーナ』という映画だった。

この映画が曲者《くせもの》だったのである。

雰囲気は『ニュー・シネマ・パラダイス』と似ていた。お洒落な雰囲気に、等身大の人々の日常。そこにでてくるマレーナという名前の魅惑的な女性と、その女性に魅せられる主人公レナート。町中の嫉妬《しっと》と羨望《せんぼう》を受け止めるマレーナを見つめ続ける主人公。シチリア島という閉じた世界。

と、ここまでは確かに面白そうだし、その映画の雰囲気自体はとても好ましかったし、きっといい映画なんだろうと思った。が、如何《いかん》せん、俺は疲れていた。色々なことがあり過ぎたし、『ニュー・シネマ・パラダイス』はディレクターズ・カット版とかいうとても長い代物で、三時間近くあったのだ。雰囲気まで丹念に楽しみ尽くさなくてはいけない情緒的な映画を観るのには適していない精神状態だったと言える。もっと、爆炎とか爆発とかミステリーとかカーチェイスとか、そういう観ていて刺激になるものがあのときの俺には必要だったのだろう。

結論から言う。

俺は、『マレーナ』を観ながらすっかり寝こけてしまったのだ。それも、開始十分も経《た》たない内に。さっき記したあらすじは、上映前に嗄井戸が嬉々《きき》として語っていたものである。正直、開始十分では何が何やらあまりわからず、「ああ、確かに『ニュー・シネマ・パラダイス』に雰囲気が似ているなぁ」と思っただけだった。とてもシンプルで、嗄井戸の逆鱗《げきりん》に触れそうな感想である。

だって仕方がないじゃないか。シチリア島にはカーチェイスも殺し屋もヤクザの抗争も地下に広がる謎の大迷宮もドラえもんもなかった。そういう観るのに体力がいる映画を初心者の俺に観せようとすること自体、ちょっとばかり配慮が足りなさすぎる。そう思わないだろうか。

どっこい、嗄井戸はそう思わなかったわけである。

最初、嗄井戸は隣で寝ている俺に気が付かなかったらしい。映画に集中していたからだ。映画を観るときのこの男の集中力には凄《すさ》まじいものがあって、それが洞察力や発想力に結びついているのかもしれないのだが、ともあれ映画を観ているときは大抵のことが目に入らなくなるのだ。『ニュー・シネマ・パラダイス』のときは、この映画はどうだとか、ここでアルフレードが上映している映画はこれだとか色々話していたのだが、『マレーナ』がそういうタイプの映画じゃなかったのもあるだろう。嗄井戸は終始無言でスクリーンに見入っていた。だから、暢気に眠っている俺に気が付いたのは、上映が終わった後だった。

「いやあ、どうだった奈緒崎くん。この映画でマレーナを演じたモニカ・ベルッチはね、この映画で注目されて、大女優への階段を上るんだ。だって、たまらないくらい魅力的だろう？　彼女、ジュゼッペ・トルナトーレ監督の『シチリア！シチリア！』にも出演してるんだ。この際だし、ついでにそっちも観ておこうか。どうだろう？……奈緒崎くん？」

返事があるはずもない。俺は元気に夢の中だ。嗄井戸が根城にしているソファーはとんでもなくふかふかしていて寝心地がよく、それはそれは居眠りをするのに快適だったのである。

このときの記憶は当然ながら曖昧《あいまい》だ。幾度となく嗄井戸に名前を呼ばれた気がするが、俺は「うるさいなこいつ」という感想を持っただけである。眠いときなんてそんなものだ。気怠《けだる》い朝のように、一秒でも長く居眠りを続けていたかったのだ。

「奈緒崎くん！」

叫び声のようなその声と共に思い切り揺すられ、その衝撃でようやく目を覚ました。目を開けて最初に飛び込んできたのは嗄井戸の髪に劣らず蒼白《そうはく》な顔だった。まるで、大切にしていた花畑を土足で踏み荒らされ、煙草《たばこ》の吸い殻まで捨てられたときの顔みたいだった。

スクリーンにはつらつらとエンドロールが流れている。あ、しまった、とここでようやく目が覚めた。俺はマレーナのこともレナートのことも何にもわかんなかったな、とぼんやり思っていると、「え、本当に寝てたのか？　本当に？　逆にどこまで起きてた？」と嗄井戸が震える声で尋ねてきた。

「えー……開始三十分は起きてた……ような」

「開始三十分！　どんな場面⁉」

「海が映ってて……」

「やめろ！」

「すいません、十分くらいで寝ました」

「この人でなし！」

いやあ、俺もマレーナに振り回されてしまったよ、と言って誤魔化《ごまか》せる相手ならよかった。しかし、そうじゃなかった。目を剝いて怒る嗄井戸は比類なき映画オタクであり、映画に人生の大半を捧《ささ》げている狂人である。俺の常識が通用するはずがない。

「どうして寝たんだよ！　九十分程度しかない映画なんだぞ！」

「なんか……色々あったし……ソファーは気持ちいいし……なんていうか眠くなる映

画だったんだよな」

　多分意識をはっきりさせて観れば、穏やかで洗練された雰囲気や、登場人物の感情の機微を楽しむことの出来る良い映画だったのだろう。眠くなる映画、というのも映画初心者の俺の所感でしかないし、嗄井戸がこれだけ熱弁しているのだから、きっと良い映画に違いない。

　ただ、俺は寝てしまった。それは動かし難《がた》い事実だ。

「なんかこう……静かな映画って眠くなるじゃん……」

「君それ、本気で言ってるのか？」

「カーチェイスの場面とかあったら寝なかったんだけど」

「奈緒崎くん、ジュゼッペ・トルナトーレがどんな映画を撮るかは『ニュー・シネマ・パラダイス』でわかってたはずだろう？」

「悪いと思ってるって。でもまあ仕方ないだろ」

「何がだ！」

　それから嗄井戸は良く回る口で「君はモナ・リザの前でも寝るのか？」だとか「カーチェイスしてるだけで満足ならマリオカートでもやってろ」だとか、そういう類《たぐい》のバラエティに富んだ罵詈《ばり》雑言《ぞうごん》を投げつけてきた。正直、自分が薦めた映画の最中に寝たからといってここまで怒らなくても……という感じだったのだが、どうやら唄井戸にはそれがどうしても赦せないことだったらしい。今になって思えば、唄井戸は〝友人になる為の儀式〟あるいは〝過程〟として『マレーナ』の鑑賞を選んだのだから、それを裏切られたような気分になっていたのかもしれない。正直な話、面倒な奴だ。

「大体キューブリック監督の作品を一度も観たことのないような奴は人間として終わってるんだ」

「オーケイ、お前は今多方面を敵に回したぞ」

唄井戸は散々俺に対しての暴言を吐き散らし、終《しま》いにはそんなことを言い切って完全に拗《す》ねてしまった。じっとりとした目が俺を睨む。謝罪を要求されているんだな、ということにはすぐに思い至ったのだが、散々好き勝手言われたという気持ちと、多少なりとも傷つけられたプライドが再度の謝罪を赦さなかった。

「奈緒崎くんのような教養もない人間とは、もう話したくなんかない」

そう言って、唄井戸は本当に子供のように拗ねた。大の男が毛布に包まって不貞寝《ふてね》をする姿なんて今まで見たことがない。常川さんの事件を見事解明してみせたときは、その発想力に感服したものだというのに、今の唄井戸には一ミリも尊敬の念を抱けなかった。それどころか見ているだけでうんざりした。唄井戸はもう既に俺の気に入った名探偵ではなく、偏屈で子供っぽい映画オタクに成り下がってしまっていた。

　こうなってしまった以上、嗄井戸に付き合ってやる義理はもうない。二度目に会ったとき、俺が帰るのを渋ったことで、この男が案外人恋しい性質であることをしっかりと見抜いてしまっていたのである。

「勝手にしろ！　二度と来るか！」

　俺は売り言葉に買い言葉でそう叫ぶと、さっさと嗄井戸の部屋を出てきてしまった。銀塩荘のボロいドアが軋《きし》むほど強く閉めると、嗄井戸がドア越しに何かを喚《わめ》いてきた。全て無視だ。俺とは話したくないんじゃなかったのか。

　外はもうすっかり暗くなっていた。随分長居してしまったようだ。映画二本分の時間は重い。正確な時刻を調べるべく、ズボンのポケットに入れていた携帯を取り出す。その拍子に、見慣れない紙切れが落ちた。反射的に拾い上げる。高級そうなメモ用紙だ。二つ折りにされていたそれを広げると、何かが記載されていた。

　嗄井戸の電話番号らしきものだ。

　090から始まるその数字の羅列が何だかとても俗っぽい。これを、嗄井戸はどのタイミングで入れたのだろう。全く気が付かなかった。

友人関係になるのは一体いつからなのだろう。依然としてわからなかったし、『マレーナ』をちゃんと俺は観られなかった。けれど、俺は嗄井戸の電話番号をちゃんと登録し、駅のゴミ箱にメモを捨てた。

その頃には、少し頭を冷やしてからまた行ってやるか、と上から目線でそう思っていた。我ながら単純な思考回路だ。救いようがない。

しかし、そこから先、嗄井戸の家に行くのに少しばかり日が空いた。何故かと言われれば、そう。試験期間が始まったからである。

高畑教授に出された「課題」をクリア出来なかった俺は結果的に必修ドイツ語を落とし、留年の運びとなったのだが、それでも必修とは別に一般教養科目や第二外国語の試験があった。ただでさえ留年でハンデを負うんだから、これ以上単位を落とすわけにはいかない。その勉強やら試験本番やらで、俺は嗄井戸の家で時間を浪費するわけにも、これ以上あれに巻き込まれて単位を落とすわけにもいかなかった。

そういうわけで、その日、夏休み前のこの時期に、俺は勤勉にも試験を受けていた。科目は認知心理学で、記述式の試験だった。何個かは事前に問題を予想して解答を用意していたのだが、結構問題に癖があり、ちゃんと解けたかどうかはわからない。

これだから大学の試験は苦手だ。

おまけに、この大学の試験方式では自分の解答が合っているのか的外れなのかを確かめる方法すらない。採点が夏休み期間に食い込んでしまう関係で、答案用紙は学生に返却されないことになっているからだ。自分の解答がまずまずだったのか、それとも見るに堪《た》えない代物だったのかは、成績が開示されて無事に単位が取れていたかどうかでようやく判明するのである。いいのだか悪いのだかわからないシステムだが、少なくとも復習の観点から見るとそこまでよろしくないんじゃないかとも思う。ここで積極的に模範解答と採点結果の開示を求める方向に向かわないのも、英知大学生の緩さを象徴しているような気もしてしまう。

認知心理学の問題を睨みながら、ふと嗄井戸のことを思い出した。俺が映画を観ている途中で寝てしまった所為で、烈火の如《ごと》く怒り狂い、それから会っていない嗄井戸のことだ。高畑教授が言うところのあいつは『優秀な学生』のようだし、もしかするとこんな試験なんて簡単に解いてみせるのかもしれない。

この間の常川さんの事件も、嗄井戸がいなければ単なる失火として処理されていただろう。そうなると、やはり奴は相当なお利口さんということになる。クソ、喧嘩なんかしなければよかった。そうしたら嗄井戸にこの試験も、これからある英語の試験も、ドイツ文化論も、色々と聞けたかもしれないのに。

あいつは一体今頃何をしているんだろう。今日も一人であの暗い部屋で映画を観ているんだろうか。

映画が好きなんだから、人間が嫌いなはずがないのだ。多分。

嗄井戸の奴、やっぱり大学に来ればいいのにな、と思った。でも、こうして真面目に授業を受けたり試験を受けたりしているところは想像出来ない。そもそも嗄井戸はちゃんと椅子に座っていられるのかな、とそこまで考えたところで、

俺は奇声を上げながら廊下を走っていく男の影を見たのだった。

けたたましく響く独走状態の足音と奇声が、まるで流星のように左から右へと流れていく。ドア上部の磨《す》りガラスから見えた人影は高く両手を上げていて、まるでゴールテープを颯爽《さっそう》と切るランナーのようだった。

教室で同じように認知心理学の試験を受けていた学生たちも、一斉に廊下の方を見て口を開けていた。奇声を上げながら走り去る人影を、遅れて数人のアシスタント・ティーチャーが追っていく。けれど人影の方が随分速かった。声から察するに、奇声

男は一足早くエレベーターに乗って行ってしまったらしく、アシスタント・ティーチャーたちは一台しかないエレベーターのところで足止めを食らっているらしかった。言い忘れていたがここは七階で、エレベーターが戻ってくるまでには結構時間が掛かるのである（ここで階段を使ってまで追いかけないあたりに、彼らの内々の白け具合が察せられた）。

ともあれ、前言撤回だ。いくら嗄井戸が少しばかり変人の気があると言えども、あれよりは恐らくマシだろう。試験中に取り乱してパニックになる学生の話は風の噂《うわさ》で聞いたことがあるが、まさか実在するとは思わなかった。英知大学の試験はそれほどまでに鬼畜だということかもしれない。

教室は急に現れた非日常にどよめいている。学生たちは、すっかり男の方に気を取られているようだった。試験時間はまだ一時間以上残っているが、教室の雰囲気は既に試験どころではなくなっていた。

俺のようにもう既に解答欄を埋め終わっているような人間は、事の顛末を見届けたいのかそわそわ落ち着かなげに目を廊下の方にやっている。俺も集中しようとしても上手くいかない。どうしても未練がましく廊下の方を見てしまう。あの男は逃げ切れたんだろうか。

認知心理学の担当教授が困ったように眉を寄せながら言った「皆さん、試験に集中するように」という声により、学生たちはようやく仮初《かりそ》めの落ち着きを取り戻して、試験用紙と向き合い始めた。担当教授がやれやれといったように首をすくめる。これで、事態は一旦収束したかのように思われた。

が、奇声男の暴走は止まらなかった。

あろうことか、もっと酷いことになっていた。

「俺のことを見ろ！！！！」

その絶叫は真横から、そして案外近くから聞こえた。

英知大学は、都会にある大学ということもあってとても省スペースに造られている。正門から一番近く、凱旋門《がいせんもん》のような形をしてそびえ立つ一号館という建物を皮切りに、メインストリートを挟んで、左右に規則正しく八階建てのビルが建ち並んでいるのだ。それが全部で十二棟もある。

そういうわけで、俺たちが今試験を受けている三号館の向かいには、鏡に写したようにそっくりな二号館がある。高さも造りも同じ建物が、至近距離に建っているのだ。

奇声男は、そこにいた。三号館からそのまま平行移動したかのように、今度は二号館の七階にいる。……いや、この説明は正確じゃないかもしれない。

何故なら、その男は窓の外、二号館のビルの外壁の縁《へり》に立っていたからだ。教室は再び騒然となった。男が立っている縁はせいぜい靴の幅程度しかなく、しかも高さは七階だ。落ちたらどうなるかなんて想像力のない奴でもわかる。教室から悲鳴が上がった。

「一塁手は誰だ！！！！！」

男は手に拡声器を持って、断続的に意味のわからないことを喋《しゃべ》っていた。本当に頭がおかしくなったんじゃないかと思ったのだが、男は一言喋り終わるごとに何かを窺《うかが》うかのように、拡声器を下ろして辺りを見回している。その顔は、錯乱した男にしては妙に冷静だった。

そこでようやく気付く。

俺はその男を知っていた。

正確に言うなら、知り合いというわけじゃない。俺が一方的に知っているだけだ。男の名前は確か、坂本真尋《さかもとまひろ》。きっと俺以外にもあの男のことを知っている人間は多いだろう。何しろ、坂本真尋は俺の代の入学式で、新入生代表として挨拶《あいさつ》をした人間なのだ。

つまりは、俺の代で首席入学を果たした男だということでもある。きっと、一代上の嗄井戸と同じくらい勉強が出来るのだろう。

そんな男が試験中にパニックを起こすんだろうか？　という気持ちと、そうでなければこんなことはしないだろうという気持ちがせめぎ合う。拡声器を構えていない坂本真尋は相変わらず理知的で、ついでにお育ちも良さそうだった。ついつい今にも飛び降りそうだということを忘れそうなくらいだ。彼が立つその場所が、由緒正《ゆいしょ》しき壇上に見える。

「待ってくれ!!　お楽しみはこれからだ!!　英知大学の諸君！」

優等生も、たまにははしゃぎたいということなのかもしれない。俺の目はすっかり坂本真尋に持っていかれてしまった。担当教授が「集中してください！」と悲しそうな叫びを漏らすが、鼓膜も網膜もすっかりみんな支配されてしまっている。アシスタント・ティーチャーがたまらず教室のカーテンを閉めたが、拡声器を通して聞こえる坂本真尋の声は、カーテンなんかで遮れるものじゃなかった。

「あー、解答が全て終了した者は、もう提出して帰っても結構です」

無言の圧力に耐えかねたのか、担当教授が決まり悪そうにそう言った。その途端、試験時間がまだ一時間近く残っているにも拘わらず、多数が試験用紙を置いて外に出た。勿論、俺もその一人だ。

出がけに見た教室には半数程度の学生しかいなかった。まだ解答欄を埋め終わっていない学生も必死にシャープペンシルを走らせ、興味ないとでも言いたげに斜《はす》に構える者もしきりに窓を気にしている。

俺はすぐさま二号館の真下へ向かった。外壁に立つ坂本真尋を特等席で見られるその場所には、もう既に沢山の野次馬が集まっていた。

「もっと集まれ！　もっと来い！　俺を見ろ！」

拡声器越しに聞こえる坂本真尋の声は止まらない。何がしたいのかわからないものは恐ろしく、そしてとても興味深かった。

そして、俺は深く考えることも躊躇《ためら》うこともせず、気付けば電話を掛けていた。画面に表示されている名前は嗄井戸高久。こういった不可解なお祭り騒ぎが、最も似合う男である。

「なるほど、『要心無用《ようじんむよう》』というわけだ」

嗄井戸は声を弾ませてそう言った。電話に出た瞬間は、まるで仏頂面が目に浮かぶかのような無愛想な声だったというのに、「何の用だ」「僕は忙しい」と繰り返す嗄井戸を無視して事情を説明し続けると、段々と機嫌が直っていき、ついにはこの有様となった。まあ、単純なのはありがたい。俺の方もすっかり怒りが収まってしまっている。こういうときはお互い様だ。

「『要心無用』？　なんだそれ」

「というか奈緒崎くん。時に僕もその光景を見たいんだけど。映画みたいで素敵だろ」

「家から出てこいよ」

「それが出来ないから君に頼むんじゃないか。よければ、その『崖《がけ》っぷちの男《おとこ》』をビデオで撮ってくれないかな？　スマートフォンなら出来るだろ」

「何で俺が」

「もしそれを観せてくれたら、僕は件の彼がどうしてそんなことをしたのか暴くことが出来るかもしれないよ」

その言葉は、俺にとっての殺し文句だった。心の何処かで、俺はこの不可解な出来事に対し、嗄井戸が納得のいく説明をしてくれることを期待していたのかもしれない。だから一番に嗄井戸に連絡をしたのだ。そもそも、俺はこんなことをわざわざ知らせるような友人を持ったことがなかった。嗄井戸くらいにしか話せないような愉快な事件。不可解で困った非日常。

「頼んだよ、奈緒崎くん」

「おい、そういえばどうして電話の相手が俺だってわかったんだ？　俺はお前に電話番号を教えた覚えがないぞ」

「わかるに決まっているだろ。僕の電話番号を教えたのは君で二人目だ」

「え、嘘だろ」

「それじゃあよろしく」

そうして電話はぶつりと切れた。俺は仕方なくビデオカメラを起動させる。音声が上手く入るように祈りながら、坂本真尋にカメラを向けた。

坂本真尋は拡声器を使いながら何がなんだかよくわからないことを喚いている。自由だとか、夢だとか、ポップだとかキュートだとか。正直な話その言葉の一つ一つは意味を成しておらず、俺には坂本の頭が良すぎてなんだか変な方向に行ってしまったとしか思えなかった。ようするに、おかしくなってしまったんだろうな、としか。

英知大学の職員たちは必死にやめさせようとしているが、何せ坂本がいるのは七階である。強行突破でやめさせようとすれば飛び降り自殺なんてことになるかもしれないとなれば迂闊《うかつ》に手出しなんかが出来るはずがない。

「俺の話を聞けぇえええええー！！！」

というわけで、今この場は坂本の独擅場《どくせんじょう》なのだった。拡声器を手に吠《ほ》える坂本の姿は、映画で言うところのどの役割にあたるのだろうか？　俺にはちょっと判断がつかなかった。とにかく坂本の立っている場所は物語性には事欠かない舞台なのである。

それから二分ほど、坂本はわけのわからないことを喚き散らし続けていた。周りの野次馬たちも困惑し、このまま目の前の狂人エンターテイナーを見続けるべきなのかを迷っているようだ。俺もビデオを回しながら、これを本当に撮り続けるべきなのかを絶賛迷っている途中である。これはただの充電の無駄なんじゃないだろうか、とそういう気分だ。このビデオを観せたところで、出てくるべきは名探偵じゃなく精神科医のような気がしてきたのである。

あたりから緊張感が失《う》せ、この刺激的な出来事が段々といびつな日常の文脈に回収されかけてきたとき、それは起こった。

今まで絶え間なくわけのわからないことを喚き散らしていた坂本の言葉が不意に止《や》んだのだ。作意的な静寂は、再び観衆の気を引いた。職員たちがにわかに緊張するのがわかる。いよいよ坂本が飛び降りる決意を固めたのだと思ったのかもしれない。

けれど、そうはならなかった。坂本は浅く息を吐き、拡声器を構え直しながら、次のように語り始めた。

さっきのような意味のわからない言葉の羅列ではなく、「それ」は予《あらかじ》め決められていたかのような見事な演説だった。

「申し訳ない。私は三番目の皇帝になりたくない。四人目である私は支配はしたくない。出来れば援助したい。六人のユダヤ人も、八人のユダヤ人以外も、一人の黒人も、六人の白人も人類は互いに助け合うべきである。七人の人間は他人の幸福を念願とし、二つに三回憎み合ったりしてはならない。

世界には全人類を養う一つの富がある。人生は自由で楽しいはずであるのに、二つの貪欲《どんよく》が四つの人類を毒し、三つの憎悪《ぞうお》をもたらし悲劇と流血を招いた。

二と四のスピードも意志を通じさせず、六の機械は貧富の差を作り八の知識を得て人類は懐疑的になった。思想だけがあって感情がなく人間性が失われた。

三の知識より思いやりが必要である。思いやりがないと五つの暴力だけが残る。航空機とラジオは我々を接近させ、人類の良心に呼びかけて世界を一つにする力がある。私の声は全世界に伝わり失意の人々にも届いている。

これらの人々は罪なくして苦しんでいる。

『人々よ、失望してはならない』

三つの貪欲はやがて姿を消し恐怖もやがて消え去り五番目の独裁者は死に絶える。大衆は再び権力を取り戻し、自由は決して失われぬ！　兵士諸君、二人目の犠牲になるな。独裁者の奴隷《どれい》になるな！

彼らは諸君を欺き犠牲を強いて家畜のように追い回している。彼らは人間ではない。心も頭も機械に等しい。諸君は機械ではない。人間だ！　心に七つの愛を抱いている。九つの愛を知らぬ者だけが憎み合うのだ。

独裁を排し六人の自由の為に戦え！　『ルカの福音書《ふくいんしょ》』の六章に『神の王国は人間の中にある』とある。全ての人間の中に、諸君の中に！　諸君は七の幸福を生み出す力を持っている。人生は美しく自由でありすばらしいものだ。諸君の力を『六回』民主主義の為に集結しよう。

四つのよき世界の為に戦おう！　若者に希望を与え、老人に十五の保障を与えよう。独裁者も同じ約束をした。だが彼らは約束を守らない。彼らの野心を満たし人々を奴隷にした。

戦おう、約束を果たす為に。世界に自由をもたらし、二つの国境を取り除き、貪欲と憎悪を追放しよう。良識の為に戦おう。文化の進歩が全人類を幸福に導くように。兵士諸君。民主主義の為に三つで一つに団結しよう」

そして、坂本はまた黙った。オーディエンスの反応をうかがっているような、それでいてあざといセルフプロデュースのような、奇妙な間だった。職員たちも野次馬も、信じられないものを見たかのように固まっている。勿論俺もその一人だった。さっきまで狂人だった人間が、急に神様に変身したのを見たみたいだった。

どこからともなく手を叩く音がした。それに倣《なら》うようにぱらぱらと拍手が鳴り始め、やがてそれは、通り雨のような大きなうねりとなった。そんな月並みな比喩《ひゆ》が似合うくらい盛大な拍手だったのだ。

俺は律儀《りちぎ》にビデオを回し続けていたけれど、それさえなければ俺もその雨の中に参加していたに違いない。それくらい見事な演説だった。

拍手を全身で受け止めるように、坂本は身じろぎもせずに縁に立っていたが、段々とそれが静まり、辺りが水を打ったように静まり返ると、ゆっくりと窓の方へ寄っていった。窓から坂本のことを見守っていた職員たちが、慌てて引っ込む。坂本は何事もなかったかのように窓枠を越えると、中へ戻っていった。舞台から役者が退場するみたいなスマートさがそこにあった。

窓から職員たちの怒号やどよめきの声が微《かす》かに聞こえたが、それから先坂本がどうなったのかはわからない。野次馬たちは少しの間この「事件」について口々に語り合っていたが、やがて誰からともなく散っていった。俺も撮影を止め、校門へと歩き出す。勿論、嗄井戸にこの映像を観せる為だ。俺は嗄井戸と冷戦中であることなど、もうすっかり忘れてしまっていた。

「待ってたよ！」

インターホンを鳴らした瞬間、嗄井戸はそう言いながら扉を開けた。目がキラキラと流星のように輝いている。刺激に飢えていたところにこの珍事ということで、かなりわくわくしているようだ。映画で寝たことはこのまま忘れてくれないかな、と思いながら家に上がった。

「人間はね、高層ビルが建つようになってからずっと、この大舞台に夢中なのさ」

嗄井戸はそう言いながら、俺を中へと通す。すっかり見慣れたスクリーンでは、『キングコング』が流れていた。大きなゴリラがビルに登っているという最高にわかりやすい映像だから、無知な俺でもわかる。

「人は高層ビルに登っている人間を観るのが好きなんだ。映像としてダイナミックだし、高いところにいる人間を撮影しようと思ったら、背景は高い場所から見下ろす町並みになるからね。高い建物が景観を損ねるだなんてよく言うけどね、僕はそれによって生み出される美しい景色も確かにあると思っているよ」

「映画の話だろ？」

「映画の話だからこそだ。今回のケースみたいに、人間がビルの壁面にいるって状況は割合映画になりやすい。電話で僕が言った『ロイドの要心無用』という映画は、主人公が客寄せの為に口にした『ビルの壁面を登る』という話を、とある事情から自分で実行しなくちゃいけなくなるというコメディだ。また『ザ・レッジ―12時《じ》の死刑《しけい》台《だい》―』という映画と『崖っぷちの男』という映画は、まさに今回と同じく高層ビルの外壁で人間が籠城《ろうじょう》するっていうシチュエーションを主軸にした物語だよ」

「でも、これは現実だ。現実でこんなところに登るだなんてことがあるか？　脚本も観客もいないのに、どうして坂本はこんなことをしたんだ？」

「映画も現実も同じだよ、奈緒崎くん。どちらの映画も、勿論そんなところに登りたくて登ったわけじゃないんだ」

「どういうことだよ」

「派手な物事の裏にはしっかりとした理由があるってことさ。さて、映像の方を観せてもらおうか」

説明不足極まりなかったが、俺は仕方なく言われた通りにスマートフォンを差し出した。もったいぶった話し方は尺を稼いでいるかのようで好かなかったが、好奇心に敵うものはそうそうない。

嗄井戸は俺にぴったりとくっついて、食い入るように画面を観ていた。ブレブレのカメラワークに割れた音声だったが、内容が内容だけに十分に視聴に耐えうる代物だったらしい。俺はなるべく視聴の邪魔をしないようにしながら、この男が坂本真尋という名前であること、俺と同じ階で試験を受けている最中に取り乱し、教室から飛び出してこの場所に登ったことを語った。

「やっぱり試験が難しすぎて発狂したんだろうか」

「別にその可能性を無闇やたらに否定はしないけどね。僕にはそれはちょっと考えられないな」

「秀才だからか？」

俺が茶化したようにそう言っても、嗄井戸は全く取り合わなかった。ただただ、映像を観ている。やがて問題の演説シーンに入ると、嗄井戸はさっきよりも一層目を大きくして映像に見入っていた。

「なるほど、これは……」

「もしかして、このメッセージを伝えたくて坂本真尋はここに登ったのか？　確かに十分注目は浴びてるし、自分の考えを広めるには絶好の機会だ。坂本は試験中に急にこういう演説を思いついて、それをどうしても英知大学の人間に知らしめたくなったとか……」

俺は自信満々にそう言ったのだが、嗄井戸は鼻で笑いながら反論した。

「そうだとしたら、些《いささ》かオリジナリティーに欠けていると言わざるを得ないね」

「どういうことだ？」

「その通りの意味だよ。だってこれは、坂本真尋くんが考えたものじゃないから」

嗄井戸はあっさりとそう言った。丁度坂本真尋の演説が終わると同時だった。

「何故わかる」

「実は僕は前にもこれを聞いたことがあるんだ」

「本当か？　何処で？　まさか、他の所でも同じ演説をしていたっていうのか？　新興宗教じゃあるまいし」

訝《いぶか》しがる俺に、嗄井戸は軽く首を傾げて、「チャップリンのことを知ってる？」と、頓珍漢《とんちんかん》なことを尋ねてきた。なんでまたチャップリンなんか、と思いつつ、俺は素直に「知ってる」と答える。すると嗄井戸は満足そうに頷いた。チャップリンの名前すら知らない人間の方が珍しいだろうに。

続けて嗄井戸は言った。

「それじゃあ、チャップリンの映画を観たことは？」

「……それはない」

「困ったことにそういう人間が多いんだよ。チャップリンがどうして有名なのかを知らない人間は不幸だよ」

「でも、この世にはドストエフスキーの名前は知っていても『カラマーゾフの兄弟《きょうだい》』を読んだことがない奴が大勢いるだろ」

「違いない」

俺のこの台詞は嗄井戸のお気に召したらしい。嗄井戸は楽しそうに笑った。

「それで、チャップリンが何だよ」

「どうもこうも、チャップリンが答えだよ。坂本真尋くんが朗々と口にしているのはチャップリンが書いた台詞なんだ。『独裁者《どくさいしゃ》』という映画のラストで行われる、世界で最も尊く美しい演説だよ」

「そうなのか」

そう言われるとしっくりきた。正直な話、俺はあの演説に感動していた。今にも落ちそうなあの縁の上に立つ変人の言葉とは思えないくらい、あのスピーチは洗練されていた。あれが偉人の言葉だとしたら、ただただ納得する。偉人のもの。確かにあれは、そういう肩書きがとても似合う。

「でも、どうして坂本はチャップリンの演説なんかあそこで語りだしたんだ？」

「君はどう思う？」

「……どっかでその映画を観て、感動した坂本はその素晴らしさを広める為にあんな場所に登って一席ぶったとか？」

「そうだったら彼は本物の狂人だろうけどね。言っただろう奈緒崎くん。派手なパフォーマンスの裏には必ず何かが隠れてるもんだよ。彼があの場所に登ったのは別の理由がある。そうじゃないと、お話にならない。坂本くんがとんでもない自己陶酔家で、あんなところに登らないと自己顕示欲を満たせない人間だったっていうのなら、もう僕の出る幕はないよ。面白いものが見れた、それだけだ」

「回りくどいな。わかってるんならその裏にあるものってのを教えろよ」

「まだわからないよ。そう、まだわからないんだ。でも、明らかにこの演説にはおかしなところがある」

「おかしなところ？」

「オリジナルと違ってる箇所《かしょ》があるんだ」

生憎俺は『独裁者』を観たことがないので、当然のことながらどこが違っているのかわからない。それも見越して、嗄井戸はにんまりと笑っている。この即席の優越感がたまらないらしい。

「何だよ。俺にはどうせわからないからな。ほら、坂本が長い台詞を覚えてられなくてところどころトチってるとか、そういうことだろ？」

「いや、彼は概《おおむ》ね完璧だよ。喋り方さえ頑張ってトレースした跡が見える。どうだろう、よく聞いていれば何も知らない奈緒崎くんでも違和感くらいは感じ取れると思うんだけどな」

「お前はこの不穏な空気も感じ取れないみたいだけどな」

「オーケイ話そう。あのね、奈緒崎くん。もう一度観てみよう。この言葉なくていいな、と思う箇所がないだろうか？」

嗄井戸が坂本の演説のシーンを再生し、丹念に俺に見せつけてくる。何度も繰り返して語られる坂本の演説に合わせて、嗄井戸は期待するような目を向けた。ここまでやられたら俺だってわかる。

「……数字か？」

「その通り。〝六人の自由の為に〟の〝六人〟なんて言葉は本来ついていないし、〝三番目の皇帝〟は単に〝皇帝〟で、オリジナルにはこんな余計な数字は入ってないんだよ」

「気付かなかった」

「気付くはずがないさ。だってオリジナルを知らないんだもの。奈緒崎くんみたいに、チャップリンの映画なんか観たことがないってのがデフォなのさ。しかも、僕らはこうして何度も再生し直しているけれど、他の人は生の熱気にすっかりあてられての一回きりだからね。そんな場所がひっかかったりしない」

「確かにな。周りはただただ拍手喝采だった」

「派手な物事の裏側には隠したいものがあるってことだね。隠したいものはこの数字だった。恐らくまだ隠したいことはあるだろう。あんな場所にいれば拡声器を使っても不自然じゃない。崖っぷちのその場所にいるというだけで大抵の不自然さはカバー出来る。そう思わないか？」

「それで、坂本は結局何がしたかったんだよ？」

そこで嗄井戸は一旦言葉を切った。そして何やらまた考え込んで、いたずらを思いついたときのように笑いながら言った。

「坂本真尋くんは秀才なのかな？」

「ああ、かなり賢い。入試のとき法学部主席だったたって聞いた」

「ふうん。まあ、僕ほどではないと思うけどね」

さりげなく嗄井戸はそう言って、ふふんと笑った。嗄井戸の頭脳がいかほどのものかまだ計りかねているのだが、少なくとも引きこもりでないだけ坂本の方が優位に立っているんじゃないかと思うのは俺だけだろうか。

「お前、実はプライド高いんじゃないのか？」

「まあまあ。大体わかってきたけど証拠が欲しいな。というわけで奈緒崎くん。今から高畑先生のところに行ってくれないか？」

「何で俺が。何で教授のところに」

「最初の質問は簡単だ。僕が外に出られない引きこもりだから。後は行けばわかるよ。推理を突き詰める為のピースが足りないんだ。……ふふん、この台詞言ってみたかったんだよね。名探偵っぽい」

「俺はお前のパシリじゃない」

「そうさ、君は僕のパシリじゃない。君は真実の為のパシリなんだよ。さあ、行ってくれ。先生の方には僕から連絡を入れておくからね。着く頃にはすっかり準備が済んでいるだろうさ」

そう言って、嗄井戸はいつも通りふかふかのソファーに寝ころんだ。リモコンを操作して、ネットから取得した映画を選び始める。お話はこれで終わり。解決編はこのあとすぐ。これより先を聞くには、嗄井戸の言う通りにするしかなさそうだ。

もしこれが他の相手だったら、俺はもう少しフットワークを軽くして嗄井戸の望みを叶えてやれたかもしれない。けれど、相手が悪かった。何を隠そう、俺は嗄井戸を連れ戻してこいという二度目の命令を受けてから今まで、彼のもとを訪れていないからである。端的に言ってしまえば、俺は大変気まずかったのだ。


そういうわけで、俺は久しぶりに高畑教授のもとへ向かった。いつまでもその後の報告をしないわけにもいかないので、案外丁度いいタイミングかもしれない。下北沢の嗄井戸の家から大学まではそう遠くなく、心の準備が整わないまま俺は研究棟である七号館へと足を踏み入れた。

使命を忘れて探偵ごっこに興じていた負い目があり、足取りは重かったが、一番奥の部屋で、教授は以前と変わらず穏やかに俺を迎えてくれた。

「ああ、奈緒崎くん。お元気そうで何よりです」

「いや……その、何も報告せずにすみません」

「いえ、いいんですよ。嗄井戸くんというのはなかなか骨の折れる子ですからね。相手にするのが大変だろうとは思います。残念ながら、期日は守れなかったようですが」

「それは、また来年頑張ります」

「はい、お願いします」

これを言えただけで、随分気が楽になった。俺は少しばかりすっきりした気持ちでその先を続ける。

「それで、嗄井戸から教授に一つお願いがあるそうで」

「ああ、嗄井戸くんからもう連絡はもらってますよ。相変わらず説明不足で。肝心なところは教えてもらえませんでしたが言われたものは用意しました。どういうわけだか、奈緒崎くんはご存じですか？」

「ええ、まあ」

俺は高畑教授に〝崖っぷち演説事件〟のことを話し、自分の推理を裏付ける為に嗄井戸が教授に『お願い』をしたのだということを話した。高畑教授は黙ってそれを聞くと、静かに「なるほど。嗄井戸くんはそういうつもりだったんですね」と言った。

「この事件のことは知ってましたか？」

「少しだけですね。学生は往々にして飛んだり跳ねたり爆発したり馬鹿をやるものですから、飛び降りようとして喚いた学生がいると聞いただけですね」

「こんなことに付き合わせてすいません」

「いえ、他ならぬ嗄井戸くんの頼みですから」

高畑教授は嗄井戸の頼みだったら何でも聞くとは聞いていた。けれど、まさかそれが本当だとは思ってもいなかった。何しろ相手は大学教授である。それが一介の引きこもり大学生の頼みを易々と聞くというのが信じられない。もしかしたら高畑教授は嗄井戸に弱みでも握られているのかもしれない。本気でそう思った。坂本真尋も脅されてあそこに立たされたのかもしれないし、脅迫は何より便利な飛び道具である。こんな草原で悠々と暮らす山羊《やぎ》のような大学教授を脅すだなんて、油断のならない奴だ。

「言っておきますけど、私は嗄井戸くんに脅されてはいませんよ」

「ちゃっかり俺の心を読まないでくださいよ」

「嗄井戸くんはあれで結構小心者なんです。人を脅せるような男の子じゃありませんよ」

いい歳をした成人男性を〝男の子〟と言い切ってしまえる余裕が眩《まぶ》しい。どうやら並々ならぬ物語が、嗄井戸と高畑教授の間にはあるらしい。例えば、崖っぷちに立って一つ演説でもぶってしまえるような、そんな物語が。白髪の引きこもりと食わせ者の大学教授の間にあるそれが、どんなものかは知らないけれど。

俺が関心を持っているのはただ一つだけだ。

「どうして俺だったんですか」

まるでラブストーリーのような台詞だったと、口にしてから後悔している。どういう言葉を期待していたかはわからないが、その後に続く高畑教授の言葉は十二分に予想出来ていたというのに！

「いや、奈緒崎くんが私の授業を落としたからですよ」

……正直な話、ぐうの音も出ない。その通りのお話だ。それ以外に理由はない。なんてストレートな人選だろう。俺が高畑教授の楽しいドイツ語の単位さえ落とさなければ、選ばれなかったガラスの靴だし、巻き込まれなかった物語なのだ。今になって聞いたことを後悔する。こんな舞踏会に呼ばれたくはない。

「もう少し違う言い方をした方がよかったんでしょうか？」

「いえ、先生。大丈夫です。完璧すぎるくらい完璧な解答です。いや、本当に」

「でもねえ、私は今になって、選んだのが奈緒崎くんでよかったなって思うんですよ」

高畑教授がにっこりと笑ってそう告げる。屈託のない笑顔だ。耐性がなければ、あっさり騙されてしまいそうな。

「そういうこと言うのは反則ですよ」

「リップサービスで言っているわけじゃありませんよ。まさか、あの子とまだ付き合ってくれているとは思いませんでした。嬉しい誤算です。もうとっくに愛想《あいそ》を尽かしていてもおかしくないでしょうからね」

「嗄井戸を任せるに足るくらい、俺は辛抱強かったってことですか？」

「そういう意味でもありませんよ、奈緒崎くん」

教授の言っている意味がわからず、俺は独り困惑していた。自由で奇矯《ききょう》で、こちらを存分に振り回すことに躊躇いのない嗄井戸。

何も言えずにいる俺に対して、教授はさらっと解答を言った。

「君、楽しいこと好きでしょう？　嗄井戸くんもそうなんですよね」

それを言われて否定出来る人間なんているんだろうか？　俺は素直に頷く。「まさか、嗄井戸って高畑教授と血が繋がってたりしませんよね？」と尋ねると、教授は笑顔を崩さずに「それならさっさと家から叩き出してますよ」と言った。

俺は高畑教授にあるものを渡されて研究室を出た。それを見た瞬間、俺は色々な感情に巻き上げられて、うっかりそれを取り落としそうになった。

家に戻り、高畑教授に託された封筒を見せると、嗄井戸は殆ど引ったくるような勢いでそれを手に取り、中身を一気にバラまき始めた。その様子がまるでクリスマスプレゼントに正気を失う子供のようだったので密かに呆《あき》れていると、嗄井戸はわかってないなとでも言いたげに首をすくめた。

「僕はちゃんと仕事をしてるんだよ。全部全部奈緒崎くんの為にさ。まあ、これが何かってわかったときには大体把握出来ただろうけど」

「それはそれとして、お前には遥々大学までパシリに行かせた俺に対しての礼の言葉もないのか？」

「その感謝の気持ちを、今これで示してるんじゃないか」

そう言いながら、嗄井戸は床に散らばった紙を一瞥しては放り投げていく。さっきとやっていることがそう違うようには見えない。けれど嗄井戸の目は真剣で、それでいてとても楽しそうだった。

やがて嗄井戸は一枚の紙をつまみ上げ、誇らしげに言った。獲物を無事発見した犬みたいだった。時間は十五分もかかっていない。タイムは上々と言えるだろう。

「見つけたよ、奈緒崎くん」

「なんでわかる」

「あの演説の中の数字と同じだったからに決まってるだろ。語学の問題数はマークシート式のフォーマットに合わせる為か全部三十四問だったから面倒だった。長文読解形式でこの問題数を出してくるのはえげつないよね」

　嗄井戸はそう、そっけなく言った。

「奈緒崎くんにもわかるだろ、これがどういうことか」

「ちょっと待て。お前、今これ全部解いたのか？」

「疑っているのか？　ちゃんと読んだよ」

「疑ってるわけじゃない。でもお前、これ読んだだけだろ？　これだけじゃない。今まで弾《はじ》いたの全部、全部だ」

「だから言ったじゃないか。僕は賢いんだって」

　様々な試験用紙の束に塗《まみ》れながら、嗄井戸はぶっきらぼうにそう言った。

　今日のあの時間に三号館七階で行われていた試験は十四。そのうち俺の受けていた認知心理学のように記述式で行われたものを除いた試験の数は十。具体的に言うなら、それはマークシート形式で行われた試験の数に相当する。英語、ドイツ語、ロシア語、ラテン語、フランス語、イスパニア語、株式市場と経済、キリスト教と教会音楽Ⅱ、国文学史Ⅰ、労働関係法の十個だ。嗄井戸はそれら全ての問題を解いて、確固たる証拠を見つけ出した。それが、指でつまみ上げているフランス語の試験用紙だった。

「フランス語。これは三年生のものかな？　あの大学の語学は単位を取らせる気があまりないからね。ほら、見てごらんよ。この長文を四つも読んで設問に答えさせるだなんて、時間内に終わらない子も出てくるだろうに。今日行われた語学系科目の試験は全部この形式のようだね。嫌らしいことに、ちゃんと選択肢に『正答なし』がある。適当に埋めていってもこれのお蔭で難易度が跳ね上がるよ」

「本当に解いたんだな、その……さっきの短時間で」

「まだ疑ってるのか？　気になるなら一つ一つ君が答えを照らし合わせていくといい」

「いや、お前が言うならそうなんだろうなとは思うんだが……お前、本当に頭いいんだな」

素直な感想がそのまま口から出た。あの大学の語学試験のえげつなさは、俺が一番よく知っている。それをこの短時間で解いたなんて信じられなかった。それも、複数言語をまるで日本語でも読むかのように。俺からすれば、それは十分に神業《かみわざ》だった。しかも、語学の試験だけじゃなく、経済や法学、はたまた教会音楽なんて分野まで網羅しているのだ。これなら本当に坂本真尋よりも賢いと言っていいだろう。レベルが違う。

高畑教授が嗄井戸を秀才だと言っていたのもわかるし、今になってようやく教授が嗄井戸を連れ戻したい気持ちが理解出来た。これだけ優秀な頭脳を持っている男なら、引きこもりにさせておくのは確かに勿体《もったい》ないだろう。

俺の手放しの賞賛の念が伝わったのか、嗄井戸はようやく気まずそうに顔を逸らした。そして、どうにも決まり悪そうな顔をして、呟く。

「別にそこまで大したことをしたわけじゃない」

「謙遜《けんそん》するなよ。嫌みに聞こえるぞ。天才じゃないか」

「君にどう思われようが構わないが、たかだか少し勉強が出来るくらいでそこまで褒められても困る。褒められるならもっと別の所を褒められたい」

「例えばどこだよ」

「……センス？」

「いや、でも見直したわ。お前にこんな特技があるなんてな。これは確かに、教授が目をかけるだけはある」

「奈緒崎くんてあんまり人の話聞かないって言われない？」

「お前、褒められて嬉しくないのか？」

「否定はしないんだろ」

「でも、僕は別に名探偵というわけじゃない。天才というのも違うし、引きこもりな時点で優等生でもない。あんまり期待をされると後がつらいじゃないか」

「後がつらい？」

「失望された後だ」

嗄井戸の声はさっきとうってかわって深く沈んでいた。

「失望なんか……」

「そう思うかな？　でも、人間関係はいつでも期待がついて回る。それに応えられなくなったら、必ず何かが壊れてしまうんだ。僕が事件を解決してあげられなかったらどうなるんだろう」

嗄井戸が引きこもりになってしまったのは、その辺りが関係しているのだろうか、と思うと何とも言えない気分になった。再三言うが俺はカウンセラーじゃなく単なる同級生で、嗄井戸を外に連れ出すことなんて今はまだ無理かもしれない。

「お前、この前ホームズとワトソンの話してたよな。あの後調べたんだ」

「調べるほどのものかな……フィクションに疎すぎるでしょ、君」

「それを踏まえて一つだけ言ってやる。俺だってワトソン役を期待されるのはごめんだ」

俺ははっきりとそう言った。嗄井戸が俺のことを見る。

「でも、わけわかんないことがわかったら面白いだろ。今回の事件だって、単に面白いから教えたかっただけだ。お前ならわかるかもしれないなって、それだけだよ」

それ以上何と言えばいいかわからなかった。嗄井戸が一体どういう気持ちでそんなことを言っているのかわからない状況で、下手なことは言えないとそう思った。けれど、何も言わないのは恐らく最もよろしくない選択肢である。

「というか、お前の為にパシられたんだからうだうだ言わずに答えろよ。俺は答えが知りたいんだ」

素直な気持ちだった。俺は慈善事業の為に英知大学まで行ってきたわけじゃないのだ。心の底から打算的で、愛しい真実の為に行ったのである。その分は報いてくれたって構わないだろう。

「……それもそうだね」

嗄井戸がどう思ったのかはわからない。だが、少なくとも探偵役を引き受ける気にはなったらしい。さっきよりもずっと納得のいった顔で、嗄井戸が笑う。

「それじゃあ解決編いってみようか」

「お、待ってました」

「さっきも言ったけど、鍵はこの問題用紙、設問数は三十四。そこから導き出されるのは簡単な答えだよ」

嗄井戸がビシッとフランス語の問題用紙を掲げる。それに合わせて俺は尋ねた。

「その心は？」

「カンニングだ」

嗄井戸はそう言って、一度大きく頷いた。

試験中に突如として教室を飛び出して、七階の外壁で『独裁者』から引用した大演説を行った坂本真尋。賢く有名な坂本真尋。気が狂ったとしか思えない派手なパフォーマンス。

「あんな危険なことをたかがカンニングの為だけにやったって言うのか？」

「カンニングは結構大事だよ。韓国《かんこく》やインドではカンニングは深刻な社会問題となっているし、カンニングをテーマにした映画もある。『ザ・カンニング［IQ＝0］』という映画なんだけどね。その中でのカンニングは単なるカンニングというわけじゃなく、殆ど自分たちの無実を勝ち取る闘争に近いんだ。まあそれはそれとして、坂本真尋くんがあれだけのことをする価値は、カンニングには往々にして現れる」

「よりによってあんな方法で……」

「そう思うから気付かれないんだ。人間は目先のことに騙されやすい。思い込みによって本質を見失ってるのさ」

「騙されやすい人間の思い込み、ねえ」

「別に奈緒崎くんのことだけを特別にあげつらっているわけじゃないよ。僕を除いた大抵の人間はそう思うだろうさ。きっと、あそこにいるには理由があるに違いない。壮大で想像もつかないような理由が。そこで演説でもされたら、その演説の内容を行動の目的にあてはめてしまうのも無理はない。きっとこのカンニング事件は露見しないよ。だって、カンニングの為に登ったんだって話よりも、気が狂《ふ》れたとか世界平和を訴えたかったとか、そういう話の方がずっと納得がいくじゃないか」

確かにその通りだった。俺だって最初はそういう話を想像していたのだから。

「オリジナルの『独裁者』になく、この演説で付け足されていた数字の部分は、フランス語の試験の答えになっているんだよ。演説中に出てきた数字は三十四個。フランス語の試験の設問数も三十四個。演説中に出てきた数字を順番に当てはめてみたら、ちゃんとどれも正解だ」

「確かなのか？」

「僕がこんなフランス語の試験程度で間違えるわけないだろう」

さっきまで殊勝にしていたというのに、うって変わって尊大な態度だった。まあ、そのくらいの方がお互いの精神衛生にも良さそうなので黙認する。

「順にカンニングの手順を説明していくよ。このカンニングは、当然のことながら坂本真尋くん以外の人間の為に仕組まれたものだ。仮にその人物をXとしようか。やり方は簡単、坂本真尋くんが先に試験を解いて、それを伝える。坂本真尋くんは賢いんだよね？」

「ああ、そうだな。何せ法学部主席入学だ」

「僕も彼が賢いという点は同意だな。話によると彼は全くもって関係のないフランス語の試験を三十分余りで解き終えているようだし、こんな独創的なカンニング方法を編み出している。坂本真尋くんはまず間違いなく賢いよ。それにユニークだ」

「全く関係ない試験？」

「だって彼は法学部だろう？　実践フランス語Ⅱなんて必修であるはずがない。第二外国語の履修に熱心な人間ならともかくとして、まず間違いなく坂本真尋はこの授業を取っていないよ。けれど、大教室での試験なんて、部外者が混じっていたってわからないだろうから気付かれない」

「なるほど」

「恐らくXはフランス語学科ないしフランス文学科なんだろうね。フランス語が必修で、落としたら奈緒崎くんのように留年になりかねない学生だ。だから、Xと坂本真尋くんはこういった少々強引な手法にでるしかなかった」

「俺のことを例に出すなよ」

「身近な例の方がわかりやすいだろう。留年を回避する為に奈緒崎くんは僕を連れ出そうとした。同様に、Xは試験をどうにかクリアしようとした。しかし、英知大学の試験は知っての通り面倒で、生半可な学生じゃ一朝一夕どころか一月程度勉強してもどうにかなるものじゃない。そういうわけで、Xはカンニングを決意し、坂本真尋くんに策を弄《ろう》してもらったというわけだ。もしかしたら提案したのは坂本真尋くんの方かもしれないね。何せ彼は随分Xにご執心のようだから」

「それであんなことを？」

「そうだね。事前に坂本真尋くんとXは『独裁者』の演説を観ながら打ち合わせをしておいたはずだ。三十四箇所どこのタイミングで正解の数字を言うのかをさ。そうしたら、坂本真尋くんの演説を聞いて正解を書き込めばいい」

「そんなに上手くいくのか？」

「英知大学の語学の試験は問題の内容はともかく、解答用紙の様式はそう変わらないだろ？　うっかり聞き逃しても、大問二はここのフレーズから、大問三はこのフレーズからって細かく打ち合わせればそう間違わないよ。試験の合格基準なんて六割なんだしさ。何処でどの設問の数字が言われるかを覚えておけば簡単だよ。それでも普通に試験勉強をするより遥かに楽だろう。膨大な試験範囲と違って、『独裁者』のスピーチは七分しかない」

「言われてみるとそうだな……」

「打ち合わせを済ませたら、あとは本番で坂本真尋が頑張るだけでいい。当日彼がやることは、まずフランス語の試験を出来るだけ早く解き終える。その後教室を派手に飛び出し二号館へ向かい、隠しておいた拡声器を持って七階の外壁に移動する。適当なことを喚くことでギャラリーの注目が集まるだけ集まったら、いよいよ正解の番号を演説に組み込み拡声器で朗々と語り上げる。ちゃんと階数を合わせているからXのいる三号館の教室までの直線距離はそう遠くなく、拡声器を使ったらたとえ窓を閉められていたとしても、まず間違いなく声はちゃんと届くだろう。教室中の注目は坂本真尋に集まっているから、Xが慌ただしく解答用紙を埋めていったとしても不審に思われないだろうしね。無事に演説を行った後は、何事もなかったように大人しく中に戻るだけでいい」

憑《つ》き物が落ちたかのように素直に室内に戻っていく坂本真尋を思い出す。あれは正気を取り戻したからじゃなく、目的を果たしての退場だったのだ。

「このカンニングは完璧だよ。バレやしない。その点でも坂本真尋は賢かったよ。だって、偏見かもしれないけれど、大半の人間はチャップリンの『独裁者』を観ていないだろうから、字幕もなしにあの場で聞いただけで不自然な数字に気付くか怪しい」

「本当に大丈夫なのか？　聞き直されたらバレるんじゃないのか？」

「大体みんな撮るのは写真だろうし、突然に始まった演説を全てムービーで撮っている人間は少ないんじゃないかな？　その数少ない人間のネットリテラシーがちゃんとしていることを祈るけれど、もし万が一その演説がネット上に流出しても大丈夫だ」

「どうしてだ？」

「野次馬の多くはフランス語の試験を受けていないからさ。その数字が何を意味するものかわからない。しかも、夏前の試験は学生に返却されないし、学習効果を著しく損ねることに、模範解答すら開示されない始末だ。そんな中で、どうやって坂本真尋が言った数字がフランス語の試験の解答になっていることに気付く？　もし気付かれたってしらばっくれればそれで済むだろうさ。その内みんな忘れるよ」

確かに、俺の教室でも気にしてはいても自分の試験より坂本真尋を優先するような人間はいなかった気がする。ましてや語学の試験は先述の通りかなりの難関だ。フランス語の試験の受験者が演説をちゃんと聞いていた可能性は低い。

「そして最大の特徴だけれど——このカンニング方法は、Xが誰か絶対にわからないことさ。証拠はないし、バレる心配もない。何せ、Xが誰なのか特定する術《すべ》がない。坂本真尋くんさえ口を割らなければ、彼一人の処罰で済むのさ。その点でこのカンニング方法は画期的なんだよ。これで、僕がどうして彼がXにご執心だと言ったかがわかるだろう」

「……確かにな」

鈍い俺も流石に気付く。

このカンニング法はどこまでもXの為に行われたものなのだ。バレたとしても坂本真尋は絶対に口を割らないだろう。このままいけば、どうあってもXは合格出来る。完璧な計画だった。どうあってもXの罪を証明する手だてがない。坂本真尋のことだから、きっとそこまで織り込み済みなのだろう。やられた、と思った。恐ろしいくらいにしてやられた気分だ。

「というわけで、このカンニングを立件する手だてはないんだけどさ、奈緒崎くんこれからどうする？」

「どうするって……」

「だって、常川さんのときは暴きに行っただろう？　今回はどうするのかなって思ってね」

「いや、あれはあれだからな……」

そもそも罪の重さが違うし、俺にまつわる背景事情も違う。今回の件では、俺は完全に部外者なのだ。俺はどうして坂本真尋があんな場所に登ったのかを知りたかっただけで、それ以上の他意はない。

どうしたものかと考えていると、嗄井戸が何か言いたげにこちらを見ていることにふと気付いた。

「どうした？　というか、お前はどうした方がいいと思う？」

「僕の意見？」

「ああ、そうだ」

　ややあって、嗄井戸が答えた。

「放っておいてもいいんじゃないかな。だって素敵じゃないか。Xがどこの誰かはわからないけど、その相手の為に坂本真尋は危険を顧みず、狂人の汚名も構わず、あんな場所まで登っていったんだ。二度使える手法でもないしね。どうだろう」

　嗄井戸は平淡な口調でそう言った。けれど、如何せんこの男はポーカーフェイスが苦手らしい。どうも嗄井戸は、このことを黙認してほしいようだ。理由は何となくわかる。嗄井戸は坂本真尋のことを評価している。そして彼は、敬意を持った相手にとても優しいのだ。

　いや、もっとシンプルな理由かもしれない。嗄井戸は坂本真尋のこのやり方に、極《ご》く単純に感動したのかもしれない。映画染みた、冴《さ》えたやり方に。

　俺の方もなるべく平淡に聞こえるように努めながら言う。

「まあ、ほっとくか」

「ああ、そうしよう」

　嗄井戸はあからさまにほっとした顔をして、軽く笑った。

「しかし、妙な事件だったな。面白かった」

「その通りだね。終幕だ。力作だったな」

試験用紙の束に埋もれながら、嘎井戸がそう言った。
散らばった用紙の中には、当然のようにドイツ語の試験問題もある。
悲しいことに、殆どわからなかった。

嘎井戸の言う通り、一週間もして試験が終盤を迎えると、坂本真尋の起こした事件はすっかり風化して、話題に上らなくなっていた。派手な事件は噂になるのも早いが鎮火するのも早い。しかも、もうすぐ天下の夏休みなのである。些細《ささい》なことに構っている暇はない。日常の楽しくてささやかな事件は好奇心によって消化され、日常の文脈にまた回収されていくのだ。

坂本真尋はさして大変なことにならなかったのだと風の噂で聞いた。坂本真尋はいつも通りの理知的な風貌で「試験疲れで少々錯乱してしまいました。申し訳ありません」と言ってのけたらしく、英知大学側はそれで黙らざるをえなかったのである。元々成績優秀者の名を欲しいままにしていた坂本真尋のことだ。厳しい処分を下せるはずもない。勉強のし過ぎによる弊害《へいがい》だと嘆いている職員もいるらしい。本当のことなんて誰にもわからないので、坂本真尋の起こした騒動の真実はこれからも好きに語られ続けていくだろう。勿論、限りなく正解に近いであろう嘎井戸の解答だって、本当のところはどうなのかわかりはしないのだ。

ただ俺は、学内で興味深いものを見た。

俺が構内を歩いていたときの話だ。件の坂本真尋がメインストリートにいた。その隣には、一人の女子大生がいる。黒髪をボブにした真面目そうな女の子で、パステルカラーのワンピースが似合う可愛らしい容貌をしていた。ずいぶん小柄な彼女だ。背の高い坂本真尋の胸辺りまでの身長しかない。

彼女は笑顔で何かを話し、時折小さく頭を下げた。その度に坂本真尋は困ったように首に手を当て、何でもないとでも言いたげにもう片方の手を振った。

直感した。Xはきっと、あそこにいる女子大生だったのだろう。推理するまでもない。一見クールに応対をしている坂本真尋の顔が、尋常じゃないくらいニヤついていたからだ。いつもの理知的な印象は何処にもない。初めてのときめきに胸を躍らせる乙女みたいだった。

やがて二人は、どちらからともなく手を取り合い、メインストリートを去っていった。きっと上手くいったのだろうし、これからも上手くいく予感がした。恐ろしい予感だ。

それを見た俺は、ほんの一瞬だけ色々なことを暴露してやりたいという衝動に駆られてしまった。だって普通に羨ましい。坂本真尋の顔も隣にいる女子大生の顔もなんだかとても幸せそうで、たまらないものがあった。いいなぁ。校舎の外壁に立つだけの価値はある幸せに見えた。

最後に余談だが、俺と嗄井戸の仲も一応修復した。好奇心をそそられる謎は、その他諸々《もろもろ》を綺麗にリセットしてくれるのだということを知る。俺は謝罪をする為でも事件の話をするでもなく、また嗄井戸の家に来ていた。単純に遊びに来たのだ。

何だかんだで、外に出るとここへ立ち寄ってしまう。居心地がいいというよりは、嗄井戸が何をしているのかが気になってしまうのだ。意外なことに、この男は俺の訪問をそこそこ嬉しく思っているようだし。

嗄井戸は今日も変わらずソファーに寝ころんで映画を観ていた。空中に浮かぶ車が見える。今日はＳＦの日なんだろうか。

「これ俺観ても大丈夫そうなやつ？」

「さあ、前よりは楽しく観れると思うけどね。……少なくともこれで寝る人間は想像出来ないよ。奈緒崎くんも観るのなら、今度は眠らないように気を付けてくれ」

「善処する……。本当にイケるかな？」

「舌を噛んでも起きてろ」

嗄井戸は噛みつくようにそう言うと、いそいそとDVDを取り出しに向かった。

「あれ、これ観るんじゃないのか？」

「そうなんだけど、これ2だからね。どうせなら1から観た方がいいだろう。3まであるんだけど、どれも面白いんだ、この映画」

そう語る嗄井戸の声が弾んでいる。華奢《きやしや》な背がのっそりと揺れる。

「嗄井戸、夏休みだぞ」

その背に向かって大抵の人間が心を躍らせるであろう単語を言った。すると、嗄井戸の耳が器用にもひくりと動くのが見えた。そして、ゆっくり気だるげに振り返る。白い髪の毛が柔らかく揺れた。

「嬉しくないのか？」

「毎日が夏休みの僕によく言うなぁ」

それもそうだよなぁ、という感想しか出てこなかった。

第三話「不可能密室の幽霊少女」

（『ブレア・ウィッチ・プロジェクト』）

長い付き合いの友人であろうと相手の全てを知っているかどうかは怪しい。意外な一面、知られざる秘密。そういったものが後々明らかになるというのは、多々ある展開だ。

けれど、知り合ったばかりの男の知られざる一面が、途方もないくらい不穏だった場合は、動揺するのも仕方がないと思う。所属サークルの雰囲気が新歓期間を終えてからじゃないとわからないように、付き合いたてのカップルが三ヶ月経たないとお互いの姿をちゃんと見ることが出来ないように、俺の方も数度映画を一緒に観ただけの友人の本当の姿なんてわかりやしないのだ。

いつものように訪れたシアタールーム、万年引きこもり男・嗄井戸高久の部屋の中に、セーラー服姿の女子高生がいた。それだけでもかなりの衝撃だというのに、嗄井戸の手にはダメ押しのように黒々としたビデオカメラが握られている。引きこもりの男、女子高生。カメラ。セーラー服。誰にとってもそれらは、あまりよろしくない連想ゲームだ。

極め付けには映画以外にさしたる興味をもたないはずの嗄井戸が、レンズ越しに女子高生を興味深そうに眺めていて、もう、何だか色々、堪《たま》らなかった。密室に女子高生を連れ込むことの是非を論じるまでもない。

「あ、奈緒崎くん」

嗄井戸が暢気な声を上げると同時に、隣にいる女子高生も振り向いた。顎《あご》の辺りで切り揃《そろ》えられた綺麗な黒髪に、艶やかなピンク色の唇。目だけが妙にキラキラと輝いていて、恐ろしいまでに目の毒だった。黒いスカートは膝上《ひざうえ》ぎりぎりの長さで、黒いストッキングに包まれた細い脚がそこから伸びていた。場所が場所なら、モデルか何かだと勘違いしていただろう。今だって、アンダーグラウンドな方向の被写体らしくはある。白い首筋の魅力に中《あ》てられないように、俺は勢いよく叫ぶ。

「お前、女子高生に何してんだよ！！！」

「薄々言われるんじゃないかと思ってたけど、奈緒崎くんは一体僕にどういうイメージを持ってるわけ？」

「万年引きこもり男のお前の家に女子高生がいたらこういう反応にもなるだろ！」

「失礼だね。万年引きこもりじゃない。僕が引きこもってるのはまだ一年だ」

「オーケイ、一年引きこもり男の家に女子高生がいたらこういう反応にもなるだろ？」

「そうそう、知り合ったばかりの男が、実は部屋で女子高生のあんなところやこんなところを熱心に撮影してるような人間だった……と知っちゃったときみたいな反応にね」

火種の張本人である女子高生が、ペラペラとそう応戦する。そう、それが言いたかったんだよ、と言わんばかりに件の彼女に目を遣ると、軽くウインクを返された。隣の嗄井戸が、うんざりしたような顔で言う。

「……束《たばね》ちゃん、火に油を注ぐようなこと言うのやめてくれない？」

「やだなー、私は客観的に今の状況を説明しただけだよ」

「悪意のフィルターを掛けたものを客観と呼ばないで欲しいね。僕は今たった一人の友達と社会的信用を一気に失うところだったんだけど」

「ところで、貴方が奈緒崎くんなんだね」

まだ何か言いたげな嗄井戸を無視して、女子高生がくるりと俺の方へ向き直った。

「私は矢端《やばた》束。新宿《しんじゅく》にある私立西《にし》ヶ《が》浦《うら》高校の一年生。十六歳の獅子座《ししざ》。チャームポイントは賢くて可愛いところ、好きな映画は『フォー・ルームス』。腐っても纏《まと》まんなくても束ちゃんだから、どうぞそんな感じで気軽に呼んでくれると嬉しいな」

初対面にも拘わらず、彼女はそうフランクに挨拶してきた。わざわざ好きな映画まで言う辺り、嗄井戸の同類であると見て良いだろう。嗄井戸一味だ。

当の嗄井戸は、何故か気まずそうな顔をしてビデオカメラを睨んでいる。

「えーと、束……さん？　嗄井戸の……親戚《しんせき》？」

「ううん。血縁関係はないよ。それに、さん付けもいらない。オッケー？」

確かに、目の前の女子高生と嗄井戸の間には似通ったところが少しもない。片やいかにも青春を謳歌していそうな女の子と、片や社会生活を丸一年放棄している男だから、元々比べるのすらおこがましい組み合わせなんだけど、それでも、ねえ。

「えーと、とりあえずまあ、知らなかったよ、お前にこんな年下の……知り合い？友達？　がいるなんて」

そもそも何処で知り合ったんだろうか。今流行《はや》りのインターネットフレンズ？　それにしては、束はこの部屋に馴染《なじ》み過ぎていた。ＤＶＤとビデオに浸食された部屋の中に佇む彼女は、まるで瓦礫《がれき》の中を優雅に歩く天使か何かのようにも見える。この部屋のもう一人のキーパーソン、矢端束。二人の関係にもう少しだけ踏み込もうとした瞬間、束の方に先を越された。

「奈緒崎くんといつ出くわすかなって思ってたんだけど、意外とここまで出会わなかったね。私は高久くんに奈緒崎くんのことを聞いてたんだけどな」

「いや、俺の方は全く聞いてなかったな……」

「酷いなー。私の方はパラダイス座の火事の話とか、崖っぷち演説事件とか、色々聞いてるのに」

『束ちゃん、そういう話しに来たわけじゃないでしょ』

何か不都合なことでもあるのか、嗄井戸がそう言って話を遮った。嗄井戸が俺以外の人間と話している姿自体が珍しいので、何だか不思議な気分になる。嗄井戸が疑惑のビデオカメラを振ってみせると、思い出したかのように束が頷いた。

「あ、うん、そうだったね」

「その、束、ちゃん？　は、今日は何しに来たんだ？」

「束でいいよ。私に『ちゃん』付けなんて高久くんだけで十分」

「別にいいでしょ。初めて会ったときから、束ちゃんは束ちゃんだし」

「いつまでも子ども扱いはしないで欲しいなってだけ。女子高生は侮《あなど》れないんだから」

「それで、束……は、何しに来たんだ？」

「今日の目的は、奈緒崎くんと似たようなものかな」

「俺と？　何が……」

「謎を解いてもらう為だよ。奈緒崎くんも、高久くんの頭の良さについては知ってるでしょ？」

そこまで言われてようやく思い至った。なるほど、確かにそれなら『俺の目的と同じ』という言葉にも納得がいく。俺が事件を持ち込んだのはまだ二回だけだが、その二つはちゃんと解決してくれた。その活躍は別に世間に知られてるわけじゃないが、実力は折り紙つきである。それに頼る束のような人間がいても不思議じゃない。

「それじゃあ、奈緒崎くんにも聞いてもらおうかな。私が通っている西ヶ浦高校で起きた、劇場型密室失踪《しっそう》事件について」

琴槌《ことづち》ねねは、薄暗い廊下をたった一人で歩いていた。日々通っている場所だというのに、時間帯が違うだけでその場所は全く違った様相を呈していた。暗い廊下はやけに音が響くのだ。何の助けにもならない携帯電話を握りしめて、彼女は学習室棟へと入って行く。彼女をここに呼び出した男は、準備があるからと言って無情にも先に行ってしまった。

何の準備か？　霊媒《れいばい》である。死んだ人間の霊を呼び出すという、胡散《うさん》臭い行為だ。

彼女がこうして真夜中の学校に忍び込むに至った経緯を説明するには、西ヶ浦高校に伝わる幽霊の話に触れなければならない。今もなお語られる、褪《あ》せない幽霊の話に。

九月の終わり、転校するには不自然過ぎる時期に、一人の女子生徒の席がぽっかりと空いた。〝体調を崩した〟だとか〝不登校になった〟だとか真偽不明の噂が囁《ささや》かれた数週間後、彼女の席は影も形もなくなり、いつの間にか出席簿からも名前が消されていた。そして、何処からともなく友達の友達という不確かな繋がりで以て、とある一つの噂が流れた。

放課後の教室で、まことしやかに噂は伝えられていく。

「あの人の机に、遺書がね、残ってたらしいよ」

「……………どんな？」

「〝私は殺されたんだ〟って」

息を潜めて、噂が囁かれる。本当か嘘かわからない『遺書の中身』が、誰かから誰かへ伝わっていく。

最初にその噂を流した人間が誰かはわからない。学校から姿を消した生徒に変な尾ひれがつくのは珍しくもない話だ。殺された、とか、自殺した、とか、そういう悪趣味でセンセーショナルな話の方がずっと人の口に上りやすい。だって人間は、派手な方が好みなのだ。

問題なのはその後だった。学校側から、彼女についての噂をみだりに流すことを禁じる通達が出されたのだ。

単なる噂だと割り切ってしまえば良かったのに、学校側は何故か異常にその噂に目くじらを立てた。不謹慎だ、と簡潔な説明が為《な》されて、事実上の箝口令《かんこうれい》が敷かれた。

終いには消えた彼女の名前すら出すことを控えるように言われた。学校側が何かを隠したがっていることは、どんなに鈍い人間でもわかるような有様だった。悪手を打った、と思ったときにはもう遅い。彼女に関する噂の信憑性《しんぴょうせい》に、逆に学校側がお墨付きを与えてしまったのである。

タブーにされた彼女の名前は、女子トイレの隅で、暗い部室で、夕暮れの教室で、新たな肩書きを与えられた。それが学習室棟に出る幽霊だ。彼女の名前はもう誰も知らない。その噂を知らない生徒はいないのに、わずか一年で彼女の名前を皆が忘れてしまった。特に目立つというわけでもなく、友達もそう多い方じゃなかったからこそ、そんな事態になるのがとても早かったのだ。

「彼女の名前は井伏潮子《いぶせしおこ》だ」

そんな中、たった一人だけ彼女の名前を覚えていた人間がいた。今日の夕方、計画を持ちかけられたときのことである。

彼が今日、琴槌ねねを真夜中の学校に呼び出した男、今回の事件のキーパーソンである日比谷壮二郎《ひびやそうじろう》だった。幽霊に名前がないはずがない。その女子生徒は実際にいたのだから尚更《なおさら》だ。それでも琴槌はそのことに驚いてしまった。井伏潮子。心の中で繰り返す。

学習室棟の幽霊にも名前があるし、乏しかろうと繋がりがある。日比谷は井伏潮子が所属していた部活の先輩だった。

日比谷は井伏潮子と仲が良かった、と聞いたときも、琴槌は密かに驚いた。活動を通して、会話を通して、一緒に思い出を作った相手が、井伏潮子にもちゃんといたのだ。目の前の日比谷からぽつぽつと語られる彼女とのエピソードが、琴槌の中の井伏潮子に輪郭を与えていく。

「学習室で倫理の教科書を開き、その上で二枚の鏡を合わせる」

日比谷は、まるで数学の公式でも諳《そら》んじるかのようにそう言った。

「井伏さんを呼び出す為の〝おまじない〟だそうだ」

知ってます、と言うのを辛《かろ》うじて抑える。その噂についても重々存じている。学習室棟の幽霊を呼び出す為の、他愛のない方法。使い古されたやり方だ。同じような話を探せば、きっと全国にあるだろう。それでも西ヶ浦高校では学習室に倫理の教科書を持ち込む生徒が誰一人いない。信じているわけじゃないけれど、それなりに気にされている噂。

日比谷が琴槌に協力を依頼したのは、この〝おまじない〟の検証実験だった。仲の良かった後輩が、こうして噂の種として、あるいは体の良い玩具《おもちゃ》として利用されているのには思うところがあったらしい。そうして日比谷は、ビデオカメラと協力者を用意した。真夜中の零時。学習室で。

「こうして〝おまじない〟をやっても何も起こらないことを証明すれば、噂も消えるんじゃないか。だから今日の夜中、実際にやってみたいんだ」

日比谷の主張はそういったものだった。シンプルな計画だ。時間帯さえ指定されてなければ、今すぐにでも出来そうなくらいだ。

琴槌はふと、ハリー・フーディーニのことを思い出す。彼は、心霊現象とされる数々のいかさまを暴いた天才マジシャンであり、死んでしまった母親の霊と交信する為に、本物の霊能力者を探し続けた男でもあった。日比谷の雰囲気はそれに似ている。

確かに、あのくだらないおまじないをやっても何も起こらないと知れたら、井伏潮子の噂は収まるかもしれない。検証実験が一番効果的な除霊方法なのかもしれない。

ただ、もしそのおまじないが本物だったら？　何者かに殺されてしまったという井伏さんの幽霊が本当にここに呼び出されてしまうとしたら？

馬鹿げたことだとは承知している。琴槌は幽霊なんか信じていない。こんなのは単なる噂でしかないと思っている。ただ、墓石を砕くのには抵抗があるし、真夜中の学校を歩くのは怖い。そういうところはそう割り切れないものなのだ。

けれど、結局彼女は日比谷の頼みに頷いてしまった。そうして、話は冒頭に遡《さかのぼ》る。『準備の為、先に行っている』という旨を了解したのは、夜の学校がこんなに恐ろしいものだとは知らなかったからだ。一人であろうとちゃんと歩けるだろうと思ったからだ。これを機に日比谷と更に仲良くなれるんじゃないか、という下心の方が恐怖よりずっと強いと思っていたからだ！

それなのに、想像以上にこの場所は怖い。

ようやく学習室棟に差し掛かったときには、すっかり身体が縮こまってしまっていた。ここまで来ればあと少しだ、と思い、廊下をそのまま進もうとする。

そのときだった。

悲鳴が聞こえた。聞き間違えるはずもない、聞き慣れた日比谷壮二郎の声だった。物が倒れる音、――何かが襲われている音？　釣られて悲鳴を上げかけた彼女の目の前に、学習室から何かが転がり出てくる。最初は、真っ黒な影かと思った。次に、日比谷かと思った。そして、出てきたものが物凄い形相でこちらを睨んできて、そのどちらでもないことに気が付いた。

血塗れの女だった。

暗い中で、顔面を濡《ぬ》らす血がどす黒く見える。悲鳴が上手く出てこない。身体が動かない。そうこうしている内に、女の姿はもう見えなくなっていた。廊下の向こう側に消えたまま、もう影すらない。そもそも、あれに影があるかどうかすら疑わしい。どれくらいそうしていただろうか。恐怖に凍り付いていた首を動かし、開け放たれた学習室の扉を見る。あの女が出てきたところ、あの教室には、日比谷がいるはずだった。簡単な引き算だ。あそこにはまだ日比谷先輩がいる。無事を確かめる為に、震えながら学習室へ向かった。

日比谷先輩、と名前を呼びながらそこへ入る。ここから出た人間は――人間と言っていいのかすらわからないが――あの血塗れの女だけだった。それなら、先輩はこの学習室の中にいるはずだ。

教室の中は真っ暗だった。誰かがいる気配もない。日比谷先輩、日比谷先輩、いないんですか。何処行ったんですか、と暗闇の中で繰り返す。足元がどろどろに溶けていくみたいだった。明かりをつけなきゃ、と思うのに身体が動かない。相変わらず気配もなければ返答もなかった。教室の隅にある電気のスイッチに触れるより早く、目の方が暗闇に慣れていく。

窓の近くに机が二つ並んでいた。載せられた倫理の教科書。その上で二枚の鏡が合わせられている。それを見た瞬間戦慄《せんりつ》した。理由はわからなかった。けれど、日比谷壮二郎が自分の到着を待たずにおまじないを実行した事実だけはわかる。先輩は、実験をした。私なしで、一人で井伏さんを呼び出したんだ。呼び出してしまった！　あの教室から出てきた女が井伏潮子なのだ。幽霊なんか信じていなかった彼女の価値観が塗り替えられる。

おぞましい〝おまじない〟の跡に近づく為に、琴槌は、ようやく一歩を踏み出す。その爪先《つまさき》が何かを蹴《け》って、また動けなくなった。硬いものを蹴ってしまったときのぞわっとする感覚は、どこからやってくるのだろう？　反射的に、足元のそれを拾い上げる。結構重くて、長い。バランスが悪くて取り落としそうになる。それが、三脚に付いたビデオカメラだということに遅れて気付く。本来なら、彼女が手にして撮影するはずだった代物だろう。

おもむろにそれのスイッチを入れると、ポーン、と軽い音がして、画面が明るくなった。震える指であちこち弄《いじ》っている内に、レンズの脇のライトが点く。暗闇に慣れた目が強い光に驚く。

そして、彼女は見た。

黒板に書かれた白い文字が、暗闇の中から浮き上がる。

『中浦栄一《なかうらえいいち》　次はお前だ』

綺麗な筆跡じゃなかった。黒板に殴り書きされたその文字は大きく乱れている。まるで、誰かが最期《さいご》の力を振り絞って書いたような文字だ。

琴槌ねねはビデオカメラを取り落とし、今度こそ長い悲鳴を上げた。

「……っていう話なんだけど」

あらましを語り終えた束が、にっこりと微笑む。微笑む要素が少しも見当たらない話だ。

「…………なるほど」

「あ、中浦栄一っていうのは、私の高校の倫理の教師なんだけど……。次はお前だってことは、次に消されるのは中浦先生ってことなのかな？」

「……俺にわかるのは、暗い教室でそんなもの見たら恐怖で死ぬってことだけなんだけど」

「あれ？　奈緒崎くんったらこういうの怖いの？　束ちゃんだって怖がってないのに、へえー」

嗄井戸がニヤニヤしながら茶々を入れてくる。

「お前本当殴るぞ」

「とまあ、琴槌ちゃんから聞いた事のあらましはこんな感じかな。束ちゃんの語る恐怖のお話。卑俗に言えば単なる肝試しなわけだけど、そこで実際に人が一人消えた……。不可解だと思わない？　ワクワクするでしょ。昨日起きたばっかりだから新鮮さも折り紙付きだよ」

束が蠱惑的《こわくてき》に首を傾げる。サラサラと流れる黒髪と相まって、妙に幻想的だった。

「不可解といえばまあ不可解だけど……」

嗄井戸が意味ありげに考え込む。

俺としては「普通に怖いな」というのが第一の感想だった。一言で言うなら怖い、二言で表すなら凄く怖い！　校舎に出るという幽霊の噂をビデオカメラ片手に検証しに行った男が影も形もなく消えてしまうというわかりやすい霊の制裁、次はお前だ、という一文字一文字から殺意が滲み出ているかのようなメッセージ……。全体的に関わり合いたくないオーラに満ち満ちた事件である。

「嗄井戸、これ絶対ヤバいアレだぞ……うわヤバい、めちゃくちゃヤバい、クソヤバい」

「随分語彙力《ごいりょく》のない五七五だね」

「でもどうしてこんな時期に肝試しなんだ？　もっとこう、夏にやるもんだろ？」

嗄井戸の言葉を無視しつつ、束に尋ねる。

「三日後に文化祭が……いや、これが起こったのは昨日だから二日後か。文化祭が控えてる関係で警備がゆるっゆるなんだよね。業者のトラックもどんどん出入りしてて、校庭にバンバン停《と》まってるし。だから思い切ったんだって。普段は真夜中の学校なんか忍び込めないでしょ？」

束の言葉に密かに驚く。もうそんな季節なのか。

「へえ、文化祭か」

「別に大して文化的でもない奴らがコスプレしてきゃあきゃあ言うやつだね」

嗄井戸が脇で妬《ねた》ましそうな声を上げているが、気にしないでおくことにする。

「そういうわけで強行された実験に、琴槌ちゃんはまんまと付き合うことになっちゃったんだよ」

「よくやるな」

「まあ、惚《ほ》れた弱みですから」

それを聞いて納得すると共に、何とも言えない気分になる。嗄井戸ほどじゃないが、突然ぶち込まれる青春成分は眩しいのだ。

「琴槌ちゃんはそういうわけで、消えてしまった愛しの先輩を取り戻すべく、私にこのビデオカメラを託してきたわけなの」

「うん？　普通、問題の中浦先生に持って行くんじゃないか？　次にその幽霊？　に狙われるのは、多分そいつなんだろ？」

「それはね、奈緒崎くんが中浦先生を知らないから言えることだよ」

「どういうことだ？」

「正直な話、中浦先生はあんまり性質のいい人じゃないんだよね。悪辣《あくらつ》というかクソ野郎というか、私もそんなに好きじゃないの。それに、陰険でネチネチしてて……もしそんな先生にこのビデオカメラを渡したらどうなると思う？　もう戻ってはこないだろうね」

「……没収したものは絶対に返さないタイプの教師？」

「一度でも渡したら、少なくとも学期中には戻ってこないだろうね。当然警察にも届けないだろうし、最悪の場合、悪質な悪戯として琴槌ちゃんが何らかの罰を受けてたかもしれない。……まあ、琴槌ちゃんが一番恐れたのは、失踪してしまった日比谷先輩が、そのままにされてしまうことかな。ビデオカメラは大事な手がかりだから、あんな男には渡せなかったんだよ。私だって中浦先生に渡すくらいなら、山羊に食べさせた方がマシ」

束がひらひらと手を振りながらそう答える。なるほど、中浦の教師としての評判はかなり酷いものらしい。

「それで束に？」

「だって、そのまま直に警察に持って行ったらどうなると思う？　幽霊を呼び出したら、本当にお化けが出てきて先輩を何処かに消しちゃった、って説明するの？」

「そう言われたらそうかもしれないけど……人が消えてるんだぞ？」

真夜中の学校に忍び込んでそんな怪しげなことをやった、なんてことがバレるのは体裁が悪いかもしれないが、人が消えているのだから一大事だろう。

「その点は大丈夫。何せ、私のお兄ちゃんは現役の刑事だし、報告だって怠ってないし」

「刑事？　うわっ、凄いな！　ドラマにしか存在しないと思ってた！」

「奈緒崎くん、刑事がドラマにしか存在しないとしたら、誰が現実の事件を解決してると思ってるの？」

嗄井戸が呆れたようにそう呟くものの、凄いものは凄いので無視しておく。

「まあ、刑事って言っても、そう優秀ってわけじゃないんだけどね……。とまあ、刑事事件なら刑事事件で私からお兄ちゃんに流した方が話が早いし、そうでなくても、私は何とかするのが仕事だから」

「仕事?」

「ふふん、これを見るがよいよ」

束が楽しそうに言って、ポケットから銀色の名刺ケースを取り出す。そして、ぴかぴかの白い名刺を俺に差し出してきた。麦がモチーフになっているらしい飾り枠は眩《まばゆ》いばかりの金色で、中央には艶のある黒文字が『フリーエージェント　矢端束(TABANE)』と躍っている。その下に添えられた束の携帯番号以外何一つ価値がなさそうな代物だ。

「そういうわけで、頼まれたら何でもやっちゃうのが私のお仕事なの」

「あーはい、……何だそれ」

深く考えるのをやめて、名刺だけ仕舞っておく。女子高生は毎日が楽しそうで良い。

「今回の琴槌ちゃんからの依頼も、フリーエージェント束ちゃんに持ち込まれた決死で真摯なお仕事なの。だから、私はそれに全力を尽くす義務があるの」

「こうして僕に任せようとするのはどうかと思うんだけどね……」

「これはいわば外注のようなものだからね。ねえ、いいでしょ?　奈緒崎くんが相手のときなら、安々と解いてあげるって聞いてるんだけどな」

「別に俺だって易々と解いてもらってるわけじゃないけどな」

言いながら、問題のビデオカメラを手に取る。右端の角に小さな傷がついていた。高級そうなカメラだというのに勿体ない。

「さっきも言った通り、ビデオカメラは学習室の中で三脚ごと倒れた状態で発見されたの。多分、血塗れの女が学習室から出てくるときに倒しちゃったか、日比谷壮二郎を画面外で襲っているときに倒したかのどっちかだと思うんだけど」

「幽霊に実体があるっていうのも妙な話だけどね……」

「なあ、俺にも観せてくれないか？　これ」

「いいよ。奈緒崎くんのお気に召すかはわからないけどね」

最新鋭のビデオカメラなのか、映像は意外にも綺麗だった。

『僕の名前は日比谷壮二郎。戯作部の部長を務めている。これから井伏さんの霊の噂が事実無根であることを証明する為に、検証実験を行う。記録用として、このカメラを回して行こうと思う』

「映像の途中で申し訳ないけど、戯作部って何だ？」

「うーん、何かよくわからないけど、文化系の部って往々にしてそういうのあるでしょ。こっちは遊んでるようにしか見えないけど、本人たちにとってはちゃんとした部活だっていうやつ」

「僕はそういう青春の遺物みたいな部活がいっち番嫌いなんだ！」

嗄井戸が妬みの塊のような言葉を吐いていたが、無視しておく。

薄暗い部屋に、きっちりとブレザーを着た男が映っていた。これから幽霊を召喚するにしては生真面目な顔をしている。日比谷は怒っていたのかもしれない。とにかく、何かをしなくちゃいけない気分でいる。

背後には二つくっつけられた机と、開かれた教科書、その上に配置された合わせ鏡があった。合わせ鏡が光を反射し、そこだけぼんやりと光を放っているのが幻想的だった。外から差し込む月の光で、小さく影が出来ている。

日比谷は、何度かカメラの位置を確かめつつ、教室の中を歩き回っている。そして、手首に巻かれた腕時計を一回だけ確認すると、もう一度カメラの方へ向き直った。

『井伏さんは、今でも僕や、事の発端となった中浦のことを恨んでいることだろう。だが、僕は君をみすみす失ってしまったことを後悔している。どうにか彼女に償いたいとも思っている。今からそれを証明出来たらいいと思う』

薄暗がりの中で日比谷壮二郎がそう宣言する。

まるで遺書のようだ、と思った。その瞬間だった。

後ろから、影のようなものが日比谷に覆い被さってきて、短い悲鳴が響く。争っているのか、二人が揉《も》み合うように動いた。日比谷が画面の奥の方へ行ってしまったので、顔がよく見えない。日比谷が引き倒される。『やめろ』と『赦してくれ』の声が交互に聞こえる。不意に、日比谷に襲い掛かっていた影の方がカメラへ向いた。

血塗れの女だった。

「うわっ……！」

思わず声が出てしまう。頭でもかち割れているのか、女の顔面は隙《すき》なく真《ま》っ赤《か》だった。日比谷壮二郎と化け物が画面から外れる。

画面全体が不意に大きく左に傾き、それから、教室の床に硬いものがぶつかったような嫌な音が響く。教室の床と壁だけが数秒映り、完全にブラックアウトする。映像はそこで切れていた。

「……で、御感想は？」

嗄井戸は妙に淡々とした声でそう言った。ホラー映画の観過ぎで感覚がマヒしているのか、特に感慨もなさそうだ。映画オタクの弊害だな、と思う。

「う、うわあ……こ、これヤバい奴なんじゃないのか⁉　み、観て大丈夫なのかよ！　俺たちまで呪われるんじゃ……」

「…………奈緒崎くんみたいに素直な人間ばっかりだったら、映画業界ももっと盛り上がるんだけどね」

「どういう意味だよ」

「こんなの簡単に作れるってこと」

あっさりと嗄井戸が言う。

「えっ、じゃあこれ偽物《にせもの》なのか⁉」

「九分九厘そうだろうね。本物だったら本物だったで面白いけど」

「面白くない！」

実を言うと、俺はそんなにホラー云々《うんぬん》が得意な方じゃないのだ。呪いのビデオとか幽霊とかは普通に怖いし、夏の心霊特集なんかも友達と薄目で見るくらいだ。幽霊みたいに物理でどうにか出来ない相手には、得も言われぬ不安がある。

「ところで奈緒崎くんは『モキュメンタリー』という言葉を知ってるかな？」

「何だそれ」

「簡単に言ってしまえば、ドキュメンタリー風に撮った映画のことだね。『真似《まね》る、嘲《あざけ》る』という意味の単語、mockと『ドキュメンタリー』を組み合わせて、モキュメンタリーと呼ばれている。本当は何から何まで台本があるのに、ぶっつけ本番の映像みたいに見せかけて撮るんだ。そうして、本当にあった出来事、ドキュメンタリーであるという体で作ってあるから、普通の映画よりリアリティーがあるし、一風変わったものが出来る。モキュメンタリーが世界的に有名になったのは『ブレア・ウィッチ・プロジェクト』かな。観たことある？」

「まあ、当然観たことないな……」

「森の魔女ブレア・ウィッチの伝説を題材にしたドキュメンタリーを撮るべく、学生たちがビデオカメラを手に森に入った……っていう体のモキュメンタリーなんだけどさ、ドキュメンタリーを撮るべくしてやってきた当の本人たちが次々に何かに襲われていき、最後には――っていうのは当時としてはかなり新しいし、面白い趣向だったんだよ」

「うーん？」

「この手法を取っている映画といえば『ＲＥＣ』とか……。これはレポーターが消防士の密着取材って体で、とあるアパートに同行するところから始まってね。カメラマンとレポーターが撮るのは単なるドキュメンタリーだったはずなのに、彼らはそのアパートで謎の感染症に侵された人間に襲われるっていう……。収録どころじゃないのに、カメラマンはカメラを回し続けて、閉鎖空間で追い詰められる様をそのまま撮影するんだよ。映画の中で〝撮影する〟ことで、観客にはいったいどれが現実なのかわからなくなるのさ」

「私は『第《だい》9地区《ちく》』の冒頭なんかも割合好きなんだよね。モキュメンタリーってこういうのもあるんだ！　という感じがして。地球に飛来して、第9地区っていうスラムに住まわされてる宇宙人の強制移住をニュース仕立てで報じたり、宇宙人をよく思っていない住民たちのインタビューを交えたりして……本当に宇宙人が地球に来たらこうなるのかな、って妙な居た堪れなさを感じるんだよ」

「あれ本当に良かったよね……。観てて複雑な気分になるけど、納得出来るっていうか」

俺にはわからない話題で盛り上がる嗄井戸と束を見ていると、何だか少し寂しい気分になった。共通の話題で盛り上がれる友人っていうのはやっぱり良いものなのかもしれない。矢端束が、嗄井戸にとってそういう存在であるかどうかは別にして。

「つまりは本当にあった怖い話の映画版だよ」

「へえ、なるほどな」

嗄井戸がこの上なくわかりやすい喩えを出してくれる。面白い考えだと思った。作り物でありながら、出来る限り本物っぽく撮った映像は、その作品にしか生み出せない雰囲気に溢れているに違いない。

「さて、そんなモキュメンタリーの中には〝ファウンド・フッテージ〟という形式があるんだ。本当にあった怖い話系の鬼門として、関係者全員が死んでしまった場合、一体誰がそれを第三者に伝えたのか？　というのがあるよね」

「確かにな。本当にあった怖い話系のやつでも、語り部は殺せないもんな。周りの脇役はばったばった死んでくのに、何故か語り部だけ無事だったり。んで、何故か全然関係ない霊能者が死んだりするし」

「奈緒崎くん、自分に馴染み深い例が出てきた瞬間生き生きしたね。〝ファウンド・フッテージ〟っていうのは文字通り〝発見された・映像〟のことで、撮影してた人間が死んだり行方《ゆくえ》不明になった際に、その人間のカメラに偶然残ってた！　という体で公開される映像のことなんだ」

「今回と同じだな」

「そう、今回とまるで同じなんだ。今回で言うと、日比谷壮二郎が行方不明になり、彼が撮影した映像だけが残される」

「つまり、そういう手法で撮られた映画と似たような残され方をしたからって理由で、これを偽物だって言ってるわけか？」

「まあね……それもかなり質が低い。素人《しろうと》が作った心霊ビデオそのままだ」

「それほどかな……」

素人が作った心霊ビデオにしては、結構良い出来だったようにも思う。だって怖いし、映像は綺麗だし、お化けはちゃんと映ってるし。

「じゃあ聞くけど、この映像、最終的には誰が切ったわけ？　ほら、映像の最後がしっかりと切られていただろ？」

「そりゃあ……夏にやってる心霊番組とかでもそうだし」

「それは番組側が残されていた映像を編集してテレビ用にしてるからだよ。そもそも、それ全部が全部本物かって言われると怪しいけどさ……。あれは元々観る側の為にカットされてたりするわけ。でも、これは琴槌さんが持ち込んだ編集なしのノーカット版だろ？　それなのに、誰がカメラを切ったんだ？　本物の心霊映像ならカメラが壊されるところで終わってたり、さもなくば電池が切れるか、あるいは琴槌さんが切るまでカメラが回ってなくちゃいけないはずだ」

「そんな風に理詰めでまくしたてるの、可愛げないいんじゃないかな高久くん」

「僕は冷静に分析してるだけだよ」

「でもな、嗄井戸。お前は一つ大きな見落としをしている」

「オーケイ、発言を許可する」

「幽霊が切ったのかもしれないだろ。部屋出るときに。あるいは超常的な力で……」

「…………確かに見落としてた可能性だけどね。ちなみに何で幽霊がカメラを切らなくちゃいけないわけ？」

「バッテリーが切れちゃうだろ。折角悪霊たる自分が人を襲って復讐を完遂したのに、ビデオカメラのバッテリーが切れてたら、武勇伝をすぐ観てもらえなくなる」

「……貴重な視点だ。ありがとう」

嗄井戸はよほど感激したのか、珍しく俺に感謝をすると、一つ大きな溜息を吐いた。

「でも、まだ妙なところはあるよね。これに映っている日比谷壮二郎くんだけど、カメラの位置を何回か確認してるでしょ？　百歩譲って心霊映像を撮ろうとしていたんだとしても、ここまでして映りを気にする必要があるか？」

「それはそうなのよね。わざわざ琴槌ちゃんを呼び出したんだから、三脚なんか使わないで、彼女に撮影を任せれば良かったんじゃないかな」

「まあ確かに……」

「POV方式……『Point Of View Shot』っていう、モキュメンタリーにおける主流みたいな撮影方法があるんだ。登場人物が手に持っているカメラの視点や、その人物の視点そのもので映画が進む方式なんだけど、日比谷壮二郎はそうしなかった。理由は何となくわかるだろ？　自分が映らないからだ」

その言い方に少しだけ引っかかる。それじゃあまるで、日比谷が襲われる瞬間をわざと撮られたがっているみたいじゃないか。

「残されるものにはいつだって意味と作為があるものだと思っていた方がいいよ、奈緒崎くん」

「ねえ、わかってると思うけど、この話の問題点は映像のおかしさ云々じゃなくて密室から人が消えたってことなんだよ？　学習室にいたのは二人、出てきたのは一人。なのに、室内には誰もいなかった。この簡単な引き算が成り立たないのが問題なんじゃないかな？」

今まで黙っていた束がそう指摘する。そうだ。ビデオカメラに残されていた映像が本物かどうか以前に、あの教室から人が消えている。一番不可解な点はそこだ。カメラに監視されていた人間が、幽霊に襲われて煙のように消えてしまったミステリー！

「僕はその消失トリックについても粗方《あらかた》解いている」

しかし、嗄井戸は静かにそう言った。淡々とした態度だった。自分にとってこんなのは取るに足らない謎だと言わんばかりの、不遜で退屈そうな態度。

「本当なの？　それじゃあ、日比谷先輩は……」

「無事なんじゃないかな。無事って言っていいかわからないけど」

「居場所までわかるのか⁈　こんな映像一つで？」

「居場所については正直当て推量だけど、高校生が学校に行かないで時間を潰せる場所なんてそうないからね」

その口振りからして、嗄井戸は本当にあの映像だけで全てを解いてみせたらしい。思わず息を呑む。

「それじゃあ、日比谷先輩は——」

遮るように、嗄井戸が言った。

「とりあえず、琴槌さんに連絡を取りなよ。日比谷先輩の家が何処か、束ちゃんは知らないだろ？」

待ち合わせは北戸田《きたとだ》駅ですることになった。下北沢からは一時間、俺の住む戸田駅からはすぐの駅である。理由は簡単、日比谷壮二郎の家の最寄り駅だからである。

昨日の内に束が連絡を取ったお蔭で、日比谷壮二郎のお宅訪問は案外スムーズに決まった。九月に入っても依然として夏休みな大学生と違って、当たり前だが高校は始まってしまっているらしい。明日からはもう文化祭だというし、時の流れの速さが恐ろしく感じる。

待ち合わせ時刻の五分前には到着したのに、そこにはもう既に二人の人物がいた。見知らぬ女子高生の方が口を開く。

「初めまして！　今日はよろしくお願いします！　私が、琴槌ねねです！」

琴槌ねねは、俺を見るなりそう言って深くお辞儀をした。束を初めて見たときの衝撃には及ばないものの、琴槌さんもなかなかの美人である。学校帰りの彼女はセーラー服を乱れなく着こなし、顔の横に小さな巻き髪を垂らしていた。その隣には、微笑を湛えた束も立っている。同じ服装であるはずなのに、こうして見ると、二人は同じ女子高生には見えなかった。矢端束の佇まいがあまりに落ち着きすぎているからだ。

「あの、矢端さんから聞きました。日比谷先輩のことを見つけてくださったんですよね。あの！　日比谷先輩は一体何処に消えちゃったんですか！」

「あ、えっと、いや、」

「奈緒崎さんは名探偵さんなんですよね！　全部大丈夫なんですよね！　もう安心です！」

「え、いや、俺じゃなくて名探偵なのは嗄井戸って奴の方で……」

「律儀なんですね奈緒崎さん！」

律儀と評されるのは少し面映《おもは》ゆい。俺はただ単に嗄井戸の手柄を横取りしたくなかっただけで、特別『律儀』というわけでもない。

挨拶を済ませると、琴槌さんはさっさと歩き始めた。安心とは言っていたものの、あの食いつきっぷりからして内心は大分焦っているのかもしれなかった。

跳ねるように先へ進む琴槌さんの後を追いながら、北戸田を歩いて行く。一軒家が立ち並ぶ、絵に描いたように平和な街だ。

「その、琴槌さん」

「何でしょう？」

「心配なんだよな、日比谷って奴のことが」

「勿論です！」

必要以上に短い言葉だった。それだけに本気が伝わってくる。消えた先輩のことを、彼女は本気で案じている。だとしたら、一つだけ気になることがあったのだ。

「思ったんだけど、中浦先生のことは大丈夫なのか？　束が頼りになる女の子だっていうのはわかるんだけど、それでも……」

本気で先輩のことを心配しているのなら、黒板のメッセージだって、同じように重要なものだろう。それなのに、彼女はビデオカメラを持ち帰り、一晩待って束に託した。

果たして、琴槌ねねは静かに言った。

「それは、奈緒崎さんが中浦先生を知らないからですよ」

束と同じ言葉だった。この子も同じように、中浦に不信感を覚えている。どうやら、中浦の評判は揺るぎなく悪いらしい。さっきまで軽快に歩んでいた琴槌さんが、わずかに速度を落とした。

「中浦先生にあのビデオカメラを渡していたらどうなっていたと思いますか？　きっと、没収されて、まともに取り合ってくれなくて、……生徒の話なんか全く聞いてくれない人なんです。日比谷先輩が消えたって話も、端《はな》から取り合ってくれないでしょうね。多分、何一つ聞き入れてもらえなかったと思います」

ここまで信頼されていない教師というのも珍しい。その口振りから、中浦の人柄がよくわかる。

「あれは日比谷先輩の行方に繋がる唯一の手がかりでした。私は、信頼出来ない人にあのビデオカメラを託したくなんかなかったんです」

「そ、そうか……」

琴槌さんの目があまりにも真っ直ぐなので、段々小声になっていってしまう。優先順位がおかしいのは琴槌さんの方のはずなのに、まるで糾弾されているみたいだった。理不尽な裁定！　ふと、思い出したように琴槌さんが言う。

「戸田市で殺人事件が起こったのは知ってますか？　つい一週間前のことです」

「ああうん、まあ戸田が最寄り駅だし」

確か、戸田市に住む夫婦が殺された事件のことだ。犯人は未《いま》だ捕まっておらず、白昼堂々行われたその犯行に、街がざわついていたのを覚えている。

「近過ぎじゃないですか！　気を付けてくださいね！　ええっと、それで、北戸田は戸田の隣駅じゃないですか……その日、私は一日中ずーっと心配でした。日比谷先輩がもしかしたら巻き込まれてしまうんじゃないかと」

「まあそりゃあ、そういう話聞いたら怖いよな。確か前も殺人事件あったし」

「でも、こうも思うんですよね。殺人事件が身近で起きたのに、日比谷先輩じゃなくてよかったなって」

きっぱりとした物言いだった。

「最初は不安だったけど……矢端さんに頼んだのもやっぱりよかったかなって」

その言葉に少しだけ引っかかる。束はまるで琴槌さんから一方的に相談を持ち込まれたような体で話していた気がするんだが、そうじゃないんだろうか？

「それで、あの……私からも一つ聞いていいですか？」

「ああ、いいけど」

「あの……矢端さんとどういう関係なんですか？」

変な声が出そうになった。でも、確かに誤解するのも無理はない。琴槌さんの顔が好奇心に満ちている。

「いや、なんかこう単なる知り合いだから。むしろ、俺の友達の知り合いってレベル」

「へえ、そうなんですか」

琴槌さんの年相応の好奇心が輝く。そんな目で見ないで頂きたい。

「だって矢端さんって……」

「……何だ？　なんかこう……浮いてたりする？」

「別に嫌われてるわけじゃないんですけど、いや、むしろ皆、矢端さんのこと好きだと思います。頭良いし、美人だし。でも……なんだか、矢端さんって不思議なんですよね。……皆から一歩引いてるっていうか、そこが、こう、何考えてるかわからないなーって」

随分言葉を選んでいる。束が嫌われているわけじゃないというのは本当だろう。でも、馴染めているかと言われればそういうわけでもない。クラスの中の不思議な美少女。

「……今回も、このビデオカメラどうしよう、警察に相談した方がいいのかな、どうしよう、って悩んでたら、急に矢端さんが話しかけてきたんです。『何か困ってることないかな？』って。私がわかりやすかったのかもしれないですけど、矢端さん、凄く目敏くて……それで、洗いざらい話しちゃったんです。そうしたら、私が解決してあげるから、ビデオカメラを渡してって。矢端さんのお兄ちゃんは警察の人だっていうし……それに、警察に持ち込んでこんな事情を話したら、それで、夜中に学校に忍び込んだことがバレたら……内申点にも響くんじゃないかって」

「それって……」

束の言葉を思い出す。『自分のところに持ち込まれれば全て安心』『幽霊のことなんか話して信じてもらえると思う？』それを受けて、俺は思ったはずだ。『真夜中の学校に忍び込んだなんて知れたら体裁が悪い』と。

じわじわと大きくなる得体の知れない感情を余所に、琴槌さんが明るく言う。

「まあ、私の判断は間違ってなかったってことですよ！　実際に矢端さんは日比谷先輩のことを見つけてくれましたから！」

「まだ見つかったって決まったわけじゃ……」

「あれあれー？　心外だなー。何せ、高久くんが推理を外すことは殆どないって、奈緒崎くんも知ってるでしょ？」

俺たちの後ろをゆらゆらと付いてきていた束が、不意に口を開いた。さっきまでの会話を聞かれたんじゃないかと思うと大分気まずいが、束はいつもと変わらない笑顔をしていた。

「私は高久くんを信頼してる。勿論、これで先輩がいなかったら、ちゃんとお兄ちゃんにまるっとお願いするよ。警察の力でごりっと解決してもらう。でも、それより綺麗でスマートな解決方法を、高久くんは用意してくれるんだ」

心底楽しそうな声だった。軽やかな足取りに合わせてスカートが揺れる。

「だから、日比谷先輩はそこにいるんだよ。確実にね」

束が少し先を指さす。そこには青い屋根のこぢんまりとした建物があった。

「あれです！　あれが日比谷先輩の家です！　あの端の……一階のところです！　何

度か見学に行ったことがあるので絶対です！」

「確実なのか？」

「確実ですよ！　というか、昨日も私はここに来ましたから！　……日比谷先輩はいらっしゃらなかったですよ。カーテンは閉まってましたし、何回インターホンを鳴らしても反応がありませんでした。それからしばらく待ちましたが、日比谷先輩は現れませんでした。……いなくなっちゃったんですよ」

しおらしく言ってはいるが、それはそれで……なんだろう。わざわざ家まで行く琴槌さんの本気を感じながら、もう一度日比谷の家を確認する。

日比谷の家らしき場所は、俺の住んでいる場所よりも大分上等なアパートだった。壁の塗装も剝《は》がれてないし、部屋も埋まっているみたいだ。深緑色の扉が整然と立ち並んでいる。その一番端に『日比谷』の表札があった。

「やっぱり日比谷先輩いらっしゃらないみたいですよ？　ほら、外のカーテンは閉まってますし……」

「家の人とかもいないのか？」

「日比谷先輩、ご両親が揃って仕事上の都合でスイスにいらっしゃいますから、ここに住んでいるのは先輩だけです」

細かく提示された情報に少しだけぞっとしながらも感謝する。相手が一人なら好都合だ。俺はずっと抱えていた青い箱を地面に置き、軽く息を吐く。

「それで、どうするの？」

「嗄井戸って機嫌悪いときによく居留守っていうか、寝たふりするんだよ。しれっと『インターホンに気付かなかった』とか言ってな」

寝てたとしても嗄井戸はインターホンに気付かないような男じゃない。それでも、俺に何か腹を立てているときや、何かしら機嫌が悪いときは徹底的に出てこない。

「そこで、俺の方も考えたんだよ。こう、頭脳対決的な」

「その時点でなんだか少し馬鹿っぽいような……」

「こういうドアスコープ、外からでも中の様子が若干見えるんだよ。いくら居留守使おうが、中が電気点いてるかどうかくらいはわかる。ほら、嗄井戸なんかは暗い部屋でスクリーン使ってるから余計わかるんだよ」

言いながらドアスコープを覗き込む。部屋の中は明るかった。カーテンが閉め切られているから余計によくわかる。

「部屋は明るいぞ」

「へえ」

「えっ、じゃあ日比谷先輩は……！」

「でも、中にいるからってそう簡単に出てくるとは思えないんだけど……」

束が不安そうにそう言った。

「大丈夫だ。ただ、琴槌さんと一緒に端の方に寄っててくれるか？」

本来、俺が出てくる予定はなかった。居場所がわかっているなら、束と琴槌さんが向かうだけで事足りる。ただ、それだと日比谷が部屋の中に籠城する可能性があった。これだけ手の込んだことをしたのに、ドアスコープ越しの束たちに馬鹿正直に応じるとは思えない。

でも、俺は立場が違う。俺は西ヶ浦高校とは何の関係もない。本物の部外者だ。箱を置いて、中身を取り出す。普段選ぶものよりワンサイズ大きいそのシャツを上に羽織れば、準備は完了だ。

俺はそのままインターホンを鳴らした。ドアスコープを覗いていたことがバレないように一歩引いて、扉の向こうに気配がやってくるのを待つ。その際に、ここまで持ってきた青い箱を、これみよがしに掲げる。クール便用の大きな発泡スチロールの箱だ。中身には、きっと蟹が相応しいだろう。もう一度インターホンを鳴らす。

「すいませーん。クール便の御届け物です。いらっしゃいませんかー？」

普段よりワントーン明るい声を出してやった。一度は見たことがあるだろう宅配業者のシャツを羽織った俺は、ちゃんと業者に見えているだろうか。

日比谷は迷っているに違いない。単なる荷物じゃなく、クール便。今すぐにでも処理しなくちゃいけなさそうな荷物を前に、どうすればいいか悩んでいる。もう一度インターホンを鳴らす前に、扉が薄く開いた。

「はい、――」

その瞬間を見逃さなかった。開いた隙間に無理矢理足を差し込み、扉を大きく開く。宅配業者だと思い込んで、ドアチェーンを外していたのが運の尽きだ。空っぽの箱を放り投げ、無理矢理閉じられないように構える。

これは、嗄井戸が何が何でも俺を家に入れまいとして籠城していたときに使った手法だ。部屋から出ないあの男は、身の回りの物の大半を通信販売で済ませる。そこを逆手に取った。ネットで業者っぽいシャツと、適当な荷物を用意する。あとは、ドアスコープの前にわざとらしく荷物を掲げ、あたかも業者に見せかけて嗄井戸を引っ張り出してきたのだ。騙されて呆気《あっけ》に取られる嗄井戸と、更なる大喧嘩になったのは苦々しい記憶だが、あのときの経験が生きた。

「引きこもり相手だったら予習済みだ」

扉の向こうには。映像で見た男がいた。男は休日仕様の爽やかな青いシャツを着ていた。ブレザー姿じゃないが、その容貌は確かに見覚えがあった。

「日比谷先輩‼」

「こ、琴槌さんじゃないか」

「こんにちは、日比谷先輩。私は琴槌さんのクラスメイト、矢端束といいます」

「どうも、失踪した先輩のことを探しに来た部外者です」

流れに乗って俺も一応自己紹介をしておく。

困ったように辺りを見回していた日比谷が、不意に俺たちのことをまっすぐ見つめた。嫌な予感がする。途方もない面倒事に巻き込まれる予感だ。

「そうか、真相が見破られたというわけですか。名探偵さん、これは、僕の投了ですね」

「いや、俺じゃないんだ。探偵は家で映画観てるよ」

押しつけられる前に押しつけてやった。謎解きには時として多大なる責任が伴うのだよ、と俺は心の中で注釈をつける。

「そういうわけで、お前の言った通り日比谷は家にいたぞ。謎解きを頼む」

「それで何で日比谷くんと琴槌さんを僕の部屋に連れてくるわけ？」

玄関で、嗄井戸が地獄の底から発しているかのような声を出す。しっかりと掛けられた銀色のチェーンが、嗄井戸の断固拒否の姿勢を物語っていた。

日比谷は銀塩荘のレトロな様子を物珍しげに眺め、琴槌さんはそんな日比谷を熱のこもった目で見つめている。頼りになるはずの束は、俺が説得を試みているのを愉快そうな目でニヤニヤと見つめていた。開かずの銀塩荘二階にこうした集団が集まっているのは、なかなか奇異な光景なんじゃないだろうか。

「だって、お前は外に出られないだろ。そうなると日比谷をこっちに連れてくるしかないじゃないか」

「いやまあそれはそうなんだけど、だからって……こんないきなり家庭訪問みたいな……僕が引きこもってからこの家に入ったの、君と束ちゃんくらいなんだよ？」

「記念すべき三人目、いや、琴槌さんもいるから四人目か。よかったなー、社会復帰への第一歩だな」

「ちょっ本当に嫌なんだけど」

「探偵さん。無理を言って申し訳ないとは思っています」

「探偵さんって何だよ……」

日比谷の言葉に苦笑いをしながら、嗄井戸がそう呟く。

「いや、消失トリックを解いたのは下北《しもきた》で引きこもってるお前の方だぞって言ったら……」

「ですが、こちらにも事情があるんです。僕の方はどうなっても構いません、どうか情状酌量してもらえませんか」

「あの、嗄井戸さん！　矢端さんには日比谷先輩が消えた謎を解いてもらえるって聞いたんですけど……」

「そうなんだよねー、私、琴槌ちゃんに日比谷先輩を見つける、じゃなくて劇場型密室失踪事件の解決をお約束しちゃったから、説明が欲しいっていうか……」

「ここまで来ると、凄く消化不良な気持ちなんです！」

各々《おのおの》が各々の事情を好き勝手に喚き立て、嗄井戸のテンションはどんどん下がっていく。

「……僕はもう終わりにしたいよ……魔法で見つけました、はいおしまいじゃ駄目？」

「探偵助手さん、少し気になったんですが、探偵さんは随分奇抜な髪の色をしてますね。趣味ですか？」

こんなときにも拘わらず、日比谷がこっそりと尋ねてくる。そういえば何でなんだろうな。俺も知らない。

「そこ、聞こえてるよ。日比谷くんはデリケートなところを次々と踏み躙ってくるね」

嗄井戸は扉にチェーンを掛けたまま、手負いの犬のような目で俺たちのことを睨んでいる。かれこれもう十分は押し問答を続けているだろうか。立ち退きを拒否する住人のように、嗄井戸は断固として扉を開けない。この面々がとんでもなく気に入らないらしい。

「こうして玄関口で駄々こねてても仕方ないだろ？　ほら、皆若干飽きてきてるぞ」

「絶ッ対にごめんだ！　そもそも他人の家に何で知らない人間を堂々と連れ込もうとしてるんだ⁉　ここ奈緒崎くんの家じゃないよね⁉」

「そんなに喋れるなら舌の回りは絶好調だろ。そんなこと言ったってもう日比谷も琴槌さんもこうして来てくれてるんだしな」

「オーケイ、確かこの近くには広めのカフェがある。愉快な仲間たちとの歓談ならそこでするといい」

「お前が外出てない間にそこのカフェ潰れたらしいぞ」

「嘘だろ」

「いいから入れろって。大体俺のことは入れたんだからあと二人も変わんないだろ」

「奈緒崎くんだって強引に入ってきただろ！　半ば押し込み強盗みたいなものだよ！」

「入れた時点でお前の負けだよ」

「言っとくけどそれ結構なクズ発言だよ」

「ねえ高久くん。私からもお願い」

一向に終わらない押し問答の末に、ようやく束が口を開いた。

「高久くんの気持ちはスペシャルわかるんだけど、さっきも言った通り、私は琴槌ちゃんに『謎を解いてあげる』って約束しちゃったの。このままめでたしめでたし、で終わらせると契約違反になっちゃう」

決して強いるような言い方じゃなかった。囁くように、丸め込むように、束が言葉を続ける。

「謎を解いてもらった分、私は高久くんに報酬を約束してる。それなら、高久くんも束ちゃんのお願い、聞いてくれるのが筋じゃないかな？」

「……………束ちゃんは僕の味方じゃないわけ？」

「私はいつでも高久くんの味方だよ。勿論、高久くんも私の味方でしょ？」

「………………う」

嗄井戸はまるで窘《たしな》められた子供のような顔をして、束と日比谷たちの顔を交互に見た。俺に対する恨みがましそうな視線も差し挟んで、助けを求めるように口が開く。

「このお返しは必ずするから。ね？　お願い」

束がダメ押しのように、もう一度そうねだる。

嗄井戸は、もう一度助けを求めるように辺りを見回す。そして、誰にも助けが期待出来ないことを理解すると、ようやく扉を開けた。

「ごめんね。いい子の束ちゃんじゃなくて」

束は部屋に入るときに、小さな声でそう言った。嗄井戸は無言だった。


銀塩荘二階の三部屋をぶち抜いてワンルームにした嗄井戸高久の家、通されたのはかつてその一部屋目であった所までだった。嗄井戸がいつもいるリビングにはない風呂やトイレの個室がある部分だ。ここは何となく〝玄関〟のイメージが強いので、あえてここに留《とど》まったことはない。

「このロープから先は絶対に入れないから」

そう言いながら、嗄井戸が赤いロープで文字通りの最終防衛ラインを引く。何処から引っ張り出してきたのかわからないクッションを適当に投げ渡しながら、不機嫌そうな嗄井戸が呪詛《じゅそ》のように呟く。

「この赤いラインから先は、そこらの人間には触らせたくないくらい大事なものがあるプライベートルームだから」

「別にそういうものに触りはしませんが……」

琴槌さんがおずおずと言ったその言葉に、日比谷も神妙に頷く。

「念には念を入れるんだ。初対面でいきなり殴ってこられる場合もあるしね」

身に覚えのある喩え話で刺されながら、クッションに腰を下ろす。

「まあ、嗄井戸は何かよくわかんないものコレクションしてるし、こっちの方がまだのびのび話せるっていうか……」

「よくわかんないものじゃない！」

嗄井戸はそう言うが、少なくとも俺には価値がわからないものばかりだ。『バック・トゥ・ザ・フューチャー』シリーズを一緒に観たときに散々自慢された百二十万円越えのホバーボード（実際に乗れる）だとか、誰だかという監督のサインはまあわかるものの、単なるコインだと思って隅に除《よ》けた物が「これは『ノーカントリー』で使われた小道具の一つだから！」とギャンギャン言われたこともあるので、あの部屋は本当に魔境なのである。

「あのホバーボードとかはそれこそ命より大事なんだから……お金の問題だけじゃな

くて、そうそう買えるもんじゃないんだよ」

「ホバーボード……。あの、失礼を承知で言うんですが、乗らせてはもらえないでしょうか」

「ねえ日比谷くん、僕の話聞いてた？」

「俺も一回駄々こねたことあるけど、今でも乗らせてもらえてないから。諦めろ日比谷」

「あれは観賞用なんだ!! 実際に乗るもんじゃないんだよ!!」

乗ることも出来ないホバーボードなんて遊ぶことの出来ないプレステと同じじゃないかと思ったけれど、そこには嗄井戸なりのこだわりがあるらしい。と、同時に、百二十万円越えのインテリアを惜しげもなく飾る嗄井戸の懐《ふところ》事情も謎だよな、と改めて思う。

「それで、探偵さん……。どうして僕の居場所がわかったんですか？」

「だって……恐らく、君はそう長いこと姿を消すつもりじゃなかったんだろ？　それなら、自宅に籠もってる方が楽じゃないか」

そっけなく嗄井戸がそう告げる。どういうことだろうか。

「あの、日比谷先輩。どうしてあんなことをしたんですか。あの幽霊は……！」

「申し訳ない、琴槌さん」

「いいえ、いいんです。でも……」

琴槌さんが言葉を切る。何が何だかわからないから、何を言っていいのかすら思いつかないようだ。

「この事件の……いや、騒動だな。今回の騒動の肝は、幽霊に襲われた日比谷くんが、密室から消えたことだ。そうだよね。その教室の名前は？」

「学習室Aです」

「結論から言うと、日比谷くんはその学習室Aから消えてないんだよ」

嗄井戸がきっぱりと言ってのける。それに対して、琴槌さんがすかさず反論した。

「でも、私が学習室に入ったとき、中には誰もいませんでした。それだけははっきりしています」

「いや、琴槌さんを疑うつもりは毛頭ないよ。それでも、消えてはいなかったんだ。そこの先輩が自白しないようだから、一から説明していこう。日比谷くんの叫び声が聞こえて、血塗れの女が学習室Aから出てきたから、琴槌さんはその教室に飛び込んだわけだよね」

「はい……そうですね」

「そして、カメラが残されていたのも学習室A。当然、全てはその教室で起こったものだと考えた」

「何かまずいことでもありますか？」

そう口を挟んだのは日比谷だった。あくまでこの男は、自分の脱出劇を守り通すつもりらしい。

「だけど、中に君はいなかった。だとすれば、考えられるのは一つ。日比谷壮二郎がいたのは学習室Aじゃなく、別の場所……。隣の教室だろうが何処だろうが構わない。とにかく学習室A以外の場所だ。当然、いくら琴槌さんが学習室Aを調べたところで見つかるはずがない」

「でも、カメラには確実に日比谷先輩の姿が映っていました！　それは嗄井戸さんも認めていらっしゃいますよね？」

「そうだね。でも、ビデオカメラは撮影・録画のツールだからね」

嗄井戸が、件のビデオカメラを手にしてそう言った。確かに、その手にあるものは、単なる記録装置じゃなく録画機器だ。それは、つまり——。

「おい、それどういうことだ？」

「簡単だよ。あの映像は事前に撮られたものなんだ。血塗れの女が教室から出てきたことで、前もって録画されていた映像を、さっき撮られたものだと錯覚したんだ」

確かにそれなら、学習室Aに日比谷がいなくても済む。別の場所に潜んでいて、タイミングを見計らって幽霊に襲われている風な声を上げるだけでいい。これで、日比谷の在室証明は崩すことが出来る。でも、嗄井戸の推理には一つ、問題があった。

「探偵さん。確かにその方法は可能かもしれない。だが、その映像がいつ撮られたものかを証明する手立てはないはずです。その映像には日付が入っていませんから」

「それもこの後説明するよ。その前に聞いておきたいんだけど、琴槌さん。あの日、暗闇に目が慣れて一番最初に見たものは何だっけ？」

「目が慣れてからは……。例の教室でのおまじないです。井伏潮子さんの霊を呼び出すっていう、あの……」

「それが重要なんですか」

日比谷がはっきりとそう言い放つ。それに対して、嗄井戸もきっぱりと返した。

「ああ、重要だね。彼女は教室に入ったとき、その暗さで目が見えなかったんだから。それじゃあ、見辛いかもしれないけど、もう一度例の映像を観よう。大丈夫。僕が提示したい証拠は、少しくらい画面が小さくても一瞬でわかる」

そう言いながら、嗄井戸が再生ボタンを押した。ビデオカメラに付いた小さなモニターに、日比谷の姿が映っている。自己紹介が終わったところで、嗄井戸が一旦映像を止めた。

「証拠はこれだよ」

「高久くん、流石に説明不足じゃないかな？　おしどり夫婦じゃあるまいし、これじゃわかんないよ」

一束がからかうように茶々を入れる。確かに、何一つわからなかった。一度観たことのある映像だが、二回目だからといってさしたる驚きもない。記憶と同じ画面だ。合点がいっていないのは日比谷と琴槌さんも同じようで、小さな画面を食い入るように観ている。

「おい、嗄井戸。流石にこれじゃ……」

「いや、観えるよ。僕が言いたいのは、画面の明るさなんだから」

嗄井戸が言う。その瞬間ハッとした。琴槌さんはさっき、暗闇に目が慣れてから見たものの話をした。けれど、この映像を観れば彼女の証言との違いは一目瞭然だった。この薄明かりの中では、目が暗闇に慣れるなんてことはありえないのだ。

「やけに画面が明るいだろう？　夜なのにも拘わらず、教室内には薄く光が差していて、影まで出来ている。この日は多分、月が出ていたんだ」

「月……？」

「最近ニュースとかでもよく取り上げられているだろう？　この日は美しい満月が出ていたんだ」

　あっさりと明かされた解答に首を傾げる。

「ライトじゃあるまいし、そんなに明るくなるもんか？」

「月の明るさは案外馬鹿に出来ないんだよ。映画なんかでも、野外の撮影で〝月待ち〟があるくらいだ。月の光を利用する為に、人間が雲行きに合わせていたんだよ。月が出ているときと出ていないときじゃ三割も明るさが違う。場合に拠《よ》っては〝ウルトラスーパームーン〟なんかも見られた」

　お天気博士《はかせ》のようなコメントだった。対する日比谷は何も言えず、黙って嗄井戸の推理を聞いている。

「劇場型密室失踪事件が起こった一昨日《おととい》の新宿区の天気を調べてみたよ。午後九時までは快晴だったが、それ以降は曇りになっていた。束ちゃんによると、今の時期は丁度文化祭の関係で学校の警備が緩くなってるって話だったね。だから、きっとこの映像は夜八時前後に撮られたものなんだよ。それ以外の日では、警備が厳しくて下校時刻後は学校に入れなかった。琴槌さんが呼び出されたのは何時？」

「……零時です」

「それなら、もうすっかり曇っていただろうね。それで映像と、実際の教室の明るさに差が出てしまったんだ。けれど、撮影と呼び出しは同日に行わなくちゃいけなかった。むしろ、同日にすれば齟齬《そご》は出ないと思い込んでいたんじゃないかな。こうした違いは、むしろ映像の方がよく出るんだよ」

「なるほどねー、私ももう少し早めに気付けばよかったな」

「実際に血塗れの女が出てきて、ビデオカメラが残されていた。そしてそのビデオカメラには思わせぶりに日比谷くんが襲われるところが映っていた。ここまでくれば、心霊現象云々はともかく、その学習室で何かが起きたってことは疑う余地もない」

日比谷は何も言わず、ただ黙って嗄井戸のことを見つめていた。

「……………」

「何も言わないならこれで終わりだけど」

「ちょっと無言やめてくれない？　普通、探偵役が推理を披露してるときに、犯人役は無言にならないでしょ」

「……探偵さん。反論の余地もありません。その通り、全ては僕らの自作自演です。……月ですか。全然気が付きませんでした。同じ教室で同じことをしたんだから、バレるはずがないと思っていたんですが」

日比谷は諦めたように両手を上げると、大人しく負けを認めた。

「日比谷先輩、本当なんですか？　本当に自作自演だったんですか？　それならどうして、私を呼び出したんですか？　私凄く心配してたんですよ！」

琴槌さんが詰め寄るように日比谷にそう尋ねる。まあ、彼女からしてみたら夜の学校に呼び出された上で、単なる悪戯をされたようなものだし。そうなるのも無理はない。

「そうだよ日比谷先輩。琴槌ちゃんからしたら、恐怖の一夜を経験させられたわけだからね。そんなの納得いかないよ」

「それは申し訳ないと思っている。琴槌さんにはお詫《わ》びのしようもありません。ちゃんと、帰り道が危なくないように、君の家まで後をつけてはいたんだけど」

正しいんだか正しくないんだか微妙なフォローだったが、それを聞いて琴槌さんが目を輝かせる。案外お似合いなカップルなんじゃないか？　と心の中で思った。

「ただ、理解して頂きたいのは、これが単なる悪戯じゃないってことです。これには僕たちなりの理由があったんです」

「理由？」

「探偵さん。貴方には一つだけ解いていない謎があるでしょう？　黒板のメッセージです」

「それについては解く手がかりがないからだ。僕には君らと中浦という教師の間に何があったのかを知る術がない」

嗄井戸が淡々とそう指摘する。

「琴槌さんが黒板のメッセージに気付けば、必ず中浦先生にカメラを届けてくれるだろうと考えていたんです。それだけで僕たちの計画は成功したも同然でした」

ぽつぽつと、日比谷がそう漏らす。

「でも、君の読みは外れ、琴槌さんは束ちゃんにカメラを託し、束ちゃんはこの僕のところに持ち込んだ。本当ならそんなメッセージが残されていれば、中浦のところに持ち込まれるはずだったろうにね。それは、琴槌さんが他ならぬ消えた君を第一に考え、早急な解決を求めたからだ。それをちゃんとわかっているのか？」

「……反省しています」

「日比谷先輩は悪くありません！　私が先輩の意図を酌めないまま、勝手な行動をしてしまっただけで……」

「ちゃんと全てを説明します。話は……井伏さんについてのことから。あれこれ噂されている井伏潮子がどうして学校から消えたのか、というところから。まずはそこからです。噂では誤解されている部分が多々ありますから」

「どういうことだ？　井伏さんは……」

咄嗟に出てきた俺の言葉に、日比谷が目を細める。痛ましい記憶を手繰《たぐ》ってでもいるのか、噂に責任を持たない有象無象《うぞうむぞう》の生徒たちを憂えているのだろうか。

「全ての原因は、中浦なんですよ」


「認められないな」

目の前で破り捨てられた公欠届を、井伏潮子は冷静に眺めていた。担任の許可を取り、後は目の前の男の判を貰えれば提出出来ていたはずの届だった。

「どうしてですか？」

「当たり前だろう。スポーツや吹奏楽ならまだしも、お前が言ってるのは格闘ゲームの大会だろう？　どうして認められると思ったんだ？」

「今回私が出場したい大会は、Ｅ-Ｓｐｏｒｔｓ大会に位置付けられており、校則にあった『公式団体からの要請による大会』だと判断されると考えたからです。海外ではもうプロゲーマーという職業が確立していますし、もう担任の先生にはちゃんと私の方から説明し、承認も頂いています。残るは中浦先生だけでした」

「そんなふざけたものに承認の判を押すような馬鹿がいるというだけで不快だがな。ただ、お前がここに来たのは不快中の幸いだった」

反対されるだろうとは考えていた。元より日本ではまだまだ馴染みのない競技だ。他のスポーツや囲碁《いご》、将棋《しょうぎ》なんかと同じだけの時間を費やそうと、どんなに努力をしようと、ゲームというだけで風当たりが強い。認知度が低すぎるのだ。受け入れられ難《にく》いことはわかっている。

しかし、その理解のされなさが、どうして目の前でわざわざ公欠届を破られることに繋がるのだろうか。井伏潮子にはそれがわからなかった。中浦を不快にするような言動を取ったつもりはない。けれど、彼女の出した公欠届を一読するや否や、中浦はでっぷりと膨れた指で、躊躇いもなくそれを引き裂いてしまった。どうしてこんな目に遭うのだろう。突き返されすらしなかった紙が、細かい欠片になって床に散らばる。

「拾ってみるか？　うん？」

「……それで認めてもらえるなら」

「可愛気のないやつだな」

中浦は不快そうに鼻を鳴らし、睨《ね》めつけるように井伏潮子を見た。

「何がスポーツだ。ゲームなんぞ単なる娯楽だろ？　そんな馬鹿げたものと野球やサッカーと同列にあると主張するつもりか？　大概にしろ」

「中浦先生の中では馬鹿げているかもしれませんが、本気なんです。人生を懸けるくらい打ち込んでるんです」

「人生を懸けている、か。くだらん人生だな。何の価値もない」

　そこで彼女は、自分とゲームについて語るべきだっただろうか？　明らかに自分を見下している男に、生徒の話なんて端から聞こうともしないような男に！　内向的だった自分がゲームを通じて他人との交流を深めることが出来た、だとか、何も取り柄がない自分がこれだけは、と胸を張れることが出来たんだ、だとか、そういう自分の中の大切な思いを差し出すべきだったんだろうか？

　井伏潮子の腕前は、それなりのものであった。それなり、というのは、大会に出れば上位には確実に食い込めるだけの力量のことだ。彼女は心底ゲームを愛し、どうすればそれをずっと続けていけるかを考えていたのだ。

　井伏潮子は手に持ったクリアファイルをどうしていいかわからず、ただただしっかりと抱きしめていた。ファイルは、中に入った資料の所為で膨れている。担任の許可を得るときに提出した、格闘ゲーム、ひいてはＥ－Ｓｐｏｒｔｓについての自作資料だ。誰かを納得させる為にはそれなりの誠意が必要だと思っていたので、彼女は必死に努力したのだ。

けれど、そんなものは端から理解するつもりのない相手には何の意味もない代物だ。公欠届すら破られる可能性を、彼女は少しも想定していなかった。

最後に、中浦は井伏潮子のスカートに手を掛け、粘ついたように笑って言った。

「お前がくだらないゲームなんかにうつつを抜かしてないで、年相応の媚《こ》びでも身につけていれば、可愛気もあったんだけどな」

このとき彼女の内面にどれだけの思いが渦巻いていたかはわからない。日比谷は井伏潮子の身に起こったことを知っているだけだ。そうして、井伏潮子は西ヶ浦高校から消えてしまった。そして今、噂だけが学習室棟を彷徨《さまよ》っている。

「井伏さんに落ち度はありませんでした。校則にも『公式団体の要請を受けた公式試合等』は『担任教師・学年主任』二人の承認を受けた場合、大会の日程表を提出して公欠が認められると書いてあります。学年主任である中浦があそこで判を押してさえいれば、井伏さんは問題なく学校を休むことが出来たはずだ」

日比谷が語ったあらましは、そんなところだった。確かに屈辱的な話だったろうと思う。対話すらしてもらえずに、無残に踏み躙られてしまった井伏潮子。酷い話だ。

中浦という男の卑劣さと人望のなさが窺い知れる有様だと思う。

同時に、井伏潮子について箝口令が敷かれた理由も理解出来た。彼女が消えた原因は、他でもない学校側にあったのだ。一人の教師が彼女を追い詰めた。〝私は殺されたんだ〟という遺書の噂が流れたとき、流石に学校側も――中浦も、慌てたに違いない。だからこそ、なかったことにしようとした。不謹慎だという言葉で塗り固めて、井伏潮子を隠蔽した。結果的にそれが噂を加速させた一面があるものの、生徒たちは誰も、学習棟の幽霊の来歴を気にしない。

これが、劇場型密室失踪事件の真実。事件の裏側に隠れていたものの全てだ。

「にしても……何だかんだ言ってゲームの大会なんだろ？　公欠が認められるかどうかは最終的に先生たちの裁量なんだから、なんかこう運が悪かったっていうか、相性が悪かったんじゃないのか？　たとえゲームが実際にスポーツとしての地位を得ていたとしても、頭が固い奴は赦さないだろうし？」

「その考え自体が遅れていると思います。井伏さんはちゃんと、彼女がやっているものがどんなもので、出場したい大会がどういったものか説明しようとしました。提出を要されたものは全てその通りに提出しましたし、落ち度はなかったはずです」

「そもそも、その大会の間普通に欠席したって、学業にそこまで影響はなかったんじゃないのか？　公欠であろうとそうでなかろうと、大きな違いがあるとは思えないんだけど……」

「踏み躙られたのはプライドです。たった数日の欠席に井伏さんがこだわっていたわけじゃない。彼女はただ、自分が精魂込めてやっていることについて、認めて欲しかっただけです。……それなのに、最悪なやり方で貶《おとし》められた。奪われたものは奪い返すか、そうじゃなくちゃ何か別のもので埋めなくちゃいけない」

日比谷は、切り刻まれた心を掬《すく》い上げるような声でそう言った。彼は、沈んだ井伏潮子を引き上げることに必死なのだ。

「彼女は戯作部の存続が危ういときに、力を貸してくれた大切な仲間でした。この部に入ってくれて、勧誘にも協力してくれました。それなのに、僕らは、井伏さんに何一つ返せていません。これじゃああんまりじゃないか」

果たして、こんなことで彼女が浮かばれるなんてことがあるんだろうか。取り返しのつかないことを取り返せると、この男は本気で思っているんだろうか。

そのとき、今まで黙りこくっていた嗄井戸が静かに口を開いた。

「０・０１７秒だ」

「は？　何だそれ」

「格闘ゲームにおける一フレームの秒数だよ。キャラクターの動作をアニメーションみたいに一コマで切り取ったときのことね。技を入力したり、相手の攻撃を避《よ》けたり反撃したり、それを判断するのに与えられる時間は、極端に言ってしまえばそのくらいだ。勿論、人間の動体視力なんてそんなに上等なものじゃない。精々0・2秒か3秒が限界だ。でも、本気で渡り合おうと思ったら、その先を読む必要がある」

すらすらと、まるで何かの台詞のように嗄井戸が続ける。

「場における判断力と反射神経が要求されるんだから、やっぱりそれはスポーツの領域に済むものだろうし、井伏さんが本当にそれに全身全霊を傾けていたんだとしたら、外野がそれを簡単に踏み躙っていいものじゃないんだよ」

「嗄井戸……」

「その計画の最後はどうなってるはずだったんだ？　日比谷くん」

「え？　ああ……僕が井伏さんの霊に襲われて消えれば、中浦もきっと怯えるだろうと思ったんです。目の前で人が襲われたという証拠のビデオもある。それに、琴槌さんも証言してくれるでしょうし」

確かに、日比谷たちの当初の計画では、琴槌さんからこのことが中浦に伝わるはずだったのだ。

「琴槌さんは真面目だし、成績も良いですし。学校という場所で、それがどれだけの力を発揮するかは何となくわかるでしょう？」

「それで、万が一中浦を首尾よく騙せたとして、どうするつもりだったんだ？」

「……井伏さんの幽霊に怯えてくれればそれでよかったんですけど……うーん、あとは、お金でも巻き上げてやろうかなとか……。こう……霊能力者を仕立てて、その……呪いを解いてやるって名目で」

「はあ、呪い」

うっかり声が出てしまった。なんというか、全体的に即物的で、子供っぽかったからだ。手の込んだ計画の割には、金とか霊能力者とか、何だかとてもチープだ。

「ちょっとそれチープすぎないかな。これだけ頑張ってやってることが霊能詐欺《さぎ》っていうの、興醒め極まりないような」

言おうか言うまいか悩んでいたというのに、束があっさりとそう言い放つ。日比谷の顔がいよいよ苦虫を噛みつぶしたような顔になった。この男もこの男で、普段は真面目なようだし、そう悪辣なことは考えつかないらしい。

「だってそうじゃないですか。井伏さんは今も幽霊として学習室棟に居るんです。霊魂がいるとか死後どうなるかじゃない。現実問題、噂になった時点で居るんだ。だったら、どうしてもそれを利用してやらないと、癪《しゃく》じゃないですか」

日比谷の言葉の端々から〝反撃〟への強い気持ちが窺い知れた。そこでようやく気付く。日比谷は井伏潮子に起こったことに、誰よりも怒っている。

「日比谷先輩、それなら私が今からでも、中浦先生にこのビデオを持ち込みます。当初の計画ではそうなっていたんでしょう？」

「ホーリーシット！　琴槌ちゃん。琴槌ちゃんの気持ちはよくわかるよ。でも、その計画がそもそも上手くいく保証もないのに？　それに、ここからは完全に、絶対に、騙された側から共犯に回ることになるんだよ。その立場の変化が一体どんなことか、くるっと回って考えた方がいいんじゃないかな」

束が冷静にそう呟く。冷たい言葉だったが、それが琴槌さんを慮《おもんぱか》っている言葉だということは伝わってきた。

「私はそれでも構いません！」

「いや、構うよ」

瞬間、嗄井戸が言い放った。

「サークルぐるみの復讐劇に、琴槌さんまで巻き込まれて割を食うことはない。大体、そのアホな計画が予定通りに進むと思えないどころか、断言するね。完ッ全に失敗するに決まってる！」

「探偵さんにとってはそうかもしれませんが、僕らにはもうこれしか出来ることがありません」

「屈辱を味わった友達に対する弔《とむら》い合戦だって言うんだろ？　出来の悪い忠臣蔵《ちゅうしんぐら》だ。それじゃあ井伏さんも浮かばれないだろうね」

露骨に露悪的な言い方だった。流石に注意してやろうかと思うより先に、日比谷が口を開く。

「それならどうすればいいんですか？」

「この僕が手伝ってやるって言ってるんだよ。完全完璧、純正純真の天才であるところの僕が！」

観念したかのように、嗄井戸が言った。その瞬間、日比谷と琴槌さんが一斉に目を輝かせ、束が笑う。

「正直君に協力するのは癪だけど、その無粋なハラスメント教師には相応の罰があっていいと思うからね。それに、琴槌さんだって今回は気の毒だったし」

「本当ですか、探偵さん！」

「その探偵さん、っていうの逆に馬鹿にされてるみたいで嫌なんだけど」

苦々しく嗄井戸がそう呟く。けれど、俺はそれを見て何だか妙に嬉しくなってしまった。別に血も涙もない冷血漢だと思ってたわけじゃないが、誰かの為に何かをしようとする嗄井戸を見るのは良い気分だった。

「あ、でもお前どうやって協力するつもりなんだ？」

「え、奈緒崎くんも手伝ってくれるでしょ？　僕は司令塔だ。ほら、今の話を聞いて井伏さんが可哀想だと思わないの？」

「ええ……思うけど」

「そうですよ、助手さん。ここまで来たら一心同体のようなものです！」

「正直日比谷には言われたくねえよ」

でも、嗄井戸に言われたら俺も協力しないわけにはいかないだろう。そういう風に出来ているのだ。

「でも、そう言ったって俺は部外者だしな……。琴槌さんや日比谷みたいには動けないぞ？」

「いや、丁度このタイミングで最高のチャンスが巡ってくる。部外者の君が西ヶ浦高校で復讐計画に及んでも不自然じゃない日がね」

「あ、そうか……」

束が小さく声を漏らす。何かに気が付いたらしい。

「計画は明後日《あさって》——文化祭の最終日に決行しよう。名付けて『イブセ・ウィッチ・プロジェクト』だ」

嗄井戸は優雅に片頰を上げてみせた。さっきまで嫌々を気取っていた人間とは思えない、何とも楽しそうな笑顔だった。


文化祭の空気とは不思議なもので、誰も彼もが妙に浮かれた空気になっている。クラスの人気者も日陰者も一様に目を輝かせ、廊下を早足で駆けていくのが見える。

準備を終え、時間までぶらぶらと出店を冷やかしてみるものの、OBでもない人間が一人でぶらついている状況はそれはそれで居心地が悪い。せめて嗄井戸がついてきてくれていたら、と思わなくもないが、結局あの引きこもりが出てくることはなかった。文化祭の話を聞いたとき、一瞬目を輝かせたような気がするので、全く興味がないというわけでもないだろうに。

近くの教室ではメイド服姿の女子高生がワッフルを売っていた。きゃあきゃあ騒ぎながら、道行く人間にテンション高く呼び込みをかけていく。男子はその横で黙々とワッフルを提供していた。適材適所、という言葉が頭を過《よぎ》った。メイド服に免じて、一つだけ買ってやる。

「奈緒崎くん、こういう雰囲気はどう？　懐かしい？」

素人学生作にしては高めのワッフルを頬張りながら歩いていると、不意にそう声を掛けられた。いつ見ても艶やかな黒髪に、猫みたいな目。

「別に懐かしいとは思わないな。だって違う学校だし。それに、俺が高校生だったのって二年前だぞ？　そんなに経ってない」

「私からすると二年は結構長い時間なんだけどな」

そう言って笑う束は、普段と変わらないセーラー服のままだった。文化祭にかこつけてコスプレをしている生徒が多いこともあって、普段通りの格好の束は何だか逆に目立っている。

「束は何もしないのか？　クラスで出し物とか」

「実は奈緒崎くんが今食べてる素人作にしては高めのワッフルが私のクラスのものだったりするんだよね。味はどう？」

「え、いや、悪くない……」

「あ、それ、業者製の冷凍だから気は遣わなくていいよ」

「……ぱさぱさしてる」

「正直なのは美徳だよ、奈緒崎くん」

何とコメントを返していいものか迷って、黙々とワッフルを食べ進める。これが束のクラスの出し物だとしたら、彼女も本来この浮かれた輪の中できゃあきゃあメイド服を着てはしゃいでいるべきなんじゃないだろうか、と柄にもなく心配した。社会の輪から外れた嗄井戸の相手をしている内に、そういうことに敏感になってしまったらしい。

「部活なんかで忙しい子はクラスの方に顔を出さないこともあるし、別に私がいなくちゃワッフルが売れないなんてことはないと思うんだけどな」

すっかり見透かされているのか、束がくすくすと笑う。何となく調子が掴めないというか、やり辛い気分だ。

「売り上げには影響あるだろ。同じワッフルだろうと、束みたいな美少女が売ってるのとじゃ訳が違う」

「へえ、褒め言葉だけはちゃんと受け取っておくね。私は自分がスペシャル可愛いことなんてとっくに知ってるけど」

流石、正直は美徳だと言うだけのことはある。清々《すがすが》しい。

「いや、でも初めて見たときはびっくりしたんだって、まさか唖井戸の唯一の友達がこんな可愛い女子高生で……」

「私は高久くんの友達じゃないよ」

うっかり聞き逃してしまいそうな言葉だった。実際、聞き逃してしまいたい言葉だった。けれど、喧騒の中、穏やかな微笑を湛えた束は俺のことを逃がすまいと視線を外さない。そして、止《とど》めを刺すかのようにもう一度言った。

「私は高久くんの友達じゃないの」

「……言い方が手厳しいな」

「先に言っておくけど、年下のキュートな恋人でもないからね」

先回りで釘を刺されてしまった。

「別に意地悪や何かで言ってるわけじゃないよ。事実を言ってるだけ」

「………どういうことだ？」

「引きこもりの高久くんのところに、誰が必要な物を届けてると思う？　様子を見ているんだと思う？　定期的に洗濯をして、家の中を掃除してるんだと思う？」

「それは……、えっと、じゃあ、束なのか？」

「果たして、単なる友人がそんなことまですると思う？」

えー、じゃあ愛人関係とか？　そんな軽口を叩けるような空気じゃないと思った。

束は至って真摯に俺へ忠告している。恋人でもない。友人でもない。血縁関係なんてまるでない。けれど世話はちゃんと焼く。それは一体何だろう？

「一回九十分、報酬はそれなりに貰ってる。一緒に映画を観るには、少しばかり物足りない時間だよね」

簡単なことだ。消去法で導かれる先には、シンプルで洗練された関係、即ち雇用関係が残っている。急に口の中がざらっと渇いたような気がした。

「ちゃんと名刺受け取ったでしょ？　私はフリーエージェント矢端束。頼まれたら何でもするよ。クラスメイトのお悩み解決から、週決めの家事まで全部全部」

「……琴槌さんからは、一体何を受け取ったんだ？」

束が〝謎解き〟までの約束にこだわっていたことを思い出す。なんてことはない。あそこに働いていたのも、束の職業意識だ。頼まれたことをしっかりと遂行するというプロとしての矜持《きょうじ》。

「琴槌ちゃんは、私のクラスの学級委員なの。ほら、学校生活って真面目な出席とか、共同作業とかが求められるでしょ？　でも私は他にやらなくちゃいけないことがあるから……融通を利かせてもらえると助かるんだよね。詳しくは語らないけど、後は想像に任せるよ」

そういえば、琴槌さんは束のことを矢端さん、と呼んでいた。『矢端さんって、何を考えてるのかわからないんですよね』西ヶ浦高校で上手く立ち回る矢端束。他にやらなくちゃいけないというのは、フリーエージェントとしての活動だろう。束のあの名刺は単なる遊びじゃない。本気なのだ。

「初めて奈緒崎くんの話を聞いたとき、色々思うところあったんだよね。もしかしたら、これで高久くんが何か変わるんじゃないかって」

「……誰かと出会ったくらいでそうそう人間は変わらないだろ」

「そうかな？」

矢端束はもう一度にっこり笑った。〝時給の発生する九十分間〟。この笑顔は、あの部屋の中では値段が付けられてしまう。

「ほら、早く行こう？　あのいけ好かない先生を少しは懲らしめないと」

束はそう言いながら、鍵を掲げてしゃらりと鳴らしてみせた。黄色いタグの付いたそれには「放送室」というわかりやすい手書き文字が添えられている。

「私はちゃんと時給分働くんだから、奈緒崎くんの、ちょっといいとこ見てみたい、なんてね」

束に促されるまま、俺は予め指定された持ち場に向かった。どう考えていいかわからないものにぶち当たったときは、とりあえず目の前にあるやるべきことをこなすに限るのだから。

考えない方がいい。従うだけでいいのだ、とりあえず今は。

『業務連絡です。中浦先生、学習室Aまでお越しください』

暗い。

アナウンスを受けて、渋々向かった先、開いた扉の中を見て、真っ先に抱いた感想はそれだった。業務連絡がひっきりなしに飛び交うこの文化祭という日に、悪戯の可能性を考えなかったわけではない。恨みを買う心当たりならいくらでもある。気に食わない生徒を陰湿に追い詰め、無理矢理言うことを聞かせたこともある。相手がどうしたら傷つくかを考えて、弱点を執拗に突いた罵倒を繰り返したこともある。

それでも中浦がここに来たのは、自分を虚仮《こけ》にした人間に報復する自信があったからだった。

何の目的で自分を呼び出したのかは知らないが、どんなことをされようと必ず犯人を見つけ出し、報復出来る自信はあった。所詮《しょせん》、生徒風情《ふぜい》が出来ることなどたかが知れている。それに比べて、教師という立場の出来ることの底知れなさと言ったら！　内申書に響くと言えば、大抵の生徒は言うことを聞いた。推薦を取り消すと言ったり、内申書に響くと言えば、大抵の生徒は言うことを聞いた。推薦を取り消すと言ったり、

ただ、彼を待っていたものが中の様子が杳《よう》として知れない暗闇であったことは、一種の想定外だった。単なるくだらない悪戯ではなさそうだ。ただただ暗い部屋。

その中で、唯一明るい場所があった。――開け放たれたガラス戸だ。ベランダに通じるその場所に、誰かが立っている。逆光でよく見えない。靡《なび》くスカートから、辛うじて女子生徒だということがわかる。髪が流れる。

「だ、誰だ！」

その瞬間、逆光の中の少女が振り向く。そして、彼女はこっちに顔を向けながら、ベランダに設置されている階段状の踏み台を一歩一歩上っていった。

踏み台の最上段に達した少女が、ゆっくりとこちらに向き直り、首を傾げた。影に縁どられていてもわかる。彼女の顔は血塗れだった。

そして、少女は再び背を向けると、何の躊躇いもなく、唐突に飛び降りた。落ちれば当然ただでは済まない高さから、人が。

人が飛び降りるのを見たのは初めてだった。少女の影が余韻《よいん》すら残さず視界から消えていく。飛び降りた。目の前で死んだ！　脳にその光景が焼き付き、視界がそれ一色になった。訳もわからずベランダへ向かおうとした瞬間、唯一の光源すら奪われた。

頭に何か布のようなものが被せられたのだ、と気付いたのは自分の身体がすっかり誰かに拘束されてからのことだった。そのまま、何者かに自分が抱え上げられている感触がする。

「うわっ‼　なんだ！　は、離せ！　離せっ！　何だ！　何なんだっ！」

背が低いとは言えども、中浦は成人男性だ。持ち上げられることなんか少しも想定していないほどよく肥えたその身体は、未知の恐怖を訴えかけてくる。ようやく地面に足が着いたときには、足元に妙な感触があった。片足が台のようなものに載っている。いや、載せられている。まさか、これは——と思った瞬間、すぐ横で女の声がした。

「ひっ、何——」

「一歩ずつ上がってください。早く。すぐに落ちたくなければ」

「ひっ！」

　抱え上げられた瞬間の恐怖が蘇り、中浦はそのまま足を進めた。足の裏で、木の板が軋む感触を味わう。全身にその軋みが伝わるような錯覚を覚えながらも、中浦は一、二、三、四段まで上った。嫌な数だった。

「う、嘘だろ！　やめろ！　下ろせ！」

「中浦先生、危ないですよ。そんなに暴れていたら落ちてしまいます。私みたいにね」

「落ちっ――!?」

「一歩足を前に出してみてください」

　隣の女生徒の声に促されるまま、中浦がゆっくりと片足を前に滑らせる。すると、不意に爪先から地面の感触が消えた。慌てて足を引く。何も見えない中、足先の感触だけが、これ以上踏み出せば真っ逆さまに落ちてしまう、という感触だけが在る。

「う、嘘だ、こんなことが、あるはず」

「そこから先、一歩でも踏み出せば、貴方は落ちます」

「そ、そんな……！　おいっ！　誰だか知らないが、た、ただじゃおかないぞ！　大学進学を絶望的にしてやるからな！　どんな手を使ってでも、お前の人生をぶち壊してやる！　今すぐ俺をここから下ろせ！！！」

「一年ぶりの再会なんですから、ちゃんと喜んでくださらないと」

一歩踏み出せば転落の状況で、隣の女生徒の声がやけに涼やかに響く。

ありえないと頭ではわかっているはずなのに。実際にこの先には地面がない。暗闇の中でリプレイされる、落ちていく少女の姿。アナウンスの声。一年前。

「お前、まさか、井伏、いや、お前は──」

「見てくれましたか」

井伏潮子は、楽しそうに耳元で笑った。その瞬間、中浦の背を戦慄が走り抜ける。

今目の前で落ちたのは井伏潮子だった。そして今ここにいるのも井伏潮子だ。さっき落ちたのは？　──これから落ちるのは？　息を吞む。

「あれから一年、私は女として成長してますか？〝女らしい媚びの一つでも見せれば〟と言ってましたもんね。どうですか、先生」

「ひっ、い、井伏、あのときは──」

「私はあの日のことを忘れてませんよ」

視界を遮られているのに、隣にいる井伏潮子の表情の一つ一つが見えるかのようだった。口元だけの微笑。目が笑っていない。

不意に、中浦のことを拘束している手に軽く力が込められる。今にも突き落とされそうなその手に、血の気が引いた。中浦が絶叫するように声を発する。

「ゆっ、赦してくれ！　赦してくれ！　違うんだ……あっ、あのときはっ、たまたま！　虫の居所が悪くて……違うんだ！」

「申し訳ないと思ってるんですか？」

「申し訳ないっ！　赦してくれ！　申し訳ないいっ！　井伏、頼む、赦してくれ、何でもする、何でもする……！　だから、落とさないでくれっ……！」

「反省してるんですか？」

「反省してるっ、だから……！」

「よくわかりました」

井伏潮子がにっこりと笑う。その瞬間、背を押された。

「あ――」

中浦の身体がゆっくりと前に倒れていく。そして、身体が宙を泳いで――そのまま、柔らかいマットに抱き留められた。

「――え？」

「その言葉、ちゃんと聞き届けましたよ」

教室の電気が一斉に点けられ、中浦の頭に被せられていた布が取り払われる。暗さに慣れた目は、眩しさにやられながらも懸命に辺りを見回した。

「サプラーイズ」

布を手にした東が楽しそうににっこりと笑う。その手にはビデオカメラが握られていた。

「反省して頂けましたか」

二人の間に割って入るように、日比谷が立ちはだかった。

「ひ、ひ……日比谷、お前、ここで、何し」

「中浦先生。さっきは随分怯えていたじゃないですか。たかだかその踏み台に乗せられたのが、そんなに怖かったんですか？」

「ふ……踏み台」

そこでようやく、中浦は自分のいた場所に改めて目を向ける。教室の中央、全く転落死の心配がないところに、四段余りの慎ましい踏み台が置かれていた。

「さっきもこの台の縁を足先で探って随分怯えてたようで。愉快でしたよ。まるで高い場所から突き落とされかけてる人間みたいでしたね」

事態を把握し始めた中浦の顔が、さっきとは別の意味で青くなっていく。嵌《は》められたのだ、と気付いたときにはもう全てが遅かった。

「だっ……騙したな……ッ!!」

「大丈夫。踏み台の上で怯える中浦先生も、井伏さんに謝罪をする中浦先生も、ちゃんと撮影していますから」

日比谷がビデオカメラを構える束を指さした瞬間、中浦はがっくりと項垂《うなだ》れた。

「——これで井伏さんの無念も晴らせるだろう」

日比谷は、一つの舞台を看取ったような口調で、そう呟いた。

奈緒崎は、何とも言えない複雑な気分で、事の顛末を見守っていた。奇妙な復讐劇、嗄井戸高久プロデュースのリベンジマッチで、この学習室の幽霊は慰められたのだろうか、と思いながら。

そのままスマートフォンを取り出して電話を掛ける。普段はたっぷり待たせる癖に、今日は一コールも待たなかった。現金な奴だ、と改めて思う。

「嗄井戸、成功したぞ」

『当然だ』

イブセ・ウィッチ・プロジェクトの首謀者は、電話の向こうで満足そうにそう言い放った。

話は二日前、嗄井戸が高らかに計画への参加を宣言し、日比谷たちの前で概要を説明し出したときまで遡る。

「人間はつまるところ視覚の奴隷だ」

嗄井戸はまず、そんな言葉から始めた。渋々協力する、といった体だった割にノリノリなのを見ると、何だか少し複雑な気持ちになる。十数分前には日比谷失踪の謎解きを披露していたというのに、果たしてお前はそれでいいのか。

「第二次世界大戦中、アメリカでこんな実験が行われたという……。熱した赤い鉄の棒を捕らえた男に見せ、その後男の頭に布を被せ完全に視覚を奪う。その上で、熱してもいない赤くなってもいない、普通の冷たい鉄の棒を男の太腿《ふともも》に当てたら——」

ジュウ、と嗄井戸が口で小気味いい音を立てる。その笑顔がこの上なく楽しそうなので、更に微妙な気分になった。

「別に熱くもなんともないのに、男の太腿にはしっかりと火傷《やけど》のような痕がついた。思い込みっていうのは恐ろしいね。その男は目に焼きついた真っ赤な鉄の棒の像だけで身体に何らかの反応を起こしたわけだ」

「そんなことあるのか？」

「人間には五感しかないんだぞ？　そして視覚はその中の傲慢《ごうまん》な王様だ。それを支配された人間がどんな反応を示すか、何となく察するに余りあるだろう？」

「余りあります」

日比谷が真剣な顔で嗄井戸の言葉に頷く。嗄井戸が計画に加担すると言ってから、何だか妙に態度が殊勝になっていた。嗄井戸も嗄井戸で、そんな日比谷に対し「そうだろう？」と得意げに講釈を垂れている。これはこれで案外いいコンビなんじゃないだろうか？

「それで……嗄井戸さん。どうやって中浦先生に復讐するんですか？　まさか、同じように鉄の棒を……」

「いや、身体には傷一つつけたりしないさ。僕が傷つけてやるのは中浦の脳だ」

そう言うと、嗄井戸は広げたスケッチブックに簡単な見取り図を描いた。四角くデフォルメされた教室、その入り口の位置に、小さな長方形を書き入れる。

「階段状の踏み台を用意して、教室の中央に配置する。そして教室に暗幕を張り、電気を消して中浦を待つ。放送で呼び出された中浦が学習室までやってきたら作戦開始だ。中浦が学習室の扉を開けた瞬間、この部屋の唯一の光源、ベランダに通じるガラス戸の外で、〝井伏潮子〟が、同じ形の踏み台を使って飛び降りるところを見せる」

「飛び降りるところ？　そんなの出来るのか？」

「学習室は二階だろう？　だとしたら、リスクの少ない方法で、飛び降りを偽装することは出来ると思う」

「どうやって？」

「東ちゃんに聞いたんだ。文化祭の前後はトラックの出入りがあるって。その駐車場所は校庭の特定の位置に決まっている。当日もおそらく、四つある学習室のどれかの真下には停まっているはずだ。決行場所をそこに合わせて、井伏潮子役の人間はマットを敷いたそのトラックの荷台に飛び降りる」

「その役なら、私が適任でしょうね」

琴槌さんが静かに手を挙げる。

「だって、元はと言えば私が先輩の考えとは違う行動をしたのがいけないんですし……やらせてください！」

「琴槌さん……」

「任せてください！　私、先輩のお役に立ちたいんです」

一体日比谷壮二郎の何処にそんなに惹《ひ》かれる理由があるのだろう、と思ったものの、琴槌さんの目があまりにも真剣なので、何も言わないでおいた。

「それならまあ問題はないかな。目の前で実際に人が飛び降りるところを見たりなんかした日には、その光景は激烈に脳に焼きつくだろう。その状態で視覚を奪ってしまえば、あとは操るのは簡単だ。視界を奪った中浦を拘束し――これはまあ、日比谷くんと奈緒崎くんが適任だろうね。二人で中浦を持ち上げて、中央の台のところまで連れて行く。出来れば少し時間を調節して欲しいね。そうすれば、中浦はあたかもベランダの所にある台に載せられたと思い込むだろう。あとは井伏さんの霊に成り切って脅す役も必要だな……明後日いきなりでも来てくれる人間で、誰か当てはある？」

「ああ、それは大丈夫です。当てはあります」

「よかった。じゃあ君から伝えておいてくれ。それじゃあオーケイかな。奈緒崎くんもいいね？」

ちゃっかり俺にまで力仕事を割り振りやがった。不服を顔に出しながら説明を聞く。

「そして、あとは一段ずつ上らせてやるんだ。自分が一体何処に立たされているのかわからない中浦は、それだけで必ず錯覚する。何の変哲もない鉄の棒が、真っ赤に焼けた凶器に変わるように。彼の脳内ではその場所は単なる踏み台じゃなく、『井伏潮子』が飛び降りた場所に変わる。そうしたら、もう一人、井伏さん役の女子が脅しをかけるだけでいい。きっとすぐに謝罪するだろうさ」

目の前での投身は、強烈な印象を中浦の脳に植え付けたようで、結果は先の通りだ。

「こういう人間の錯覚を利用して、より映画を楽しむ為の４ＤＸなんてものも生み出しちゃうんだから、時代ってのは進化するものだよね、奈緒崎くん。あっ、４ＤＸっていうのは体感型映画のことでね、映画のシーンに合わせて座席が動いたり、リアルに感じられるように煙や霧、風まで出てきたりするんだよ」

「そんなの集中出来るのか？」

「それが映画の力なんだよ。今言ったささやかなギミックが、何倍もの効果を生むことが出来るっていうのが」

最先端のエンターテインメントとおぞましい人体実験を同列に語るのはいかがなものかと思うが、目的が果たせてしまったので言うことはない。嗄井戸の言った通り、まんまと中浦は騙され、恐怖の内に謝罪した。しかも、金銭のやり取りや暴力もなしで復讐を完遂させた。まあ、これについては中浦の味わった恐怖を少しも考慮していないが。

「映画が生まれる前に隆盛した『ファンタスコープ』という物がある。これは今でいうスライドプロジェクターみたいなもので、ロバートスンという男はそれを使って『魔術幻燈《ファンタスマゴリア》』という演目を披露していた。フランス革命時代のことだからね。スクリーンに写真を投影するだけで、観客にはまるで亡霊が映し出されているように見えたらしい。この演目のときも、臨場感を演出するべく、スライドを映し出しては裏方が雷鳴の音を鳴らしたり、煙を起こしたりしていたんだよ。だから4DXのアイディア自体は中々歴史が古いのかもしれない。更に、無声映画が主流になった時代は、映画のBGMとして生でオーケストラが演奏していたりもしたんだ。一九一五年に公開された『国民《こくみん》の創生《そうせい》』では、南北戦争の場面で実際に空砲が鳴らされていたみたいで、これはこれで早過ぎた4DXって感じだよね」

「そうか……？」

余計に集中出来なさそうだ。

ちなみに、謝罪までの一部始終を撮影しようと提案したのは嗄井戸だった。曰《いわ》く、

「『ブレア・ウィッチ・プロジェクト』をなぞるんだったら、やっぱり謝罪の場面をカメラに収めてやらないとね。何せDVDのジャケットになるほどのシーンなんだから……」

とのことである。言っていることはよくわからなかったが、そこにも何かしらのこだわりがあるらしい。

こうして計画の全てが終了し、なんとか首尾よくいったことを伝えると、嗄井戸は楽しそうに笑い、『何にせよ、この件はこれで終幕だ。労作だったな』と言って電話を切った。自分の考えたことが全て上手くいったのを知ったら、あとはもうどうでもいいらしい。

今頃、嗄井戸は一人ぼっちのあの部屋で成功を一人喜んでいるのだろうか。文化祭はこの教室内の密やかな復讐劇なんて少しも知らずに、ますます盛り上がりを見せていく。部屋の内と外がまるで違う世界であるかのように、喧騒が遠く聞こえた。

その後の話をしよう。復讐を完遂して浮かれた日比谷と、その隣で幸せそうな琴槌さんと、黙ってキャンプファイアーを眺めている矢端束と、帰るタイミングを失った俺の話だ。

文化祭の終わりは校庭で行われるキャンプファイアーで締めくくられる伝統になっているようで、午後五時を回り、陽《ひ》がすっかり落ちると、校庭の中央でささやかな火が焚《た》かれた。火を見ると、何だか少しだけテンションが上がる。嗄井戸にも見せてやりたいのにな―、火。と適当に思った。

キャンプファイアーの周りでは相も変わらず生徒たちがマイムマイムを踊っている。

これって未来永劫変わんないのだろうか。数十年後もキャンプファイアーの周りではこれが楽しまれているような気がして、何だか恐ろしくなる。

後の祭りも後夜祭も等しくアフターフェスティバルなのかな、とくだらない洒落を考えながらぼーっと火を眺めていると、浮かれた声に捕まった。

「助手さん！　ああ、帰ってしまったかと思ってひやひやしましたよ！　楽しんでいますか！」

「楽しむも何もないだろ。最初は見てて楽しかったけど、単純な炎だけ見続けてもつまんないぞ」

「あの、僕たちは、本当に感謝しているんです。探偵さんにもそう伝えてください」

「……そうだな」

会話の脈絡のなさを突っ込む気にもなれなかった。嗄井戸からの連絡はあれきり特になかったので、どうせまた映画でも観ているのだろう。出会ったばかりの頃、俺が映画を単なる娯楽だと言ったとき、あの男は不自然なくらい取り乱して、俺に噛みついてきた。今ならわかる。今回だってあのときと同じだ。嗄井戸は、好きなものの為に戦うことを厭《いと》わない。

「まあ、井伏さんの霊もこれで浮かばれただろ。……今度墓の場所でも教えてくれないか。嗄井戸は行けないだろうけど、参りに行くよ」

「何を不謹慎なことを言ってるんですか」

「は？」

「え？」

「いや、不謹慎って、別に茶化してるわけでもないのに……」

「うん？　どういうことですか」

「いやいや、お前がどういうことだよ。だって井伏さんは……」

「井伏さんは死んでなんかいませんよ」

「え？　マジで？」

「僕は一言も彼女が死んだなんて言っていません。噂はあくまで噂です。学校側は井伏さんが退学したことを必要以上に隠そうとしましたから、それで却《かえ》って死亡説が補強されてしまって……」

「お前、そのことは知ってたの？」

「え、ああ、そうですね」

「じゃあ何で言わなかったんだ？　はっきり。正直嗄井戸も琴槌さんも、多分束に至るまで皆、井伏さんのこと死んだって思ってたぞ……？」

「死んだも同然です。あれだけ踏み躙られたんですから」

勝ち誇ったように日比谷が言う。正直、この男の発言を逐一覚えているわけじゃなかったが、言われてみればそうだったような気がしてならなかった。嵌められた、というセンセーショナルな文字が脳裏に浮かび上がる。

「……じゃ、じゃあ、あのとき中浦の隣に立っていた井伏さん役は……」

「ああ、中浦を脅したときの井伏さん役も、ビデオの女も、井伏さん本人です。辞めた学校にいつまでもいる義理はないと言ってさっさと帰ってしまったんですが、本物ですよ。彼女が井伏さんです」

「は？　嘘だろ？」

「嘘じゃありません。だって……本人に許可を取らずにこんなことをやるのは不謹慎じゃないですか」

日比谷が、ビデオカメラの中と同じ生真面目な顔でそう言ってのける。言っていることは間違っていないのだが、うっかり殴りそうになった。最初から、この男は、この男と井伏潮子は、こういうつもりだったのだ。

当然のことながら、俺たちは井伏潮子の顔を知らなかった。だから、中浦の隣にいた女の子が本人であることに気付く由もなかったのである。道理で中浦が信じ切っていたわけだ。暗闇の中で聞いたのは、聞き覚えのある井伏潮子の声なのだから。

「じゃあ、協力してくれる当てがあるって言ってたのは……」

「ああはい、井伏さんのことですよ。戯作部は僕ともう一人男子部員がいるだけですからね。ほら、あのマットを調達してきてくれた奴です。そもそも、これは、久しぶりに会った井伏さんが自分の幽霊話ではしゃがれるのが癪だと言うから企画したことなんですよ。彼女も、すっきりしたと言っていました。ハッピーエンドです」

聞いている内に、どんどん身体から力が抜けていく。これを哽井戸に伝えるべきか迷った。存外プライドの高いあの男がどんな反応をするがを想像して青くなる。その鬱憤やらなんやらは俺にぶつけられることだろう。絶対に言わないことにする。

「結果的に騙したような形になってしまいましたが、探偵さんと助手さんへの感謝には変わりはありません」

「お前なぁ……」

「これあれみたいですよね。叙述トリック」

「殴るぞ」

一度この男にも一泡吹かせてやりたい、と思った瞬間、日比谷が神妙な顔つきになる。

「探偵さん、結局現れませんでしたね」

「まあ、嗄井戸はな……」

「あの、探偵さんは、本当に外に出られないんですか？」

「突然だな」

「何か僕に出来ることがあれば、って思ったんです」

「何かって……」

「助手さんも探偵さんに外に出てきて欲しいんじゃないですか？　一度無理矢理部屋から連れ出したら、もしかしたら、外に出られるようになるんじゃ……」

日比谷が言う。矢端束の言葉の意味、嗄井戸の閉じた生活を思い出す。一度引き摺り出されただけで何か変わるものとも思えない。

「……別に無理に引き摺り出すもんでもないだろ」

俺は辛うじてそう返すと、もう一度燃え盛る炎に目を向けた。

別に焦ることはない。矢端束のことも、嗄井戸の家のことも、俺はまだ何も知りやしないのだ。

ただ、何かきっかけがあれば、と思う。あの男のことを引き摺り出すきっかけさえあれば。

キャンプファイアーにはその都度新たな薪《たきぎ》がくべられ、そのお蔭で辛うじて炎が夜に呑まれないでいる。周りを囲む生徒たちの嬌声《きょうせい》が、火花のように散っていく。この声もこの光景も、もう少しすればすっかり消えてなくなるのだ。

巡り合わせとは不思議なもので、そのきっかけはそれから少しも経たず訪れた。単に乗せられたのだとは思いたくないが、俺はあの部屋の扉をこじ開けることになってしまったのである。

第四話「一期一会のカーテンコール」（『セブン』）

どうして映画の登場人物は、頑《かたく》なに救急車を呼ばないのか。

例えば致命傷を受けたとき、あるいは事故に遭ったとき、どうして救急車よりも先に愛する人間や家族に電話を掛けるのか？　少し前まで俺はそれが理解出来なかった。だってそうじゃないか。血がどばどば出てて、意識が朦朧《もうろう》としていたとしても、とりあえず救急車なり警察なりを呼ぶんじゃないか？　と、そう思ったのである。死を悟ったとしても、最後の一足掻《ひとあが》きで、少しでも助かる可能性の高い行動をするべきだ。

それが普通だと思っていた。

それは俺が死に際《ぎわ》に言葉を残したいほど大切な人間がいないからかもしれないし、そもそも死に瀕《ひん》した経験がなかったからかもしれなかった。

ともあれ俺は、死にかけた際には誰かに言葉を残すより一縷《いちる》の望みをかけて救急車を呼びたいし、生き汚いほどに生き残りたい。そういうスタンスだった。

今俺は、下北沢にある嗄井戸の住むアパート、銀塩荘の近くに血塗れで倒れている。丁度嗄井戸の住む部屋の窓から見える位置で、出血多量で死にかけている。全身を血で濡らしながら、俺は電話を掛けていた。しかし、相手は救急車ではなく、嗄井戸高久だ。

『……はい、僕だけど』

こっちが死にかけているというのに、嗄井戸はたっぷり三十秒は電話に出なかった。大方観ている映画がいい場面だったとか、携帯が少し遠い場所にあったとかそういう理由だろう。ようやく出てきた声は不機嫌そうだ。気怠そうな声の主へ、オーバーアクション気味に告げる。

「嗄井戸？　嗄井戸か？」

『それ以外に誰だって言うの？　何、どうしたの？』

「窓、開けて、こっち、見てくれないか」

『はー？　何で窓？　何？』

「いいから、早く」

不服そうながらも、渋々応じてくれたらしい。ややあって、窓が開いた。嗄井戸の真っ白な髪が、窓から覗いてよく見える。不機嫌そうなその顔が、一気に驚愕《きょうがく》の色に染まるのがわかって、思わずにやりとした。

『奈緒崎くん!?　どうしたの!?』

「……さ、刺された、お前んとこ行こうとしたら、なんか、変な奴に襲われて……」

『嘘だろ……？　大丈夫!?　奈緒崎くん!?』

「なあ、俺、お前に言わなきゃいけないことが……」

俺はそこで言葉を切る。意識を失った振りをして電話も切った。俯《うつぶ》せに倒れたので嗄井戸の表情は見えなくなってしまったが、多分相当慌てているだろう。あの男のあんなに上擦《うわず》った声すら初めて聞いたくらいだ。あとは、飛び出してくるかどうかを待つだけ。

生命を繋ぐ一縷の望みよりも末期の言葉を望んでしまうのは一体何故なのか、俺は今になって少しだけ理解する。それは多分、好奇心に近い。自分が死に瀕しているときに、相手がどんな反応を見せるかが気になって仕方がないのだ。俺は多分、本気で死にかけたとしても、最後に連絡するのは嗄井戸になるだろう。だって、あの引きこもりがどんな反応をするのかが見たい。

そんな俺のささやかな好奇心はすぐに満たされた。

「奈緒崎くん！！！」

殆ど泣き出しそうな様子で、嗄井戸が俺のもとに駆け寄ってくる足音が聞こえてきた。何だよ、外、出れるんじゃないか。俺は密かに笑みを零《こぼ》し、寄ってくる嗄井戸を脅かすタイミングを、今か今かと見計らっていた。

どうしてこんなことを仕掛けたのか、話は数日前に遡る。

銀塩荘の前にはレトロな自販機があって、俺はいつからか、その自販機に売っている缶のミルクセーキを買って嗄井戸の部屋に行くのが日課となっていた。このミルクセーキはそんじょそこらの店や自販機では売っておらず、ここでしか見かけたことのない代物なのだが、これがまた妙に美味《うま》いのだ。俺はすっかりそれにハマってしまい、一回に二、三本買い込んで嗄井戸の家の冷蔵庫にストックするようにもなった。そのくらい本気で好きだったのだ。

「うわ、何これまっず、無理」

だから、眉を顰《ひそ》めながらそう言い放たれた時点で、俺は少しばかりカチンときていた。嗄井戸が青汁か何かのように顔を歪めて飲んでいるのは、この世で一番美味しいと言っても過言ではないミルクセーキだ。

「……は？　美味しいだろ」

「いやこれ甘すぎるでしょ……砂糖ぶち込めばなんでもかんでも美味しくなるってわけじゃないのに、わかってないよねえ。奈緒崎くんが最近ご執心のようだから試しに飲んでみたけど、予想以上に飲めたもんじゃなかったよ」

「は⁉　お前の舌おかしいんじゃねえの⁉」

「鋭敏すぎて困るからこういうジャンキーアンドジャンキーな代物は受け付けないんだよ」

やれやれ、といったように嗄井戸が首をすくめる。確かに、金持ちらしき嗄井戸からしてみれば、こういった駄菓子のような飲み物は受け付けないものなのかもしれない。元より生活環境が違うのだ。断じてミルクセーキが不味《まず》いわけじゃない。自分に言い聞かせてどうにか納得すると、嗄井戸には背を向けて冷蔵庫へと向かった。不味い不味いと言われていたミルクセーキが、なんだか余計に恋しかったからである。確かまだ、買い置きがあったはずだと思いながら、冷蔵庫の扉を開けた。

「嗄井戸」

「何？」

「そのミルクセーキ、最後の一本だったのか？」

「え？　さあ。冷蔵庫にないならそうなんじゃない？」

「ふざけんなよ！！！！」

「え!?」

「最後の一本なのに勝手に飲んで不味い不味い言ってたのか？　お前」

「ごめん、悪かったって……お金あげるから買ってくれば？」

「金の問題じゃない」

「じゃあ何の問題だっていうの？」

「お前が行け」

「は？」

「目と鼻の先だろ。お前が責任とって買ってこい」

「はあああ!?　絶対嫌だ」

「お前反省してねえのかよ！」

　さっきまで多少申し訳なさそうな顔をしていたはずの嗄井戸は、一瞬でも外に出させようとしてくる俺に牙を剝き、そこからは頑強に譲らなかった。今思い返せば恐ろしいほど不毛な喧嘩をした。交わされたのは絶交だとか人間のクズだとか、そういう全く以てどうしようもないやり取りである。

　引きこもりなのは重々承知していたが、ここまで頑固に外に出るのを嫌がられると、それはそれで何だか気になる。無理矢理引き摺り出してやりたくもなる！　だって、何も俺の住む戸田まで行ってこいと言ったわけじゃない。アパートの目の前にある自販機まで行って、ミルクセーキの一本を買ってこいと言っただけだ。それであそこまで拒否の姿勢を貫かれるのは、いくらなんでも腑に落ちない。

それなら、一体こいつはどうしたら外に出るのだろう。どんな用事だったら外に出てくれるのだろう。さながら天《あま》の岩戸のチャレンジだ。

思案の末、俺がとった行動は一つ。今日の死んだ振りだ。

丁度イブセ・ウィッチ・プロジェクトのときに使った血糊《ちのり》を拝借し、銀塩荘の窓から見える場所にわざわざ倒れ、そして嗄井戸に電話を掛ける。ここまでやっても成功するかどうかは五分五分だった。映画で血糊を見慣れているだろう嗄井戸はすぐに俺の偽装に気が付く可能性が高かったし、考えたくもないことだったが、嗄井戸は俺が血塗れで倒れていても外に出てこないんじゃないか、という可能性もあったはあった。

「奈緒崎くん！　奈緒崎くん！　嘘だろ……どうしてこんな……！」

そして、結果がこれだ。嗄井戸は息せき切って駆け付けてくれた。あの嗄井戸が、部屋着のまま一心に駆けて、泣きそうな顔で俺のことを揺さぶっている。

そして確信した。こいつは本当の意味で部屋から出られないわけじゃない。ただ、少し不精なだけだ。何故かはわからないが、外に出るのが嫌になってしまっただけなのだ。そう思うと、自然と口元に笑みが浮かぶ。

それがわかったらこれ以上嗄井戸をからかう理由もなかった。勢いをつけて、ガバッと起き上がる。

「なんだよ！　お前外出れるじゃん！　だったらミルクセーキも買えたしなんかこう色々出来たじゃん！」

「え、あ、何」

「いやあでも流石に俺が刺されて血流してるってなったら出てくるんだな！　何だよお前意外と良い奴だな」

「刺され、血が」

「血糊に決まってんだろ！　大丈夫、ちょっとしたドッキリだから、刺されてもない」

「ドッキリ」

「そう、ちょっと驚かしただけだ。びっくりしたか？」

「びっくり……」

「……そう、ただびっくり……おい、嗄井戸、大丈夫か？　嗄井戸？」

「……はあ、なるほど。騙したのか、奈緒崎くん、君は、僕を騙して、外に」

その言葉を皮切りに、嗄井戸の顔面がみるみるうちに蒼白になっていく。コマ送りのように再生されるそれは、嗄井戸の発する最後の危険信号だったのだが、俺はそれに全く気付けなかった。

何せ、俺は浮かれていた。だって愉快じゃないか。あんなに引きこもりを極めていた嗄井戸が、あんなに外に出たがらなかった嗄井戸が、友人である俺の為に血相を変えて家から飛び出してきたのである。筋金入りの外出嫌いが友情の為にポリシーを曲げる！　……それこそこの男の好きな『映画的』じゃないか。

だから、そろそろその顔をやめて、自分の立っている場所をよく見るべきだ。

お前を閉じ込めていた密室なんてこんな簡単に破れるだろ？

「騙したなんて人聞き悪いな。外、出れたじゃん。な、一回出れば大したことないんだって」

「騙したんじゃないか、クソ、僕は馬鹿だ、襲われたっていうなら、普通救急車とか、呼ぶだろ、何で僕に、は、ふざけんな、お前、騙したな。僕をここに引き摺り出す為に、ここに、……騙した！」

しかし、俺の望んでいる展開にはならなかった。それどころか、嗄井戸の顔色は悪いを通り越して得体のしれない様相を呈していて、恨み言を唱え続けている。眼は怒りと憎しみに染まっていた。

何か取り返しのつかないことをしてしまっているんじゃないか、という思いが俺を支配する。こんなに憎しみの籠もった目を向けられたのは生まれて初めてだった。その相手が見知った友人であるというのも、想像を絶する体験だった。

「……わかるだろ！　ていうか俺が心配だったんなら素直にドッキリだったことを喜べよ！　っていうかあんなに映画観てる癖に血糊かそうじゃないかもわかんねえのかよ！　この節穴！」

後から考えてみれば、これは完全なる責任転嫁だった。けれど、嗄井戸のあまりの怒りに、俺は正直完全に動転していたのである。怯えた負け犬が取る行動なんて一つしかない。情けなく吠えて、小さな牙で噛みつくことだけだ。

嗄井戸の目はまだまだ怒りに燃えていて、それに反比例するかのように血の気が引いていくのがわかる。髪と同じように、唇までもが真っ白く変色していった。

「ああ、わかんなかったね。たった今、自分が友人だと思っていた相手がこんな下劣で低俗なジョークを楽しめるような人間だってことだけはわかったところだよ」

「なんだよ、そこまで怒ることないだろ。第一お前全然平気じゃん。これからはちゃんとコンビニも何も自分で行け。学校にも来い。言い訳してあんな部屋閉じこもって映画ばっか観んなって」

「どうして奈緒崎くんにそんなこと言われなくちゃいけないのか理解出来ないね。僕の勝手だろ。外に出て真っ当に社会生活送ってんのがそんなに偉いのかよ。そうやって自分はまともに生きてますって顔してる奴らの一体何人が真にまともな人間なんだろうね？　生きてる価値があるんだろうね？　そういう奴らはみんな僕みたいに引きこもってた方がマシじゃないか。精々慎ましく生きてた方がいいよ。クズで嘘吐きの奈緒崎くんもね」

「お前……！」

「何、何か言いたいことあるわけ」

一言だけ言わせて欲しい。そりゃあ、これは嗄井戸をぎゃふんと言わせたいが為に計画したことではあるけれど、俺がこの男のことを本当に気にかけていることは嘘じゃない。外に映画を観に行きたいだろうし、文化祭にも行きたかっただろうこの男を、外に出してやりたいというささやかな思いは嘘じゃないのだ。

これは確かに強引なショック療法だったかもしれないけれど、これで外に出られたんだから、笑って流してジョークに変えて、外に出られたことを喜んでくれるべきなんじゃないか。

それなのに、どうして伝わらないんだろう。

言い訳染みた言葉をだらだらと続けなかったのは単純な理由だ。相対する嗄井戸の手に包丁が握られていたから。凶器を持っている人間の機嫌をわざわざ損ねようとするほど、俺は馬鹿じゃなかった。息を呑む。

「……なあ、今から本当にしろよ」

「は？　何言って」

「本当に通り魔に刺されたってことにしてよ。それなら嘘じゃなくなるだろ。通り魔に刺されたって嘘を信じて僕は部屋から出てきたんだからさ。本当にしてくれよ」

冗談を言っているようには思えなかった。嗄井戸の持っている包丁はどう見ても現実のもので、嗄井戸の言葉は台詞とは比べものにならないくらい真剣だった。

「落ち着けって！　それ下ろせ！」

「外に出るってことが僕にとってどういうことか、奈緒崎くんには多分わからないんだろうね……」

「わかんないのはお前が言わねえからだろ！」

そう叫んだものの、俺はすっかり足が竦《すく》んでいて、目の前の男から逃げることすら出来ずにいる。白昼堂々、友人に刺されて死ぬ。笑えなかった。シャツに付いた血糊の所為で、もう既に刺されたような状況にも見えて恐ろしい。今にも嗄井戸はこっちに襲い掛かってきそうだった。

「悪かった！　ごめん！　謝るから！　一生引きこもっててくれていいから！　爆発シーンがない映画でもちゃんと観るから！　頼む！　赦してくれ！」

嗄井戸の身体が大きく揺れた。何かしらの罵倒が飛んでくることを覚悟して目を瞑《つぶ》る。しかし、予想に反していつまで経っても辺りは静かなままだった。恐る恐る目を開ける。

嗄井戸はもう俺の方を見ていなかった。包丁を地面に取り落とし、近くの塀に手をついている。そのまま嗄井戸は「うっ」と小さい呻《うめ》き声を漏らすと、盛大に嘔吐《おうと》した。

「え⁉ あ？ 何⁉」

ぼたぼたと吐瀉物《としゃぶつ》を撒《ま》き散らした後、嗄井戸は盛大にひっくり返り、意識を失った。意識を失った男と、血糊塗れの男が相対している下北沢の昼下がり。ジイイイイと死にかけの蟬《せみ》が鳴いている。

何だこれ。

そのままにしておくわけにもいかないので、仕方なく嗄井戸を背負って銀塩荘へ向かう。見た目は枝のように細っこいのに、やっぱり結構な重量がある。意識を失った人間は殊更重いんだと、確かなんかの映画を観ながら嗄井戸が言っていたんだけど、本当にその通りだった。滅茶苦茶《めちゃくちゃ》重い。そういうわけで、部屋に着いたときには汗だくの血塗れになってしまっていた。

麗しの女子高生に会うには最悪に近いそんな格好で、俺は束に再会した。玄関で丁度エンカウントした束が、軽くウインクをする。

「お邪魔してまーす」

「お邪魔されてまーす……」

「ちょっとちょっとー、ここ奈緒崎くんの家じゃないでしょ」

「家主がこれだからな」

俺は背負っていた嗄井戸を投げ落とすようにして上がり口の床に転がす。ボロアパートには似合わないつやつやのフローリングの所為で若干痛そうだったものの、そこまで気にしてやる余力が残っていなかった。

束は食料でも買い出しに行ってきたのか、手に大きな荷物を提げていた。投げ落とされた嗄井戸に動じることなく、冷静にそれらを隅に置く。そして、ようやく噴き出すように笑い始めた。

「ちょっとちょっとこれどういうこと？　というか、高久くん、まさか外……」

「ああうん、出た」

「へえ、あの高久くんが外に出るとはね……奈緒崎くんのその感じを見ると何があったかおおよそ見当はつくけど、何したの？」

「嗄井戸の見えるとこで、その……刺された振りを……それで……」

「なるほどね」

束はそれだけでさっきまでのことを把握したようで、大きく一つ頷いた。てっきり何か言われるかと思ったものの、束は何も言わなかった。ただ、納得してみせただけ。叱《しか》られるのを期待することで、内々の後悔が窺い知れるのが嫌だった。少なくとも、年下の女子高生に期待するような役割でもないのに。

「さて、どうしようかな」

「……こいつ、吐いたんだけど」

「え、そこまでストレスかかったの？　本当に人間に向いてないなぁ……よし、まだ契約の範囲内だから、私がやってあげる」

まくしたてるようにそう言うと、束が洗面所に消える。瞬《まばた》き一つの時間で戻ってきた彼女の手に握られていたのは、何の変哲もない歯ブラシだった。歯磨き粉の量はマシマシ。

何をする気だよ、と言うより早く、束は「えい」と、歯ブラシを嗄井戸の口に突っ込んだ。そのまま、意識のない相手への強制歯磨きを敢行していく。磨く。磨く。磨く。ごふっと音をたてて、嗄井戸が反射的に噎《む》せてえずいても容赦はしない。口の端から真っ白な泡がぶくぶく垂れてきたところで、ようやくその手が止まった。歯ブラシが引き抜かれ、代わりに今度はミネラルウォーターのボトルが差し込まれる。ゆっくりとその中身が注がれていくにつれ、口から泡が勢いよく吹きこぼれていく！

「ちょっ、何やって……！」

「歯磨きしないと駄目じゃない。吐いちゃったんだから。このままにしてたら胃液で歯溶けちゃうかもだし。ミネラルウォーターのことなら心配ないわ。高久くん、金持ちだし」

「そういう意味じゃねえよ！」

「ほら、喉仏見て。飲んでる。窒息《ちっそく》の心配はないと思うな。鼻が空いてるんだから」

「歯磨き粉飲んでんじゃねえか、それ！」

「人間が歯磨き粉飲んだくらいで死ぬはずないでしょ？」

そうこうしている内に、唄井戸の口の中にあった泡の塊はすっかり飲み込まれ、体面的には『歯磨き終了』のようだった。束は唄井戸の腕を持ち上げると、強引に袖口で口元を拭かせる。

「これでオッケー。ばっちり」

「そうかなぁ……」

「ッぐふ」

「あ、高久くん起きた」

「再度えずいてんじゃねえか」

「何……？　何なの……？」

「いや、うん、まあ……なんていうか」

「ていうか何で僕の服びちょびちょなわけ……何これ……涎《よだれ》じゃないよね……？」

「……涎じゃないけど、それ着替えた方が良いぞ」

「うん、そうする……うえ、口の中じゃりじゃりする……何これ歯磨き粉……？」

「あんまり気にするなよ」

嗄井戸の目はまだとろんとしていて、夢と現実の狭間《はざま》で部屋の中を見回しているようだった。

「あれ……？　……束ちゃん？」

「うん、束ちゃんだよ」

そこでようやく、嗄井戸の目の焦点が合う。まじまじと寄せられた視線が、俺の顎の下の下、濡れた服の辺りで止まって戦いた。まずい、これは。

「血！！！」

「違う!!　偽物だから!!」

「ああ……そうだ……思い出したぞ……そうか、奈緒崎くん、そうだった……」

嗄井戸が覚醒《かくせい》していくにつれ、みるみるうちに顔色が悪くなっていく。少し経てば自動的に機嫌が直るシステムではないらしい。

「ここで何してるわけ？　君の顔を見てると起き様から不愉快なんだけど」

「お前、誰がここまで運んでやったと……」

「倒れる原因を作ったのがどこの馬鹿かもう忘れちゃった？」

「この……！」

「こらこら、喧嘩はダメだって。ドッグフードにもならないよ」

「束ちゃんまでその馬鹿を庇《かば》うわけ？」

「うん？　へえー、そう見えるんだー。スペシャル意外！　まったく、高久くんったら私が構ってあげないとすぐ拗ねるんだから」

「そういうことじゃない！」

「おい、嗄井戸。違うんだ、だって、いや、知らなかったんだ、俺は……」

「知らなかったで全部赦されるなんて虫のいい話だな。君はたとえ足下の子犬を踏み潰したってそう弁解するんだろうね」

「高久くん、ちょっとそれは——」

「うるっせーなじゃあ教えとけよ！」

響いた束の言葉を掻き消すように、一段大きな声で叫ぶ。

「気になるだろ！　だってお前、何も言わねえじゃん！　お前が何でこうなったかとか！　外に出んのが何でそんなに嫌なのかとか！　知らなかったんだよ！　お前に何があったんだよ！　だから……」

嗄井戸の真ん丸で大きくて綺麗な目が、更に一回り大きくなる。連想される言葉は夜空に輝くスーパームーン。それを見た瞬間、途方もなく嫌な予感がした。

「何があったって」

「だって、おかしいだろ、どうして、そんな」

「聞きたいの？」

嗄井戸がフラットに言う。答えを差し挟む余地もなく、嗄井戸は語り出した。

「死んだんだよ、姉が。それが原因で一家離散した。両親はどっかで息災だろうけど、僕は住んでる場所を知らない。調べればわかるだろうことなのに、多分僕は一生それを調べない」

淡々とした言葉だった。

「僕の家は金持ちで、目を付けられてたんだろうな。結局のところ何が原因だったのかわかんないや。大学入って一年した辺りかな。僕と姉は誘拐《ゆうかい》されてさ、うん。もう、流石プロって感じの手際で。それで、とにかく姉は殺されて、僕は帰された。身代金の要求も何もなかったから、なんかよくわかんない事件だよね。僕は解放されるときに、一枚のＤＶＤを持たされた。何のラベルもないやつ。それには何が映ってたと思う？」

「……わからない」

「僕の実の姉が解体されてるとこ」

ここで気の利いた一言が返せるほど、俺は人生において何も成し遂げていないのだ。嗄井戸だって俺にそんなものを求めていない。今必要なのは、嗄井戸の言葉を受け止める為の受け皿だけだ。

「粗い映像でさ、助けを求めて泣き叫ぶ姉がどんどん生きたまま解体されてくの。複数人に押さえつけられて、脚から麻酔なしで切られてさ、それでも痛みと恐怖で絶叫してるんだよ。ようやく悲鳴が止んで、死んだんだなってわかる頃には、もう人の形なんか保ててなかった」

スナッフフィルムって知ってる？　と嗄井戸が言う。その口調は、いつものものと同じだ。――『××って映画知ってる?』嗄井戸の言葉は、俺の返答を待たずに続けられた。

「人が殺されていく様を映画に撮った、悪趣味な代物のことなんだけどさ。僕が渡されたDVDは、まさにそれだったんだよ。恐ろしいことに、その映像はネットに流出してるんだよね。検索すれば出てくるよ。ネットでは、作りものだとか偽物だとか言われてるけど、あれが本物だったのを、僕は知ってる。両親がそれを見たときの反応は凄いもんだったよ。そりゃあそうか。実の娘が肉塊に変えられていくところを目《ま》の当たりにしたんだから。僕もショックだったよ。しばらくそこから動けなかったし、何もわかんなかったし、僕がいつの間にか姉を見捨てて逃げたことになってても、どうとも思わなかった。末期だね。恐ろしいよね。でも、僕は気付いたんだ」

「何に……」

「姉を殺される、凄惨な拷問、死体の解体、スナッフフィルム。そういうのってホラー映画の中じゃ珍しくもなんともないんだってこと。僕の味わった悲劇、姉の味わった絶望、そういうものってもう使い古しのサスペンスなんだよ」

恐ろしいくらい悪趣味な言葉だった。少し前の俺だったら、聞いただけで眉を顰め《ひそ》そうなくらいだ。それが出来なかったのは、そう言う嗄井戸の顔がいやに真剣だったからだ。息を呑む。

「スプラッタを観ればあんなスナッフフィルムに比べて数倍残虐なものが観られた。前だって相当観てたけど、姉が殺されてからは数段多く映画を観たよ。僕の味わった悲しみよりも上質な悲しみが、姉の味わった苦しみよりも激烈な苦しみが、映画の中にはあったんだ。現実と映画は違うものだけど、画面の中に閉じ込めてしまえば、事情を知らない人間には何一つわからない脆弱《ぜいじゃく》なリアリズムだ」

「嗄井戸、」

「姉のことを見捨てて逃げ出したクソ野郎が大学も行かずに引きこもって映画観出したら流石に両親も気持ち悪かったんじゃない？　気付いたら家から出されることになってて、お金持ちのパパとママは僕に銀塩荘を買い与えて、それっきり」

嗄井戸の言葉は少しの淀《よど》みもなかった。まるで何かの台詞みたいだった。自分の精神をすり減らしての言葉による自虐。

「映画観てるのはよかったよ。楽しいし、感情移入したら怒れるし、泣ける。んでさあ、救えないことに俺は妄想すんの。あーあ、俺が『アイアンマン』だったらいいのに。ジョン・マクレーンだったらいいのに。姉をあんな目に遭わされる前に、あいつらを全員ぶち殺せればいいのにって。気持ち悪いだろ。でもね、自分の不幸をセルマと比べるのって、癖になるんだ」

何て言っていいのかわからなかった。それが全てのあらましだ。きっと一ミリの脚色もない全てだ。嘎井戸が家から出ない理由。吐くほどのストレスを感じるのは外が怖いから。吐くほどのストレスを感じてまで俺を助けようとして出てきたのは、姉のことがあるから。

全ての謎が解けてしまった。出し惜しみも、まだるっこしい仄《ほの》めかしもない。それが嘎井戸高久にある全部なのだ。

ただ、一つだけ気にかかる。

お前、それを淡々と語れて、いいのか？

「……悪い、こんな話させて」

「聞いてくれる人もいない話だしね。むしろ、聞いてくれて感謝だよ。そういうわけで、僕は家から出ずに映画ばっかり観てる穀潰《ごくつぶ》しになっちゃって、束ちゃんが食料やらを届けてくれるのに甘え、必要な物は全て通販で済ませてきた。そういうわけ。暗い話しちゃったね。こういうの嫌いなんだ。延々と過去パートに入って話が進まないやつ。過去のことは過去のことだし、それを乗り越えなくちゃいけないのは自分だけだ。はいこの話おしまい。おしまーい。聞いてくれてありがとうね、奈緒崎くん」

口調こそ明るいものだったけれど、嗄井戸の心に渦巻く怒りは何処までも暗く、底の知れないもののように感じられた。ゆっくりと嗄井戸の口が開く。

「で、どうする？」

僕のバックボーンを知ったわけだけどどうする？　お前は結構悪趣味なことをしたわけだけど、どうする？　お前はこのままどう償っていく？

それとも、ここから去る？

たった五文字の言葉で、それらの問いが雄弁に投げかけられる。

「俺は……」

「高久くん、ねえ」

「ごめんね、束ちゃん。……束ちゃんには申し訳ないけど、一人にして欲しい」

「……わかった」

束は静かに頷くと、自分の鞄《かばん》を持って、さっさと部屋を出て行ってしまった。それに引き摺られるように、俺も部屋を出る。

「奈緒崎くん」

そのまま帰ろうとした俺の背に、束がそう声を掛けた。

「ちょっと私に付き合ってよ」

その言葉に救われたことは、言うまでもない。

俺の中で最上位に位置するカフェはスタバで、いつも行っているのはドトールだった。だから、銀塩荘を出た束に意気揚々と連れられてきたそのカフェで、俺はまるで借りてきた猫みたいだった。心地よく流れるジャズのメロディーに、オレンジ色のランプで照らされた店内。俺の知っているカフェの雰囲気とはまるで違っていた。

小さく丁寧に纏まった店内を大きなカウンターが占めている。束にリードされるがまま、俺たちは一番奥の席へと収まった。

「こんなお洒落なカフェとか入ったことないんだが」

「そんなの勿体ないよ。下北沢には沢山素敵なとこがあるんだからね。ここ、トロワ・シャンブルもその一つ」

下北沢駅南口からひたすら真っ直ぐ進んだ先にあるクリーム色のビルの二階。うっかりすると見過ごしてしまいそうな場所にあるのが、束一押しのカフェ、トロワ・シャンブルだ。一見アパートのようにも見える素朴な階段を上ると、無造作に開け放たれた扉からオレンジ色の光が漏れ出ているのがわかる。漂ってくる珈琲《コーヒー》の匂いに従って足を踏み入れると、もうそこは異空間だった。

呆気に取られている俺を余所に、慣れた口調で束が注文をする。「奈緒崎くんってブラックでもいける？」と聞かれて頷いた以外は、ただただ雰囲気に圧倒されたまま店内を見回していた。完ッ全に浮いている。反して目の前に座る束はこの洗練された空気に見事に溶け込んでいた。頬杖《ほおづえ》を突いている姿が、それこそ映画の中の登場人物に見える。

「なあ、俺浮いてない？　大丈夫？」

「そんな縮こまる必要ないよ。ここはどんな人でも受け入れてくれる度量の広い街だからね」

果たして本当にそうだろうか。小さい頃にこの土地に住んでいたことが信じられないくらいだ。

「ここは『冷静《れいせい》と情熱《じょうねつ》のあいだ』っていう映画のロケ地ってことで有名なんだ。二人がデートで来る場所。憧れちゃうよねー」

「観たことないな……」

「今度観てみるといいよ。何年もの間、たった一つの約束を胸に抱える二人のラブストーリーがたまらないんだ。映画の中に出てくる場所に実際に来るとテンション上がるよねえ」

束がそう言って笑う。そのとき、二皿のケーキと、それに寄り添うように並んだ珈琲が運ばれてきた。

「何だこれ……？　チーズケーキ……？」

「そうだよ。トロワ・シャンブルといったらこのチーズケーキなの。こっちの白く艶めいたケーキに、ブルーベリーが載っているのがレア。こっちの狐色にときめくチーズケーキがトルテ。簡単に言ったら生か焼きかってことなんだけど、どっちがいい？」

「どっちがって……」

趣《おもむき》の全く違う二種類のチーズケーキを前に真剣に悩む。見た目が全く違うので選ぶのが難しいのだ。待ちきれなくなった束が白い方のチーズケーキを俺に差し出さなければ、このまま一生悩んでいた可能性すらある。

真っ白い皿に載せられた真っ白いケーキに銀色のフォークを刺し入れて、つやつやのそれを口に運ぶ。その瞬間、舌が震える。

「何だこれ、滅茶苦茶美味いな」

「でしょ？」

束が満足げに微笑む。構えずに食べたチーズケーキは、俺が今まで食べたそれとは全く違う代物だった。舌で押すだけで潰れて溶ける滑《なめ》らかさ、甘さを抑えた生地の濃厚な風味。チーズがアイデンティティーを保ったままケーキの舞台に上げられて、上品な味を醸している。端に載せられたブルーベリーは、ケーキのアクセントとなるべく甘く味付けがしてあって、それがすっきりとしたチーズケーキによく合うのだ。渋みなんか欠片もない。なるほど、束が薦めるだけのことはあって、素晴らしいチーズケーキだった。

「ほら、こっちも食べてみなよ」

言いながら束がフォークに刺さったままのトルテを差し出してくる。目の前で揺れる狐色と、完全に面白がっている顔の束がちらつく。

「大丈夫。料金は発生しないから」

「……ご丁寧にどーも」

躊躇ったら負けだと思ったので、差し出されたまま食べてやる。他人から見たら十中八九頭の沸いたバカップルの所業に見えることだろう。壁に頭を打ち付けてしまう前に、無心で顎を動かす。束は今度こそ爆笑していた。不届きな奴だ。

トルテの方のチーズケーキは、見た目は勿論味についてもレアとは全然違うものだった。当たり前の話だが、こっちの方にはしっかりとした歯ごたえがある。焼き菓子の醍醐味《だいごみ》を三角形に詰め込んだように、期待通りの優しい味がした。噛めば噛むほどチーズの甘みと、底に潜んだシナモンの味が増し、変化が楽しめるようになっている。

言うまでもなく美味かった。決して、束に食べさせてもらったからというだけじゃない。

「こっちも美味いな。むしろこっちの方が好きかも」

「そう？ 私はレア派なんだけどトルテもスペシャル最高だよね。コーヒーも浅煎《あさい》りのガゼブレンドと深煎りのニレブレンドで味が違うんだよ。奈緒崎くんが今飲んでるのはニレブレンドで、ちょっと苦めじゃないかな？」

「あー、確かにな。でも全然ぐいぐい飲める。砂糖もミルクも必要ないし。苦いはずなのにこんなに飲みやすくて美味しいのって不思議だな」

「それは、その苦みが本物の苦みだからだよ。私はガゼブレンドなんだけど、酸味がある分苦みはかなり抑えめで、飲みやすいんだ」

珈琲一つとってもこの店は相当こだわっているらしい。あんまり珈琲やらケーキやらに頓着したことはないけれど、こう凄い経験をしてしまうと価値観が変わる。

「こういうとこ知ってるのって凄いな。ほら、チェーン店じゃないとこ入んのって若干躊躇うだろ？ こう……敷居が高いっていうか」

「でも、そうやって巡り巡った先でお気に入りが見つかったら最高じゃないかな？

まあ実のところ、ここは高久くんが教えてくれたんだけどね」

「嗄井戸が？」

「高久くんがああなる前、好きだった場所の一つなんだ、って聞いたことがあるんだ。チーズケーキも珈琲も美味しくて、鮮やかな音楽と穏やかな時間が流れている、って。さっきの映画の話もそう。ロケで使われてることを教えてくれて、私に『冷静と情熱のあいだ』のＤＶＤを渡してくれた」

　そう言われてみると、このお洒落な雰囲気は嗄井戸好みな気がした。映画からそのまま抜き出てきたような美しい場所。

　嗄井戸がここに来て、ゆっくり珈琲を飲んでいるところを想像する。それこそ絵になる光景だろう。もう嗄井戸は一生この店に来られないんだろうか。俺は、なんだか酷く落ち着かない気分のまま、チーズケーキの残りを口に運ぶ。

「はてさて、それじゃあ本題に入ろうか」

　そう言いながら、束が分厚いファイルを取り出した。

「何だそれ」

「とある事件の捜査資料。本来高久くんの家で広げてワイワイガヤガヤするはずだった代物」

「ちょっ、大丈夫なのかそれ」

「いいのいいの。これ、お兄ちゃんのなんだけど、お兄ちゃんのところに置いてあってもどうせ事件は解決に向かわないから。適材適所じゃないかな」

「にしても……」

「大丈夫。バレなきゃ平気だし、コピー出来るものはコピーして持ってきたから。思うんだけどね、人間にはそれぞれ出来ることと出来ないことがあって、事件を解決出来ないなら、事件を解決出来る人にこれを渡すべきだよ。もっとも、こんなのがバレたらスペシャルヤバいんだけどね！　内緒だよ！」

「リークする当てがねえよ」

「日本人は誰かに何かを任せるのが苦手なんだって、いつだったか高久くんが言ってたんだ。どうしてだろうね。映画を作るときみたいに、何でもかんでも分けちゃえばいいんだよ。演出は映画監督で、演じるは役者で」

あるいは探偵役は探偵で、助手役は助手で。

実の妹にこうもズバズバ言われる兄というのも不遇な気がするが、状況が状況なので仕方がないのかもしれない。

「というわけで、これが事件現場の写真なんだけど」

「ちょっ！　お前こんなとこで広げんなよ！」

「大丈夫大丈夫。この為に一番奥に通してもらったんだからさ。万一見られたとしてもこの薄暗さに加え下北沢という立地なんだから、ちょっと過激なポートレイトかな？　って思ってもらえるよ」

「下北沢は無敵の免罪符じゃない」

広げられた写真はどれもこれも衝撃的な代物だった。ちょっと過激なポートレイト、という言葉が、ここまでくると少しだけ似合う。何せ、写っている死体やら現場やらは、どれもこれも異質で、派手な代物だったからだ。

「お化けが苦手な奈緒崎くん、殺人現場は怖くないの？」

「いや、こう……写真で見るんだと、こう……映画とかのフィクションと変わんなく見えるからな。意外と平気」

ふと、嗄井戸の言っていた言葉が頭をよぎる。本物のスナッフフィルムと、スプラッタムービーの違いを、俺は見抜けるだろうか？

「それじゃあ、この奇妙な連続殺人事件の話をしようか」

「連続殺人事件？　これ全部？」

「うん？　ああ、そう思うのも無理ないかもだね。まだ関連があるとは大っぴらには言われてないし。そもそもこれについてはちゃんとは報道されてないくらいだし。でも、他ならぬ戸田市で起こった事件については、少しは聞いてるんじゃない？」

確かに、最近戸田市が物騒だというのは知っている。俺の住む戸田駅前でも警官の姿をよく見かけるようになった。嗄井戸と出会うちょっと前にも、出会ったその後にも、ついでに言うなら西ヶ浦高校文化祭前にも戸田市での殺人事件が起こったと聞いた。

……こうして見ると確かに多い気がするけれど、大抵の人間は少し経てば事件のことを忘れてしまう。殺人事件なんて下手をしたら日本の何処かしらで毎日起こっているような有様なのだ。

「危機意識を持ちなよ奈緒崎くん。人間はいつ何時何に巻き込まれるかわかんないいんだからね」

「そりゃあそうだろうけどな」

「ところで、私は腐っても纏まんなくても束ちゃんだから、その事件の詳細を知っている。確かにこれは異常な事件なんだ。何がっていうと全部。全部異常なの」

最初は首吊《くびつ》り死体だった。首吊りと言っても、自殺体じゃない。一件目の被害者水《みず》野《の》こずえは、何者かに首を絞められた後、改めて天井から吊るされたのだという。恐怖の二度殺し、と束は呼んでいた。恐ろしいネーミングセンスだ。死体に上手く包丁を握らせることが出来なかったのだろう。ガムテープでぐるぐる巻きにしてまで、包丁が握らされていたのだ。それも、二本。二度殺しに二本の包丁。

これが何を意味するのか。ダイイングメッセージではなく、恐らくは犯人がやったことだろうから、これは何かの意思表示なのか。警察関係者が頭を捻《ひね》っても、何のメッセージも暗号も読み取れない。この謎が解けないまま、事件は連続した。

二件目は二人一気に被害に遭った。近藤《こんどう》夫妻が何者かに首を刺され、絶命。その後、背中合わせに身体をロープでぐるぐる巻きにされて、丁寧に布団《ふとん》が掛け直されていた。二人がロープで縛られたのは殺害後に行われたことなので、拘束は抵抗を封じる目的ではない。

三件目の被害者である彩元和夫《あやもとかずお》は、更に凄惨だった。なんと、床に倒された彼の遺体は首が切断され、遺体の脚の間に生首が丁寧に置かれた状態で発見された。更に不可解なことに、生首には軽く化粧が施されており、意図が読めない。

彼の遺体のあった周囲の床には、紙幣が——紛れもなく本物の現金が、撒き散らされていた。その額九万七千円。意味があるのかはわからない。

いよいよ犯人が残虐性を見せてきた、と思った矢先、四件目の殺人が起こる。被害者・鍋月《なべつき》いつきは殺害された後、その顔にひらがなの視力検査表を被せられていた。彼女の口の中からは本人のものと見られる手の指が三本入っていた。死因は絞殺だった。

このあたりから、犯人が殺人を一種の芸術として行っている猟奇殺人犯だということが警察内で認知されたらしい。週刊誌でこの殺人事件が取り沙汰《ざた》されたのもこの事件からだ。詳細は隠されたものの、ニュースにもなりはじめた。

ただし、これらの事件が連続殺人事件と断定されたわけではない。報道も『戸田でまた殺人事件が起こった』『恐らく、同一人物の犯行である』という程度だった。

そして現時点で最新の事件。五件目の殺人がついこの間発生した。首を絞められ殺害された小林《こばやし》順《じゆん》の右目は抉《えぐ》り取られ、指輪か何かを入れるような四角いプラスチックケースの中に収められていた。左目及び身体の他の部分には損壊は見られなかった。それどころか、遺体はベッドに丁寧に寝かされ、布団までしっかり掛けられていた。

犯人は未だ捕まっていない。事件の捜査と並行して、警官が巡回を強め、不審な人物の発見に努めているのに、手がかりすら摑めないのだ。一体犯人はどうやってあの街に潜んでいるのか。どんな顔をして、どんな目的で殺人を行っているのか。誰にもわからない。

以上が、戸田市で起きている連続猟奇殺人事件のあらましだ。戸田で日々生活しているはずの俺が詳細を知らなかった、恐ろしい事件の話だ。

「うわー……怖」

「よりによって奈緒崎くんの住んでる辺りでそんな事件があったもんだから、高久くんだって心配するでしょ。まったくもう、罪なもんだと思うな」

「いやそれは本当に……悪かったと思ってる」

俺はもう既に心底反省していた。嗄井戸は戸田に住んでいる俺のことを思って、嫌な想像を膨らませたに違いない。そこに現れた血塗れの俺を見て、嗄井戸がどれだけ動揺したかを想像すると、とんでもなく居た堪れなくなった。悪趣味なジョークだ。全然笑えない。

「束は知ってたのか？　その……嗄井戸のこと」

「まあ当然だよね。話したくもなるでしょ？　なんてったって包容力の女王束ちゃんですから」

束が困ったようにそう笑う。

まあ、どう考えても俺より束の方がずっと嗄井戸との付き合いが長い。嗄井戸の身の上に一体何があったのか、知らない方が不自然だろう。ということは、俺の不用意な行動の愚かさについても重々承知というわけだ。心底後悔の念が襲ってくる。

「取り返しのつかないことをした」

「取り返しのつかないことなんてないよ。殆どない」

そこだけはきっぱりとした口調で束が否定する。

「まあ、いけないことしたのは奈緒崎くんの方なんだから、額が磨り減るまで土下座するしかないんじゃないかな」

「……それで赦してもらえんのかね」

「うーん、怒ったときの高久くんの根に持ち具合は想像を絶するものがあるけど、いつかは赦してもらえると思う」

その言葉にかなり嫌な気分になったが、火種を作ったのは自分なので大人しく頷く。

「大丈夫だよ。この私が完ッ全完璧に保証してあげる。なんてったって奈緒崎くんは高久くんの友達なんだから」

自信満々に束が言う。あの怒りようじゃ、果たしてその理屈が通用するかは怪しいものだったが、俺が本当に刺されたのだと思い込み、必死で駆け寄ってきた嗄井戸を見る限り、(俺が馬鹿なことをするまでは) 奴なりに俺のことを大切な友人だと思っていたということだろう。初めて会ったころのことを思い出す。さっさと帰ろうとした俺をやや強引に引き留めようとしたあの男は、友達が出来るかもしれないという期待に浮ついていたのかもしれない。

それを思うと、もう一度、いや何度でも、嗄井戸に謝らなくちゃいけないんじゃないかと思うのだった。

「謝ってばっかだな、最初から最後まで」

ついでに思い出して苦笑する。教授に言われて銀塩荘にやってきたのがまるで昨日のことみたいだ。

「友情っていいよね。私が改めて言うようなことじゃないけど」

「そういや、束はどうして仕事としてアイツのところにいるんだ?」

「うん?」

「……九十分の契約だっけ? それとは別に、仕事以外でも嗄井戸のとこに行ってやってもいいんじゃないかって、その」

「なるほどなるほど」

「言いにくい話かもしれないけど、なんかこう、お金に困ってるならこっそり相談してくれれば……」

「ホーリーシット！　残念ながらそういうことじゃないの。預金なら奈緒崎くんのより私の方が潤沢な自信もある」

それは……如何とも言い難い話だったが、束が言うのだからそうなのだろう。バイトもそこそこな大学生の預金なんてたかが知れている。女子高生なのにしっかりとしている目の前の彼女に比べたら雲泥の差だ。

だからこそ。

「普通の友達になれるんじゃないのか？　俺なんかよりずっと」

「それじゃ駄目なんだよ」

真面目な顔だった。

「私はねえ、高久くんが何の躊躇いもなく甘えられる存在でありたいんだ」

「…………」

意味がわからず黙り込む俺に、束はそのまま言葉を続けた。

「奈緒崎くん『幸福《こうふく》な王子《おうじ》』って童話知ってる？」

「小さい頃読んだな。金ぴかの王子様像が、自分に貼られた金箔《きんぱく》を剝がして貧しい子供たちに分け与えるっていう……」

「ザッツイット。最終的に王子様の像は自分の金箔を全て剝がして分け与えちゃって、自分はすっかりみすぼらしい単なる鉛の像になって、ボロボロになった王子様はゴミとして溶かされちゃうの。この話聞いてどう思う？」

「え、いや……王子様は良い奴だなー、と」

「いや、怖いでしょ。普通に怖いよ」

　束はきっぱりとそう言い放った。何の躊躇いもない口調だった。

「自己犠牲はそりゃあ綺麗なものだと思うよ。尊いとも思うよ。拍手喝采千客万来のキラッキラした美談だと思うよ。でも、それが現実にあったら、ちょっと怖過ぎると思わない……？」

「…………」

　何の見返りも求めずに行われる無償の奉仕。話だけ聞けば確かに美談だし、正直幸福の王子様に文句をつけるつもりは毛頭ない。清く正しいお伽噺《とぎばなし》として、美しいままであってくれていい。

　でも、人間の心はそうじゃない。見返りを求められないと怖くなる。わかりやすい理由が欲しくなる。

「外に出られない高久くんの為に雑事を請け負って、身の回りの世話をして、果たしてそれらが無償になったら、高久くん本人はどう思っちゃうかな?」

「……それは」

「『お金という対価を払っているから』っていう理由がないと、高久くんはもう誰にも頼れなくなるんじゃないかって思うんだよね。そうしたら、今度こそもう高久くんは私のことを呼べなくなるし、何かを頼もうともしなくなる。そう思っちゃうんだ。だったら私は、高久くんから理由を奪えない」

「…………」

「ま、そんな感じかな? だって、想像してみてよ。この束ちゃんともあろうお人が『同情してるから世話を焼いてるんだ』なんて死んでも思われたくないでしょ?」

そう言いながら、束は軽やかに笑った。矢端束らしい理由だった。

こうして、束も高畑教授も、嗄井戸高久という人間に、それぞれの向き合い方をしているのに。と思うと立ち位置がわからなくなる。俺は嗄井戸に、一体何をしてやればいいんだろう?

「でも私、前とは違うんだ」

「何が」

「だって、今の高久くんには奈緒崎くんがいるでしょ。これで安心! 流石の束ちゃんもにっこり」

勝手な信頼だと思った。まるで俺なら、嗄井戸を見捨てたり、あるいは見捨てられたりしないとでも言わんばかりだった。まだ出会って少しも経っていない。嗄井戸より付き合いの長い友達なら他にもいる。それでも。

「わかった。もう一回謝る。誓うよ」

「うん。本当に誓って。このチーズケーキに誓って」

「……了解」

これからすっかり胃の中に収まってしまうだろう代物に懸ける誓いに、どれだけの意味があるのかわからないけど。少なくともこのチーズケーキの美味しさだけは揺るぎない。そういうことでよろしいだろうか。

「よろしい。それじゃあ絶対ね」

束が念を押すようにそう言った。俺と嗄井戸の交流がこれで切れてしまうことを、当の本人よりも恐れているみたいに。その目があまりに真剣なので、思わず俺は目を逸らしてしまった。束から目を逸らせば、今度は凄惨でエグい現場写真と目が合ってしまいげんなりする。

「でも、これ本当何の意味があるんだろうな」

「うーん、捜査線上で今のところ有力視されてるのは〝見立て殺人〟の線かな」

「お、それなら知ってるぞ」

「え？　本当？」

「この間嗄井戸と『セブン』を観たからな」

「あ、なるほど」

『セブン』というのはこの間嗄井戸に薦められて観たサスペンス映画のことだ。カトリック教会における七つの大罪――傲慢・憤怒《ふんぬ》・嫉妬・怠惰・強欲・暴食・色欲、に擬《なぞら》えた猟奇殺人が起こり、それを追う刑事が主役に据えられている。例えば、脅迫された巨漢の男が、無理矢理食事を強制され、内臓破裂を起こして殺された第一の殺人では「GLUTTONY（暴食）」の文字が現場に残されているなど、事件と罪の内容がリンクしている。

このように、何かに見立てて犯人が死体や現場を好き勝手に飾り立てたり細工したりすることを見立て殺人と呼ぶらしい。例えば、手鞠歌《てまりうた》通りに人を殺すとか、死体を有名な絵画と同じ格好にするだとか。どんな理由があるにせよ、誰かを殺すということ自体俺には理解の及ばない話だが、見立て殺人に関しては更に訳のわからない話だ。

話を『セブン』に戻そう。こうしてこなされていく見立て殺人の果てに迎える衝撃の結末については今でも語り草になっており、この映画が高く評価される一因ともなっている……。と、こういう口上は全て嗄井戸の受け売りなのだが、そういうわけで見立て殺人については予習済みなのだ。

「奈緒崎くんが映画で知識を蓄えてるのを見ると何だかこう、ぐっときちゃうな。高久くんみたい」

「俺は嗄井戸に付き合ってだらだら映画観てるだけなんだけどな」

「それがこうして役立ってるんだからオールオッケー」

「まああの映画通りにはいかないだろうけど……あ、」

「うん？　どうしたの？」

「なあ、これ、それこそ『見立て』なんじゃないのか？」

「……何の？」

「『セブン』……というか、七つの大罪だよ」

俺は最もわかりやすい三番目の事件の写真を指さす。九万七千円分の紙幣が足元に散らばっていた、彩元和夫の事件だ。

「これ、金だろ？　ってことは、これは『強欲』なんじゃないか？」

「お金だから？　うーん、それじゃあ脚の間に置かれた首は？」

束の疑問については上手く説明出来なかったので、俺は強引に仮説を話す。

「いいか、これが『セブン』の見立てだと思う理由は他にもある。四件目の鍋月いっきさんだ。口に指を詰め込まれてるのは『暴食』だろ？　これで『強欲』と『暴食』が揃う」

そうなったら、後も当てはまるものを逆説的に考えていけばいい。残るは『傲慢』『憤怒』『嫉妬』『怠惰』『色欲』だ。この中から罪を当てはめるとすれば、一番最初の水野こずえのケースは、凶器を持たされ無理矢理立たされた状態にされていたことから『憤怒』だろう。若干苦しくなってくるが、唯一二人がセットで殺された近藤夫妻は『色欲』で、ベッドに寝かされた小林順は『怠惰』か。

「な？　こうして並べたらそう思うだろ？」

「……うーん、苦しいっちゃ苦しいけど、言われてみたらそんな気がしてきたから不思議。確かにこの現場写真、何故かどれも既視感があったの。……『セブン』を擬えてるっていうなら、デジャヴを感じるのも無理はないかな」

「だろ？」

「ということは、残るは『傲慢』と『嫉妬』？　あと二件起こるってことなのかな」

「えーっと、まあそうかな」

「そこは言い切ってくれないんだね」

今回は俺でも正解に至れた気がするが、それでも終幕だの何だのを言って締めてしまうのは荷が重い。俺はやっぱり嗄井戸の友達で、日比谷に言わせれば助手さんで、謎解きには向かない人材なのである。

「今回の謎解きはほら……嗄井戸に相談出来なくさせた分の補塡《ほてん》みたいなもんだから」

「『セブン』の見立てね……。戸田がそんなに罪深いところには思えないけど。あとの二つもあの街でやるつもりなのかな」

束が戸田市の地図を広げる。察するに、地図につけられた五つの赤い丸は事件が起こった場所だろう。地味ながら平穏で住みやすい戸田が物騒な赤い丸に侵食されていくのは、あまり気持ちのいい光景じゃない。

「戸田かあ……行ったことはないけど、どんなところ？　何かオススメスポットはある？」

「あー、ことか」

事件の起きた現場を示す赤い丸で彩《いろど》られた地図に、黒く丸をつけてやる。

「へえ、ここ何？」

「俺の家」

「……参考になった。ありがとう」

「イコンハイツ一〇二号室な」

「詳しい」

「古いから俺以外にほぼ入居者いないし」

「あまつさえ住んじゃえと？」

住んでる街のことって意外と知らないもんだよな、と言って誤魔化しつつ地図を畳む。

「でも、考えてくれてありがとう。これで何か解決の糸口になるといいよね。だって、全然手がかりがないんだもん。これだけ事件が起こってるんだから、目撃情報の一つでもありそうなのに」

「確かにな」

「だって、これらの殺人事件は全部昼間から夕方にかけて起こってるんだよ？　遅くても夕飯時くらい。見つかりたくないなら普通そんな時間帯避けるんじゃない？　真夜中に押し入るとか……」

「犯人が夜勤で働いてるからだったりして」

「あはは、ナイスジョーク」

割合本気で言ったというのに、軽く流されてしまった。

「どんな可能性でも考えたいよね。解決の為に。ひいては犯人逮捕の為に」

「それも刑事のお兄ちゃんの為？　束が協力すれば出世とかに関係すんの？」

「そんな滅相もない！　私は猟奇犯罪を憂えてるだけだよ。腐っても纏まんなくても、正義の味方の束ちゃんだからね」

束はそう言って笑うと、すっくと立ち上がった。結局、束の真意はわからず仕舞いだ。

「帰るのか？」

「何？　自分の分はちゃんと払うよ。それとも束ちゃんに奢《おご》って欲しいのかな？」

「流石に女子高生に奢ってもらうようになったらおしまいだろ」

「それじゃあ逆に奢ってくれたりはするのかな？」

にっこりと束が微笑む。レトロな内装によく映える艶めく黒髪。

「…………まあ、そのくらいは……」

「やったー！　奈緒崎くんありがとう！　スペシャル嬉しい！」

してやられたという気分になったものの、それまで含めて計算である可能性もあるので、大人しく伝票を持った。銀塩荘を出たときより、ずっと気分が楽だったのは事実だ。

トロワ・シャンブルを出ると、もう既に辺りは暗くなり始めていた。それを受けて、何だか妙に寂しい気分になる。

「そろそろ高久くんも落ち着いたかな」

「嗄井戸のところ行くのか？」

「高久くんに今の推理の答え合わせしてもらわなくちゃいけないからね」

「あ、はい」

てっきり俺の解答で終わりだと思っていたのだけれど、徹頭徹尾完璧主義の矢端束は、本命にも意見を求めるようだ。

「奈緒崎くんはどうする？」

「あー……俺は……今日は帰るわ。悪いな」

「ううん。私の方からも言っておくから。大丈夫大丈夫。束ちゃんに任せておいて」

束はお姉ちゃん染みた口調でそう言うと、軽くウインクを決めてみせた。その仕草に、何だか途方もなく安心する。束は角を曲がるまでずっと手を振り続けてくれていた。

それこそ束の為にも思った。明日こそは嗄井戸に謝ろう。……明日こそは。

そう。このときの俺は、これから起こることを少しも知らなかったから、そんな暢気なことを考えていられたのだ。俺は自分の携帯の充電が切れていることに下北沢駅で気が付いたのだが、それを大したことだとは思わなかった。電車に乗り込み、席に着く。戸田駅までは乗り換えの手間もあり、一時間近くかかる。長い道のりだ。埼京《さいきょう》線に乗って三十分ほど経った頃、機能を果たさなくなった携帯に、一本の留守電が入っていた。相手は嗄井戸高久である。

もし俺の携帯が生きていて、この留守電さえ取れていたなら、一秒でもいいから聞けていたなら、俺はこの後あんなことに巻き込まれずに済んだだろう。

俺を救ってくれるかもしれなかった留守番電話の内容は、以下の通りである。

『奈緒崎くん？　ちょっと、奈緒崎くん電話に出て！　奈緒崎くん！　こんなときに何で出ないんだよ……！　いや、本当は僕の思い付きかもしれない、杞憂《きゆう》かもしれない。だけど、一つ、気になることがあるんだ。僕の予想では、犯人はすぐに警察に捕まる。大丈夫だ、全ては解決する。ただ、それまでここにいて欲しいんだ。全部説明するから、この留守電を聞いたらとりあえず連絡してくれ。束ちゃんに貰った情報の全て、それらを照らし合わせると、君が』

留守電はそこで終わっている。

玄関の鍵は閉めただろうか？　という不吉な疑問が脳内を満たし、電車の中ではそれしか考えられなかった。ただ奇妙な殺人事件が近所で起こっているだけだ。それに自分が巻き込まれるはずがない。俺は犯人のイカれた目的を看破した。嗄井戸だって気付くだろう。束もいる。それらを基《もと》に捜査を続けたら、犯人なんて絶対すぐに捕まるはずだ。殺人現場を見立てで飾るくだらない美意識と、哀れな自己顕示欲の起こした事件。犯人はさぞかし映画が好きなんだろう。だから、そういう演出過多な物語が大好きなのだ。

乗客が赤羽《あかばね》でどっと降り、戸田に近づくにつれ減っていく。怖がりな方じゃないはずなのに、どうしてだか胸がざわつく。俺は鍵を閉めただろうか？　鍵を閉めて嗄井戸の家まで来ただろうか？

まあ、今の俺が鍵より気にするべきは血糊で濡れた服の方だった。上着のボタンを全部留めて対応するも、若干首元が赤い。束が指摘してくれなかったから、電車に乗るまで全く気が付いていなかった。いざ外に出てこうして人の目に晒されると、なかなかどうして居心地が悪い。なるべく目立たないように寝たふりでもしていようかと思ったけれど、それだといよいよ死体みたいに見えるだろう。なんか着替えでも借りてくればよかった。

そんなことを考えながら、俺は戸田駅に降り立った。駅を降りたところにある大型スーパーでは各々がのんびりと買い物をしており、なんとも牧歌的な風景だ。奇妙で恐ろしい殺人事件が起こっても、街全体が大パニックということはない。巡回の警官の姿は確かに目立つものの、皆が各々普通に暮らしている。買い物帰りの主婦、現場から現場を渡り歩く作業着姿の男たち。足早に進むスーツの群れ。

俺の住むアパートは戸田駅から遠く、二十分ほど歩いたところにある。二階建て築三十年。アパートという区分は同じなのにもかかわらず、見た目も中身も嗄井戸の所とはまるで違う、簡素で質素な住まいである。

少し前までは、近くの工場で働く外国人労働者たちが一塊となってこのアパート内に住んでいたのだが、ある日を境に皆いなくなってしまった。国に帰ることになったのか、工場勤めに見切りをつけたのかはわからない。そんなわけで、今やお隣さんどころかご近所さんすらほぼいない。

こういう理由もあって、俺は嗄井戸の家に入り浸っているのかもしれない、と思う。周りに誰の生活の気配もしないというのはなかなか寂しい。実のところ、俺も人恋しい性質なのかもしれない。

俺の部屋は一階の角なので、ささやかな庭とそれに続くガラス戸がある。家の中に入る前に、一応ガラス戸の方を覗いてみたが、カーテンが引いてあるので中が見えない。……何となく嫌な気分だ。出かけるときに開けてくれればよかった。

大人しく玄関へと向かう。鍵は昔ながらのターンキーだ。一応、ピッキングの形跡はない。

緊張しながらとりあえずドアノブを回す。がちゃがちゃ、という耳障りな音がした。

──鍵はかかっていた。そのことに柄にもなく安心しながら、改めて鍵を入れ、ドアノブを回す。古びたドアがあっさりと開いた。

まったく、我ながらどれだけ怖がっていたのか。それが窺い知れる怯えようだった。

死んだふりをしたことで、気分まで死人に引き摺られているのかもしれない。暗い部屋の電気を点ける。ワンルームの狭い部屋には、人が隠れられるスペースなどあるはずもない。念の為、万年床も引っ繰り返しクローゼットもカーテンも開けたが、誰もいなかった。鍵は閉まっていたのだから、当然かもしれない。

この部屋には誰もいない。

やっぱり殺人現場なんて見るもんじゃないのだ。スナッフフィルムの話も聞くべきじゃなかった。そう思いながら、上着を放り、血糊で汚れた服も脱ごうと、洗面所へ向かう。

そして、戦慄した。

毎朝俺が自分の顔を写している鏡が、粉々に割れていた。割れた鏡は零れた雫《しずく》のように無数に洗面台に降り注ぎ、そこはさながら鋭利な欠片で作られたプールのようだった。

「な、何だよ、これ……」

俺はそこから動くことも出来ず、立ちすくむ。鏡が割れている。明らかに自然な現象じゃなく、割れている。部屋の鍵は閉まっていたはずだ。……けれど、もし部屋の鍵が開いていたとして、そして中に誰かが侵入していたとして、……内側からならいくらでも鍵くらい閉められるのだ。

俺の記憶はここで一旦途切れる。

最後に見たのは、バスルームから飛び出してくる人影と、その手に握られた無骨なバールだった。容赦なく、俺の頭にバールが振り下ろされる。誰かからこんなに不条理で無慈悲で悪意のある暴力を振るわれたのは初めてだった。

本物の暴力に耐性のない俺がそれで気を失うまで、数秒もかからなかった。

一体どのくらい気を失っていたんだろうか。

気が付くと俺は後ろ手に縛られて、床に転がされていた。顔と髪が血で濡れているのがわかる。頭が死ぬほど痛む。判然としない意識の中で、咄嗟に自分の置かれている状況を、擬えられているだろう罪について考えた。暴食・強欲・怠惰・色欲、残りは何だ？　俺は一体何になるんだ？

凄惨な現場写真のことを思い出すと、一気に取り乱しそうになってしまい、慌てて唇を噛んだ。あのふざけた美術館の中に自分が陳列されることを思うと、正直怖くてたまらない。けれど、ここで取り乱したらそれこそ助かる見込みがなくなってしまう。

そこでようやく、俺はこの部屋の訪問者に気が付いた。ゆっくりと視線を移す。悪夢といっても差し支《つか》えない状況なのに、目の前の背の低い男はどうやら現実らしい。まるでこの部屋の本当の主であるかのような顔をして、普段俺が座っているデスクチェアーに深く腰掛けている。男の傍らには、俺の部屋にはないはずの外国製の無骨なランプが置かれていた。ゆらゆらと小さな炎が揺れている。

オレンジ色の光に照らされた部屋は、妙に広かった。家具という家具が部屋の壁にぴったりと付けるように配置され、まるで取り囲まれているような感覚に陥る。家具で出来た輪の中心に転がされたのが俺だ。まるで、食われるのを待っている獲物みたいに。

男の外見は特筆するところもない、壮年の普通の男だ。そして、何の変哲もないスーツを着ている。無個性で清潔なそれは、住人たちがこの街の不穏さを嗅ぎ取っていたとしても見逃してしまう魔法のコスチュームだ。

男はしばらく俺のことを黙って見つめていた。落ち着いた様子だった。拘束された腕に寒気を覚えていると、やっと男が口を開いた。

「二〇一一年五月、シカゴの銀行が尼僧のマスクを着けた二人組の強盗に襲われた」

男は、ニュースでも読み上げるような口調で、淡々とそう言った。全く意図がわからなかった。何も言えないままの俺を置き去りにして、男が続ける。

「この強盗たちは見事な手口で犯行を重ね、ついには六十二回もの強盗を成功させ、日本円にして、計二千五百万円を強奪した。実に鮮やかな犯行だったんだよ。結局彼らは逮捕されてしまったが、その後、驚くべき事実が明らかになった」

そこで、男が穏やかな微笑みを浮かべた。薄暗い中で、ランプの明かりに照らしだされるには場違いすぎる笑みだ。さっきまでの無表情よりもずっとぞっとする。

「彼らは『ザ・タウン』という映画の熱烈なファンで、映画の通りに犯行を行ったと自白したんだよ。尼僧のマスクも犯行の流れも、電気系統の切り方から漂白剤を使った証拠の隠滅方法までね。凄いと思わないか？　たった一本の映画で得られた知識で六十二回もの犯罪を苦もなく成功させた」

「映画の模倣《もほう》……？　上手くいくのか……？」

「そう思うだろうな。だが、成功例なら、もうすぐ見せてあげられるかもしれない」

やっとの思いで吐き出した俺の言葉は、まったく噛み合わない返答に潰されてしまった。男は満足げに溜息を吐くと、今度こそはっきりと俺を見据えた。

「勝手に家に上がり込んでしまってすまない。さぞ驚いたことだろう。申し遅れたが、私は花村例司《はなむられいじ》という者だ。白状するが、洗面所の鏡を割ったのも私だ。君は多分、明日からどうやって歯を磨こうかと悩んでいることだろうね」

鏡を割ったことや、勝手に家に上がり込んだことよりずっとわかりやすい迷惑が目の前に転がっているというのに、男はそれには一言も触れない。腕に感じる拘束の感触は無視されながら、手前勝手な謝罪が続く。

「弁明すると、鏡を割ったのは、それが一番効果的だと知っているからだ。家に帰ってきて割れた鏡を目の当たりにするっていうのはとても怖いことだからね。恐怖する人間の無防備さについては、君も知ってる通りだと思うが」

仰《おっしゃ》る通り、俺は目の前の花村に完全に怯えていた。だって、わけのわからない人間って怖い。楽しそうに笑っているわけでもなく、こちらをわざと脅かしてくるわけでもない。花村は、まるで今日のタスクをこなすかのように淡々と俺を殴り、ここで語りかけてきている。

「弁償は……まあ、しなくていいだろう。どうせ歯を磨く機会ももうないだろうしな」

その言葉にぞっとした。薄々わかっていたことだが、目の前の男は俺を生かしておくつもりがない。

「話を戻そう。こうしてスーツや作業着を着ていれば街をうろついていても不審に思われないというのも映画から受け取った知識だ。街に溶け込むような恰好をしていれば、人間はどうあれ信用を寄越す……『アルゴ』を観ただろ？」

当然観たことなんかあるはずはないが、一応頷いておく。すると、花村の方も満足げに一つ頷いた。上手く切り抜けられたのだろうか。

「映画が何故現実を凌駕《りょうが》するのか。私は一つ自説を唱えていてね。言うなれば映画とは集合知だからだ。三人寄れば文殊《もんじゅ》の知恵という。ところで、映画というものは何百人もの人間が携わって一つの芸術を作り上げる。それに敵う人間なんてそういない。だから私は一本でも多くの映画を観て、その集合知に触れて、この狭い脳髄《のうずい》の中に一人……二人……三人と知を増やしていくんだ」

男が銃の形にした指を向けてくる。

「さあ、教えてくれ。君の脳には何人いる？」

花村が静かにそう告げる。

狂っている。口には出さなかったが、明確にそう思った。この男は俺にはわけのわからない独自の価値観で沢山の人を殺し、俺を見立ての一部にしようとしている。

会話が通じない男に相対することほど恐ろしいことはない。説得に応じない相手と向き合うことが、人間はとても苦手なのだ。虫を何だか恐ろしく思うのとよく似ている。その点、花村は巨大な昆虫に似ていた。

「まだ頭がぼんやりしているのか？　すまないね。そんなに出血するとは思わなかったんだ。今のところ、君をすぐに殺すつもりも、殴るつもりもないから、その点に関しては安心してくれ」

花村はさも心配そうにそう尋ねてくる。殴ってきた上でそんな質問をしてくるのは悪趣味なジョークとしか思えないが、こいつの方は本気だろう。

それは置いておいたとしても……どういうことだ？　少しだけ引っかかる。確かに気絶するほど強く殴られはしたが、意識が未だに朦朧としているというわけでもない。死ぬ感覚がどういうものだか味わったことがないからわからないが、さっきの打撲《だぼく》が原因で死ぬような感じでもない。

ややあって、思い至った。血糊だ。俺の姿をよく確認しないまま殴りつけたから、相手はシャツの血を頭部からの出血が原因だと思っているのだ。

まさか後頭部を一回殴られたくらいでここまで酷い出血をするはずがないだろう、と言ってやりたかったが、そもそも血糊をべたべたにつけた服で帰宅してくる人間を予想出来るはずがない。上着で隠れていたとはいえ、カフェやら道中やらで警察に捕まらなかったのが自分でも不思議なくらいだ。

加えて、俺のこれは唯一持っているアドバンテージでもある。

相手は俺のことを既に瀕死だと思い込んでいる。だから、もう攻撃を仕掛けてこようとはしない。何故だかはわからないが、花村には、半死半生状態の俺が必要だからだ。もし俺が抵抗出来るほど元気だと知られれば、今度こそこの男は俺を殺すだろう。

とりあえず時間を稼がなくちゃいけなかった。そして、逃げ出すチャンスを待つ。

携帯の充電は依然として切れているし、この部屋に固定電話はない。誰かに助けを呼ぶことも出来ない。両腕が拘束されているので、不意を狙う以外に戦って勝つ見込みがない。かといって殺されるのは死んでも嫌だった。時間を稼ぐしかない。それでどうなるとも思えないが、とりあえず時間を。

「こ、殺すのか、俺も……」

「そうなるな。だが少し準備が要る。だからこそ、君が起きるのを待ったんだ」

「準備って、どんな……」

そう言ってから、部屋の中に持ち込まれた異物に気が付く。花村の座っている椅子の傍らに、小振りなポリタンクが置かれていた。中身が水であるとは思えない。嫌な予感がした。

「君には知る必要のないことだ」

「そんなことない！　俺は何の役割なんだ⁉」

必死に絞り出した言葉に、花村が驚いたように目を細める。これだ。ここしかない。畳み掛けるように言葉を続ける。

「みっ、見立て！　見立て、で人を殺してるんなら、俺に割り振られてる役割もあるはずだろ？　せめて、それくらい教えてくれ！　俺も映画好きで……あんたの事件を独自に調べてたんだ！　そ、それで、これが見立て殺人であることに気付いて……」

出まかせを一気にまくし立てる。花村は恐らく、この見立てに誰かが気付いているとは思っていない。だからこそ、この男は俺の話に興味を持つはずだ。

俺はこの男ほど映画を観ていない。花村例司のおぞましい論理に則《のっと》れば、俺はどうしようもないくらい馬鹿で無知な男だってことになるだろう。

でも、俺の頭の中には嗄井戸高久がいる。集合知と呼ぶには乏し過ぎるかもしれないが、俺には銀塩荘で映画を一緒に観た時間がある。嗄井戸から聞いた又聞《またぎ》きの知識くらいならある。それでどれだけ引っ張れるかはわからないが、試してみる価値はあった。死んだらおしまいだってことは、映画を観ずとも知っている！

「君の脳髄にもそれなりに人数がいるようだな。……何故気付いた？」

「……事件現場の写真を、流してくれる知り合いがいるんだ。それで、四件目くらいから、気付いて、最初から見ていくと……」

「ほう。君のように質問にちゃんと答えてくれる人間はありがたいよ。映画の登場人物だってそうだろう？　ちゃんと喋ってくれないと困る。この間相手にした女の子は泣いて喚いて一向に会話が成立しなくてね。こうしたときに軽く出来る尋問方法をパッと思い浮かばなかったものだから、指の二、三本も切ったんだが、余計に泣いてしまった。子供を泣き止ませるときに、叩いても駄目だというのと同じだな」

そのシチュエーションには思い当たるものがあった。口に自らの指を詰め込まれていた被害者、鍋月いつきだ。彼女は花村に必死で抵抗し、泣き喚いたのだろう。その場面を想像するだけで嫌な気持ちになる。

「それで、君はこの事件をどう思う？」

「どうって……」

「十分なエンターテインメント性があると思うか？」

猟奇性だとか話題性とかなら十分だと思うが、エンターテインメント性なんて言葉が似合うとは思えなかった。嘘を吐いて適当に頷く。

「君もこの作品を観たいと思うか？」

「……ああ、思う」

とりあえず同調しておくに限るので、必死に頷いた。

「そうか。……なら、それでいい。君、好きな映画は？」

「や、やっぱり……『バック・トゥ・ザ・フューチャー』かな……王道だけど『ニュー・シネマ・パラダイス』もよかった。泣いたよ」

「本当に王道だな。しかし、その二作は、文句のつけようのない名作だ」

俺は心の中で嗄井戸に感謝しながら、慎重に言葉を紡《つむ》ぐ。ここで転がされているのが俺じゃなくて嗄井戸だったなら、もっともっとこいつのご機嫌を取れる回答が出来ただろうに。嗄井戸に関わり出してから、映画の知識に振り回されることが多すぎる。

普通に考えて「もう少し映画を観ておくべきだった」と後悔するようなシチュエーションは、そう何回もないはずだ。

後悔といえば何よりアレだ。こんなことなら嗄井戸の家に泊まってでもいればよかったんだ。俺だって家に殺人犯が潜んでいると知っていたら戸田になんか帰らず、大人しく下北沢にいただろうに。

しかしまあ、俺が帰宅を急いだのは、嗄井戸を怒らせたからで、その原因を辿《たど》れば俺の自業自得だ。何もかもが裏目に出ている。嗄井戸は俺がこうなっていることも知らず、あのソファーで暢気に映画でも観ているだろう。クソ、本当に代わりたい。

「トルナトーレ作品を挙げるセンスは素晴らしいと思うよ。観たのは『ニュー・シネマ・パラダイス』だけか？　確かにそれもいいが、私はやはり……」

「そっ、その監督なら、『マレーナ』も好きだ！　あの、映像が綺麗で……」

「ああ、そうだな。私はそちらの方が好みだ」

花村が少しだけ表情を緩める。しめた、という気分で言葉を続けた。

「あの監督の撮る映像を観てると、光の感じが凄く綺麗なんだよな、こう、陰影のつけ方が……だから、マレーナの思い出を、……主人公と一緒にリアルに追体験出来て……」

「追憶の描写において、トルナトーレに敵うものはない。落ちていくマレーナを掬い上げたいと空想するレナートを、理解せずにはいられない」

「それが単なる憧れよりずっと根深いものだということは、観客が同じような想いを映画を通してマレーナに抱くことでより一層痛感させられる。マレーナはレナートにとっての世界の全てであるが、この映画に向き合う人間の世界の全てでもあるからだ！」

「確かにその通りだ」

「お、俺、あの映画を観るとなんだかまるで揺り籠《かご》に揺られているかのような気分になるんだよ！　何とも言えない心地よさに包まれて、夢の中に誘《いざな》われているような気分になる……」

「なるほど、詩人だな」

「そのくらい、映画が好きなんだ！」

言い終わって軽く息を吐く。一回一回、花村の顔色を窺う。ややあって、花村が口を開いた。

「趣味が合うようだね」

「それはもう……本当に」

俺は縛られたまま、こわばった顔でとりあえず笑った。心の中で呟く。——以上、嗄井戸高久による『マレーナ』語りの引用を終わります！　俺がさっき花村に語ったことは、全部嗄井戸の台詞そのままなのだ。

　嗄井戸の家で『マレーナ』を観たときはうっかり眠ってしまったが、俺はその後、嗄井戸が意気揚々と語るその映画についての概要をちゃんと聞いていたのだ。死にものぐるいである所為か、嗄井戸の言葉がすらすらと思い出せた。若干走馬灯に似ているのが恐ろしい。観ていない映画をそれらしく語ることの罪深さについては察するに余りあるが、背に腹は代えられなかった。

「ほ、他にもチャップリンの『独裁者』とか、あとはモキュメンタリー形式の映画なんかも好きで、色々観てるんだ！　今の俺たちの状況もモキュメンタリーみたいだよな！　こう、リアリティーがあって……」

「……これが映画化されたとしたらそれはモキュメンタリーじゃなく一般的なドキュメンタリーだと思うが」

「いや、そうだよな！　言葉の綾《あや》だ！　これはきっと、今までの物とは一線を画した素晴らしいドキュメンタリー作品になると思う！　それこそ、あれだ……『グラン・ブルー』みたいに……歴史に残る名作に……」

　嗄井戸のことを思い出しながら、映画のタイトルを引っ張り出していく。結局俺は、まだ『グラン・ブルー』すら観損ねているのだ。

『グラン・ブルー』の名前を聞いてから、しばらくの間花村は黙り込んでいた。嗄井戸が気に入っている、ということは、これもかなりの名作なのだろう。何か思うところがあったのかもしれない。ややあって、ようやく花村が口を開いた。

「映画が好きなんだな？」

「そうだ」

嗄井戸の言葉を一から百まで借りながら、いけしゃあしゃあとそう答える。

「若いのに感心なことだな」

時間稼ぎのつもりで言った言葉だというのに、花村は思いがけず嬉しそうな顔をしていた。同じ映画好きには、多少なりとも心を開くらしい。このまま見逃してもらえないだろうか、と甘いことを思う。

「私が映画に目覚めたのは君よりもう少し歳を重ねてからだ。私は普段、訪問販売の仕事をしているんだが……自他共に認めるほど才能がなくてね。訪問先で不興を買い、玄関先で叱られることも多々あった。あの日もそうだった。何が気に食わなかったのか、私を怒鳴りつける相手の声を聞いていた。どうしてこうなってしまったのかも、これからどうすればいいのかもわからず、このまま無為な生活を続けるならいっそ……と馬鹿で陳腐なことを考えたりもした。しかし、私はこうして生きている。あのときふと、玄関先からリビングの奥で、テレビが煌々《こうこう》と点いているのが見えたんだ」

「………」

「テレビでは、とある映画がやっていた。クライマックスだと一目でわかる場面だった。何せ、画面では火がごうごうと燃え盛り、一人の冴えない男が途方に暮れたような顔をしているんだからね。その男が、傍らに立つ巨漢の男に尋ねる。『でもどうして僕なんだ？』ってね」

不思議な巡り合わせというものは存在する。たった一本の映画が人を変えることも、そりゃあるだろう。

「結局その日、その答えはわからず仕舞いだった。次の瞬間には、客から『話を聞いているのか？』ってまた叱られてしまってね。再びテレビに目をやったときにはもうエンドロールが流れていた。私は妙なことを考えるのをやめて、その日もちゃんと仕事を終えた。あの映画のことが頭から離れなくて、帰りにレンタルＤＶＤショップに寄った。そして、棚に並んだ映画を片っ端から借りて、あの映画を探し始めたんだ。毎日毎日」

「……見つかったのか」

「時間はかかったが、ちゃんと見つかったよ。君にはもうある程度の察しがついているだろうがね」

察しなんかついているはずもないが、訳知り顔で微笑んでおいた。

「見つかった後も、私は映画を観続けた。目的と手段が入れ替わり、私は映画を観ること自体を楽しむようになった。改めて映画に向き合えば、その途方のなさに驚いたよ。生きている間にどれだけ観られるかわからない。恐らく全ての映画を観ることは不可能だろう。それでも私は、今までに生まれた数多《あまた》の映画を、これから生まれる数多の映画を、観守り続けたいと思ったんだ」

映画のことに疎い俺でもわかる、個人的だけれど壮大な夢だった。図書館に初めて行ったとき、こんな大量の本は一生かけても読み切れないだろうと漠然と考えたことを思い出す。

それは確かに、生きる理由になるのかもしれない。

「あの日から私の人生は大きく変わったんだ。映画はたまにそういう奇跡を起こす」

そして、巡り巡ったご縁が、今俺を拘束しているのだから笑えない。

「私はここに立てていることも奇跡だと考えている。映画が与えた素晴らしい巡り合わせだ」

「ああ、確かに、俺もそういう巡り合わせみたいなものを感じることがある、確かに」

「そうだろう？」

「な、なあ、頼むよ……、見逃してくれないか？　さっきも言った通り、俺はあんたと同じ映画好きなんだ……不憫《ふびん》だと思わないか、俺がここで殺されるなんて」

最初よりも明らかに態度は軟化している。縋《すが》るなら今しかないと声を張り上げた。

「巡り合わせというものはいつだって意地の悪いものだ。君のように映画に造詣《ぞうけい》の深い若者を殺すのは忍びないが、仕方ないんだ。丁度今、事業を拡大させているところなんだ、と命乞いをしてきた男もいたな。今死にたくない、金ならいくらでも払う、と財布の中の札をバラ撒いてみせた。でも、私は金なんかに興味はない」

「お、お願いだ！　何でもする！　助けてくれるなら、共犯になってもいい！　教えてくれ、どうしてこんなことをしているんだ？　俺なら力になれるかもしれない、だから……」

「こんなこと、とは？」

「全部だよ！　どうして、こんな、『セブン』に擬えて、人殺しなんて……」

「…………」

花村の顔が一瞬だけ曇る。聞こえなかったのかと思って、もう一度言った。

「『セブン』の見立てを実際に……」

「なるほどな」

何かをミスした気がした。背筋が凍る。けれど、一体何をミスったのかがわからなかった。一体何がいけなかったんだ？

「はあ、なるほど。そうか。そういうことか。なるほどな。『セブン』ね。そう見えていたのか……なるほど。確かにあれは良い映画だ。見立て殺人を題材にした映画の中でも、他の追随を赦さない名作だと思うよ。……なるほどね」

花村がくつくつと低く笑う。今までよりもずっと和やかな笑顔だ。こうしてみると、やはり花村は猟奇殺人犯じゃなく、気のいい男にしか見えなかった。

ただ、花村の言い放った言葉が、否応なしに引っかかる。そう見えていたのか、という言葉は、紛れもない不正解のサインだ。まずい、と思った瞬間、ふっと花村の笑顔が消える。

「素晴らしい映画だ。だが、問題がある。これはデヴィッド・フィンチャーの作品じゃない。私の作品だ！」

これまで感情を見せなかった花村が、急に声を荒らげ、テーブルを叩いた。威嚇《いかく》するように何度も、何度も、何度も、拳《こぶし》を叩きつける音が響く。

「そうじゃないだろう！　なあ！　どうしてそんな風に思われなくちゃならないいん

だ！　私が！　そこまで！　模倣していたとでも⁉　違うだろう！　どうしてわからないんだ！」

辺りに静けさが戻ったとき、花村は泣いていた。まるでそこだけ音声が切り取られたように、流れ落ちる涙だけが光を反射する。

「な……」

「悲しいよ。私はさっきまでの君に未来の観客を見ていたんだ。同じように、私の作品に喝采を送るだろう相手を。映画は永遠に生き続ける。君が、それを証明してくれると思ったのに……」

「お、俺は……」

「うん？　何だ？」

「いや、ち、違うんだ、これは……」

「呂律《ろれつ》が回っていないようだが、どうした？　……さっきまでとはまるで別人じゃないか」

凍《い》てつくような声だった。上手い弁解の言葉が少しも思いつかず、冷や汗だけが背中を流れる。

ここでようやく、恐ろしいミスに気付いた。嗄井戸の代わりに披露した推理の致命的な間違いに気付く。詰め込まれた指に散らばった現金。……後から意味を付けるのは簡単だ。俺はその結論ありきで考えていたのだから。それが拷問と嘆願の結果だなんて考えもしなかったのだ。

「わかったよ。君じゃないんだな。君はそう映画に詳しいわけじゃない。……友人に、誰か映画マニアでもいるんじゃないか？　そうだろう？」

裏に透ける嗄井戸の存在を言い当てられて、言葉に詰まる。もう花村の興味を引けるカードは残っていなかった。それどころか、花村の心証は最悪に近いだろう。このままだと、殺される。

「……ところで、私は、逃げるシルエットをどう表現しようか悩んでいたんだ。死体じゃ躍動感がない。だから、君には少々苦しいだろうが、大役を任せることにする。下半身に火が点いたら死にかけでも走るだろう？　すぐに倒れて動かなくなっちゃうのは惜しいから、なるべく長く生きていてくれるといいんだが」

言いながら、花村がポリタンクに手を掛けようとする。

「や、やめろ！　しょ、……正気か……？　一体何の目的で！」

「見立てを完成させることが私の目的だ」

「そんな、そんな自己満足の為に、こんな」

「いいや、この行為にはちゃんとした意味がある。何しろ、この事件はとても派手だろう？」

そう話す花村は、さっきとはうって変わって冷静だった。

「私は計画を全て終えたら、全てを公表するつもりだ。マスコミから警察に至るまで、全て。全てだ。この見立ての意味も、私がやってきたことも全て。警察はこの事件の詳細を公開していない。だから、これがいかに派手でドラマティックな殺人か、公表するんだ」

「は……？」

全く予想だにしない展開だった。呆気に取られている俺に、花村が続ける。

「何故だかわかるか？」

わかるはずがなかった。わかりたくもない話だ。

「『悪魔《あくま》のいけにえ』『俺《おれ》たちに明日《あす》はない』……それに『ゾディアック』も忘れちゃいけない。これらの映画は全て、実話が基になっている。決して映画には及ぶべくもない現実が、ある一線を越えたとき、映画に手を差し伸べてもらえる場合がある」

「……まさか」

「事件が派手であれば派手であるほど、映画になりやすい。観客は鮮やかで劇的なものを好む。私の事件を題材に映画を撮る人間は、きっと出てくる。完成されたそれを観て、私の意思を継ぐ人間は必ず出る。知は連鎖する」

おぞましい論理だった。少しも認めたくない話だ。

映画に影響されて罪を犯す、花村のようなクソ野郎がいる。悲しいことに、俺の知らないところでそういう事件は起きているらしい。一方で、この男はそれより先すら見据えている。このやけに派手で大仰な事件が話題になり、自分がこよなく愛した映画という媒体になることすら見越している。そして、それを観た誰かが、同じようなことをやらかすことまで期待している。ふざけるな、と思った。あまりによく出来た映画に影響されて、馬鹿なことをやる人間はいるだろう。それはもうどうしようもない。映画に罪はない。だが、この男の計画ではそうじゃない。花村は、自分の悪意を、自分では悪意とすら思っていないくだらないエゴを、映画を利用して伝染させようとしている。

そんな風に映画を扱っていいはずがなかった。俺は確かに映画について殆ど知らないかもしれない。往年の名作も近年の話題作も、等しく知らずに生きてきた。でも、はっきりと言える。俺も映画が好きなのだ。嗄井戸と仲良くなるきっかけになった、映画が好きだ。

その映画を利用するような計画に組み込まれたくなんかなかった。縛られた腕が酷く痛む。敵うはずがないのに、抵抗してやりたくなった。嗄井戸だってきっと怒るだろう。あの男は、何よりも映画が好きなのだ。

なのに何も出来ない。この部屋で、俺は吐き気がするほど無力だった。

「それじゃあ私はそろそろ作業に入ろうと思うが、一つだけ聞いておきたいことがある」

「……聞いておきたいこと？」

「さっきも言ったが、君には映画好きの友人がいるんじゃないか？　君に映画の知識を授けた人間だよ。その人間の居場所を教えてくれないか？」

「…………」

「今にして思えば、君の言葉はまるで誰かのものをそのままなぞっているような感じだったからな。いるんだろう？　私にはこれを、完璧な状態で公表する義務がある。それを邪魔されるのは困るんだ。可能性は少しでも潰しておきたい。君に現場写真を回した人間もいるんだろう？　……同一人物なんじゃないか？」

血の気が引いた。この男は、嗄井戸の家にも行くつもりなのだ。可能性は少しでも潰す。俺がここで銀塩荘の場所を明かせば、花村はきっと同じように嗄井戸も殺すだろう。

「あ、あいつは、何も気付いてない……！　本当だ、絶対に知らない！」

「信用出来ないな。君が麗しい友情で以てその誰かを庇っている可能性があるものでね。……先程も言ったが、質問にはなるべく正直に、迅速に、答えてもらいたい」

そう言いながら、花村がスーツのポケットに手を差し入れた。そこから、するりと大振りのニッパーが出てくる。どんなに察しが悪い人間でも、それが意味することは明らかだった。

「代案を考えてこなかったから、変わり映えのしない方法を取らせてもらうことになる。十本ある内に気が変わってくれるといいんだが」

ここで嗄井戸のことを教えたら、拷問だけは免れるかもしれない。たった一言でも口にすれば、銀塩荘の存在を口にしたなら、生きたまま指を切られていくなんてことにはならないかもしれない。

ニッパーは大きくて頑丈で、俺の指なんか簡単に吹き飛ばせそうに見えた。鍋月いつきの指と同じように。

怖い。逃げ出したい。何を差し出しても構わないから、赦してくれと叫びたい。痛い目になんか少しも遭わされたくない。舌が震える。もう少しで、言ってはいけない言葉を言いそうになる。

でも、それだけは出来なかった。今際《いまわ》の際の最後の意地が、血塗れの身体で食い下がる。

「……ふざけんな、誰が言うかこのクソ野郎。お前の計画なんか、成功するわけねぇだろ」

「……」

「断言してやるよ。お前のやったことなんて、半年後には誰も覚えてない。お前の計画は失敗して、誰の目にも触れない……映画になるなんて以ての外だ。……こんなの所詮、駄作だからな」

花村は何も言わなかった。何も言わず、すっと立ち上がり、こちらの方へ歩み寄ってくる。手の中のニッパーに対して、俺がどれだけ虚勢を張っていられるか試すつもりなのだろう。

でも、恐怖は最初のときより薄れていた。予想だにしなかった恐怖の方が、予告された恐怖よりもずっと強い。

花村がゆっくりと屈《かが》み、縛られたままの俺の腕に手を伸ばそうとする。距離は今までで一番近い。

そうして丁度、花村の顎が俺の頭上に来た瞬間、俺は腹筋だけで勢いよく上体を起こし、渾身の頭突きを喰《く》らわせた。衝撃が後頭部に伝わり、鈍い痛みがやってくる。でも、俺以上に、花村の方が効いたはずだ。ものの見事に頭突きを喰らった花村が、ぐらぐらと揺れて一瞬バランスを崩す。舌でも嚙んだのか、軽い呻き声が聞こえた。

「ざまあみろ、このクソバカ」

これで気絶でもしてくれたら、という甘い期待を持ちながら、どうにか立ち上がろうともがく。予想だにしない攻撃は、花村の計算を狂わせたはずだ。焦らずどうにか片膝を立てる。立ち上がれたら、逃げられる。

その瞬間、立ち直った花村が俺の腹を蹴り上げてきた。相当な力が腹にかかり、尋常じゃない眩暈《めまい》がする。立ち上がりかけた俺の身体はもう一度床に転がされ、不様な姿勢に引き戻された。これが、最後のチャンスだったのに。

「もう結構だ」

口を拭いながら、花村が、ポリタンクの蓋《ふた》を開ける。そのまま中身をばちゃばちゃと、俺の住んでいる家に、家具にぶちまけていく。臭いはまごうことなき灯油だった。嫌な臭いだった。絶望の臭いだ。

「次は君だ」

花村が低く告げる。舌の先から爪の先まで一様に震えた。死ぬのか。俺は。こんな異常者の計画に巻き込まれて。死ぬんだ。こんな馬鹿げた話に巻き込まれて。死ぬのか。死ぬんだ。嫌だ、死にたくなんかなかった。

悲鳴の代わりに出てきたのは、情けなく漏れる息の音だけだった。ホラー映画のように上手くいかない。きっと、叫び声をあげることすら才能が必要なのだろう。目を閉じる。そのときだった。

外から妙な音がした。

現実世界ではおよそ馴染みのない、妙な音だった。それでいて、俺はその音の正体を知っている。勿論、普段の生活じゃない。俺はその音を、映画の中で聞いたのだ。嗄井戸と一緒に観た、あの『バック・トゥ・ザ・フューチャー2』の中で。

その音を掻き消すように、ガシャアアアアン、という長く大きく派手な音がした。その後、細かくキン、キンとガラスが散る細かい音がする。そうした豪華な演出と共に部屋に入ってきたのは、人じゃなかった。銀色の板が、蒸気のようなものをあげている。

嗄井戸の部屋に飾ってあったホバーボードだ。

「警察だ！！！　大人しく手をあげろ!!」

中に入ってくる聞き慣れた男の声に、花村が一瞬気を取られる。その隙を俺は逃さなかった。俺の後ろに視線を動かした男に、身体全体で突っ込んでいく。動揺を極めた男は体格の差もあって、あっさりと灯油塗れの床に転げた。

「奈緒崎くん！　踏めえええええええええ！」

後ろから聞こえる嗄井戸の声に応えて、転げた男の胸板を思いっ切り踏み抜く。さっきのお礼だと言わんばかりに何回か踏みつけると、男はひぎい！　と派手な悲鳴をあげた。やられてばかりじゃいられないと言わんばかりに俺の方に伸ばされた手は、嗄井戸の攻撃に打ち据えられた。嗄井戸は俺の方には目もくれず、男のことを、手近にあった椅子で何度も何度も打った。それはもう、見ていて戦くくらい凄惨に、激しく。その姿には見覚えがあった。何せ別れたのは、ほんの数時間前のことだ。それなのに、その姿は随分懐かしく見えた。

そこでようやく思い至った。どうして嗄井戸が包丁を持ち出してきていたのか。アイツはアイツなりに考えていたのだ。予想していた。最善を考えていた。通り魔に刺された俺のもとへ向かうときに、戦う為に武器が必要だと思ったに違いない。

語り口が淡泊なのは、どう消化していいかわからないからだ。感情的に語れるだけの余裕が、まだないからだ。この男は、今でも後悔している。

　嗄井戸は助けられなかった姉の代わりに、俺を助けようとしていたんじゃないか。

「この、クソ！　ふざけんな！　ふざけんな！　最低な展開だ！　最悪な結末だ！　何が見立て殺人だ！　これが映画なら低評価待ったなしだぞ、このファッキンエンターテイナー！」

「嗄井戸、その辺で……！」

　このままだと本当に犯人を殺してしまいそうだったので、慌てて止める。嗄井戸はそのままべたりと床に尻餅《しりもち》をついて、荒い息を吐いている。灯油がどんどん、嗄井戸の服に染み込んでいくのがわかった。

「心配しなくても、手足しか狙ってない。わかるでしょ、ゾンビ映画とか、ほら、やったと思ったらやってないとかあるし。『スクリーム』とかもそうだし、『ラスト・サマー』とかも……だから、手足だけは、折っとかないと……」

「わかった、わかったから……」

「本当にもう、クソみたいな展開だよ。僕は、こういうの慣れてないんだから、僕は、こういうの駄目なんだから。クソ、なんでこんな役回りなんだ」

　そう愚痴《ぐち》る嗄井戸の目には涙が浮かんでいた。それが極度の緊張と興奮によるものなのか、それとも外に出たストレスからくる症状なのかはわからなかった。

「遠い！」

「は？　えっと……」

「遠すぎるんだよ！　戸田！　遠すぎるだろ！　君よくぞ下北沢まで遥々通ってたね！」

「いや、お前だって電車乗って……ここまで……」

「タクシー乗ってきたよ！　遠路遥々ね！」

そうだ。嗄井戸はここまで、戸田までやってきたのだ。あんなに無理だと言っていたのに、家から数十メートルのところでさえ駄目だったのに、ここまでやってきたのだ。まともに外に出ているところすら想像の出来ない男が、電車でも一時間かかる距離を。

どれだけストレスを感じたことだろう。外に出ただけで吐くような男が、今ここにいることの奇跡。正直な話、この場所で起こっているどんな出来事よりも、このことが俺にとっては酷く尊く、恐ろしく、ドラマチックな出来事だった。息が出来なくなりそうなくらいだった。

「……何でわかった、俺が、こんなことになってるの」

「僕さあ、電話したんだよ。束ちゃんが来て、例の写真を見て、真相がわかったから。

なのに、奈緒崎くんが出なかったんじゃないか！　最初からここは計画に含まれていたんだ」

「おい、それどういうことだ？」

「ねえ今それ説明しなきゃ駄目？　とにかく、来てよかったでしょ」

「ホバーボード乗って？」

「これしかなかったんだ！　こういうことになるかと思って、窓でもぶち破れるものをって思ったんだけど……自転車じゃ無理だしバイクはないし、車も当然持ってないし。本当は僕だって、『グリーン・ホーネット』みたいにブラック・ビューティーで突っ込んできたかったさ！　あんな武装車だったらこのクソアパートごと破壊出来ただろうにね！」

　嗄井戸がそう吐き捨てる。わざわざホバーボードに乗って、安アパートの薄い窓を割って来てくれたのだから、俺はそんな格好良い登場じゃなくても構わなかった。涙目の嗄井戸に合わせて、自分まで泣きそうだった。そんなキャラでもない癖に、大声で泣きたかった。

「嗄井戸、お前、大丈夫なの？」

「何が。どれが」

「気分とか……」

「正直、今にも吐きそう。来るまでに既に二回吐いてるんだけどね。タクシー一々停めてさ」

「えっ、ちょっ、ここで吐くなよ！　人ん家《ち》だぞ！」

「もう散々灯油塗れなんだからいいじゃないか！」

「それとこれとは話が違うだろ！」

「別に違わないって」

改めて灯油塗れの部屋を見回し、げんなりした気分になる。これはハウスクリーニングでも頼んだらリカバリー出来るレベルの話なんだろうか？　辺り一帯が灯油を被ってキラキラ艶めいている。

「これどうしよう……敷金絶対返ってこないだろうな」

「ちゃんと片したらギリ大丈夫じゃない？　ほら、家具とか全部捨てて……ソファーとか椅子とかテーブルとか」

「ほぼ全部じゃねえか！」

「まあ命が助かったんだから安いものだよ。大家さんには上手いこと言い訳するといい。床からいきなり石油が湧いてきました、とか」

「お前は俺のアパートの大家さんを舐《な》めすぎじゃない？」

「ともあれ、これで一件落着だよ。終幕だ。駄――」

そこで不意に嗄井戸が言葉を切った。いよいよ吐くのか？　と思ったら、嗄井戸は蒼白な顔をして、慌てて俺の腕を拘束している何か――感触的に恐らく延長コード、を外し始めてきた。それなのに、手が震えている所為で、上手く外せない。嗄井戸の荒い呼吸音が耳を打つ。

「何してんだ？　いきなり何……」

「早く手引っこ抜いてくれ！　それで、僕の手引いて窓から出て！　はやく！」

「なんなんだよ急に……」

「腰が抜けて立てないんだよ！　さっさとしろ！」

自由になった手で、勢いよく嗄井戸の腕を引く。生まれたての鹿《しか》のように覚束《おぼつか》ない足取りの癖に、嗄井戸は「はやく、はやく」と繰り返した。

「どうしたってんだよ」

「今にわかるよ」

「どれが、何が」

「あの男の手、少し動いてた、んで、その手にあったんだよ」

「……あった？」

「ライター」

窓から転がり出たのと、背後で勢いよく燃え上がる炎の熱を感じたのは同時だった。一気に引火した炎の熱量というのは、これほどまでに激しいものなのかと思いながら、俺と嗄井戸が外へと投げ出される。

「う、うわああああ、うわあああ、俺の家が……！」

「あ、危ないとこだった……いや、火は怖いって……！　バックドラフト……！」

嗄井戸は安心したようにそう呟いたが、俺は全く穏やかじゃなかった。何せ目の前で燃えているのは、賃貸とはいえ自宅である。俺の家。炎に揉まれていく俺のワンルームが、物凄く悲愴《ひそう》に見えて呻き声が漏れた。

「何でこんなことするんだよぉ……」

「……一か八か、僕と奈緒崎くんを殺して、当初の目的を果たす為だろうね。無駄死にじゃないんだよ、あの男の中では」

花村の言っていたことを思い出す。あの男の中では、見立てこそが全てなのだ。好き勝手に踏み荒らされるよりは死んだ方がいい。……全く理解出来ない考えだが、そ低い。

の狂気に直《じか》に触れた俺には、あの男の本気さがわかる。火事に釣られて野次馬がどんどん集まってくる。威圧感の分だと消防車もすぐにやってくることだろう。古びたアパートにしてはあまり燃え広がっておらず、全焼ということにもならないかもしれない。ただ、俺の部屋がリカバリーする確率は限りなく低い。

「……にしてもどうして俺だったんだ？　お前言ったよな。元より俺の家は計画に含まれてるって」

俺は単なる普通の大学生だ。無差別に狙われるならまだしも、わざわざ目を付けられる謂《いわ》れはない。殺されたり、家を燃やされたりするような人間じゃないはずだ。

「ああ。奈緒崎くんも多分わかるよ。あの現場写真、見てて何かに気付かなかった？」

「何かって？　そりゃ『セブン』……は違うんだったな。じゃあ、何……」

「あの五枚の写真と似たような光景、奈緒崎くんはどこかで見たことあるんだよ。というか、大抵の人間は見たことがあると思う」

「はあ、何で……？」

と、否定の言葉を投げかけようとして、はたと思いとどまった。荒唐無稽《こうとうむけい》な話だが、何故だろう、確かにこの殺人現場には俺も見覚えがあった。『セブン』ではない。それ以外に、それよりももっと前に、これを見たような記憶があった。俺はミステリマニアでもなければ、殺人現場に慣れているわけでもない。それでも、何故か既視感があった。

「それじゃあ、種明かしをしようか」

そう言って、嗄井戸がスマートフォンを取り出す。何かを検索しているみたいだ。ややあって突きつけられた画面には、街を見下ろす全身タイツの男の立ち姿が映っている。凛《りん》と伸びた背中。その手には二本の……警棒が握られている。これに既視感を覚えないはずがなかった。

「何だこれ」

「かの名作映画『キックアス』のポスターだよ」

「これだけじゃないよ。こっちは『バイオハザードV：リトリビューション』のDVDパッケージの画像だ。一件目の殺人は吊るされて、手に包丁を持たされていただろ？　被害者が女性だったから、こっちの方がそれらしいか」

今度の画面には両手に銃を持った女の姿が映っていた。構図として見れば、この二つの画像はとてもよく似ていた。

「何だこれ、パクリか？」

「そんなわけないでしょ。だって、気付かない？　これは『インセプション』のポスター、これも高層ビル街で男の人が拳銃を手に背を向けて立ってるでしょ。これは映画のポスターやジャケットによく見られるパターンの一つなんだよ。『武器を手に持った人が佇む姿』。大体は後ろ姿が多いね」

言われてみれば、それらには全て既視感があった。ネットの広告やら、映画館の前を通りかかったときやら、一シーズンに一回はこういう構図のポスターを見ていた気がする。それが深層心理に刻み込まれていたのだろう。だから、既視感を覚えたのだ。

「こうして後ろ姿で写ってるときは、主人公が何かを背負ってる場合が多いんだ。だから、ヒーローもののアクションに多い。ポスターの構図には作品の概要をわかりやすく伝える効果があるんだ。そんな感じで全部見ていこうか。二件目。背中合わせでぐるぐる巻きにされていた夫婦。これは複合型だね。ちょっと待ってて」

今度嗄井戸が見せてきたのは、さっきとはうって変わった雰囲気の画像だった。ピンク色が大変眩しい。

「これは『プリティ・ウーマン』。一件目と同じように背中合わせの男女だよね。『フォー・クリスマス』なんかもこのパターン。これは見てわかる通りラブストーリーに多い図柄で、二人の親密さを表してる。ラブストーリーってわけじゃないけど、邦画では『思い出のマーニー』なんかがそうかな。あれも二人の関係を基軸にした映画だ。そして、猟奇的で話題になった三件目だけど……」

見せてきたのは、赤いロングブーツを履いた二本の脚がデーンと派手に写った大胆な構図の画像だった。ここまでくると、俺にもパターンが読めてくる。三件目、自分の生首を脚の間に配置された男。

「この映画の名前は『キンキーブーツ』。赤い靴を履いた二本の脚の間に、人が配置されてるだろ？ドラァグクイーンがテーマの映画だから、三件目の男が化粧をされていたのもわかる。クローネンバーグ監督の『クラッシュ』もそうだね。こうして、脚のアップがメインに据えられて、余白にタイトルや他の登場人物が配置されるパターンは、受ける印象から既にわかるだろうけど、セクシーさを売りにしたり、ヒロインに振り回されるようなものが多い。さて、どんどんいくよ」

嗄井戸が何かのプレゼンのように次々例を挙げて行ってくれるお蔭で、一体この殺人現場が何を表しているのか、犯人の芸術が一体何なのか、どうして俺でさえこの殺人現場に見覚えがあったのかがわかり始めてきた。つまりは、そういうことなのだ。

「四件目、顔に視力検査表を被され、口の中に指が詰め込まれていた事件。これはアップの顔の上に文字を配置するパターンだろうね。主役であるジェシー・アイゼンバーグの顔に、キャッチコピーがつらつらと書かれた『ソーシャル・ネットワーク』のポスターが有名だ。これは相当なインパクトがあって、日本でもあちこちでパロディ画像が作られたんだよ。

そして、プラスチックケースに眼球を入れられていた、最新五件目の事件のモチーフは目。見つめる眼。このポスターが一番有名かな？　美しい碧眼《へきがん》が一つ、しっかりとこっちを見つめていて、その下に大きくタイトルが書かれている。『レクイエム・フォー・ドリーム』だ。この映画では眼が重要な役割を果たすんだ。コマ送りで瞳孔《どうこう》が開く場面が効果的な演出として使われていて、それがなんとも怖いんだよ。他には白を基調として目のアップを配したもの。『ブラインドネス』なんかもそうかな。流石にこのパターンは表現が難しかったか……。これは、強いメッセージ性を持った映画によく用いられる。この二つを観たら、僕の言ってる」

「つまりこれは……」

「うん、その通り。映画のポスターデザインによく使われるパターンを模した見立て殺人なんだよ。このありがちなパターンの分析に関しては、とあるフランス人ライターがネットで纏め、発表してから有名になったり、揶揄されたりしたね」

「はあ……なるほどな」

裏にはこういう意図があった。だからこそ、花村はこれにこだわっていたのだろう。誰でも一度は見たことがある光景に擬えられた猟奇殺人事件。これが広く公開されたら、きっと多くの人が興味を持つだろう。脳の奥に刷り込まれた既視感が、強烈な好奇心を呼び起こすに違いない。

「初めから奈緒崎くんの家は計画に含まれていたって言ったでしょ？　いい？　奈緒崎くんの住むこの地域を中心として、一件目の家が北西にある。その家と対《つい》になる距離、北東に二件目の被害者の家がある。そして南西に三件目、その家から見て東南、丁度ここからは真南のところにあるのが四件目の家。そして、ここから東南、三件目の家と対になる距離にあるのが五件目の家。そして、これら全ての家の位置をこうして地図で見ると……」

言いながら、嗄井戸がポケットに入れていた地図を広げる。一件目の家と二件目の家を示す点は大きく、そして、三件目の家と四件目の家、五件目の家はそれぞれが線で繋がれていた。その中心にあるのが、……俺の家。遠目で見るともっとよくわかる。目が二つ。にっこりと笑った口元。そして、鼻。

「映画のポスターデザインによく見られるパターンの一つ、『遠目で見ると顔に見えるパターン』の見立てだ。……君が巻き込まれそうになった事件だからわざわざ言いたくはないけど、これは木と校舎を遠目から映したら骸骨《がいこつ》の形になっているっていう『ファイナルデッドスクール』とか、無数の顔をコラージュして絶叫する人間の顔を表現している『13ゴースト』とか、ホラー映画に多いんだよね。個々の殺人現場での見立てと同時に、あの男は大きな見立ても形作っていたんだよ。奈緒崎くんの家が黒丸で示された地図を見たときに、そのことに気付いたんだ。まあ、流石に奈緒崎くんの家が本当に狙われるとは思ってなかったよ。あくまでこの周辺であれば『鼻』にはなれるんだからさ。でも、嫌な予感がして……」

そして、その予感はしっかり的中したというわけだった。運が良かったのか悪かったのか、最早わからない。命と家とホバーボードでプラマイゼロな気がしてならないからだ。

「花村は、俺の見立ては走るシルエットがどうの、って言ってたな。……じゃあ、それも……」

「主役のリーアム・ニーソンがこちらに向かって駆けてくるパターンだね。そのパターンである『96時間《じかん》』はそれこそ誘拐された娘を救う為に奔走する男の話なんだけど……まあ、そういう切迫したアクション映画に多いパターンだね」

「まあ、焼き殺されかけたら切迫もするよな」

本当に笑い事じゃない話だ。

「ポスターパターンに見立てた殺人なんて、思い付きとしては面白いけど低俗だね。僕はそんなことで映画を穢《けが》すような人間は理解出来ない」

「まあ、そうだよな。……お前はそうだよな」

「――終幕だ。駄作だったね」

嗄井戸はつまらなそうにそう言うと、溜息を吐いて、燃え盛る俺の家へ視線を移した。とりあえず、嗄井戸のその言葉を聞けただけで安心する。これでようやく全部が終わったような気がした。

とはいえ、目の前で炎が焚かれているのは絶望的な出来事である。書きかけのレポートが入ったパソコンも、大したものの入っていない本棚も、万年床も燃えていく。本当に、最低な日だ。けれど、一歩間違えたらそれらの中に自分も含まれていたんだと思い、改めてぞっとする。遠くで消防車だかパトカーだかわからないサイレンが聞こえてくる。

しばらく黙って炎を眺めていたが、俺から先に口を開いた。言わなくちゃいけなかったことを、もしかしたら言えず仕舞いで終わってしまうところだった言葉を、今ここで言っておくべきだと思ったからだ。

「嗄井戸。騙して本当……ごめん」

「……もういいよ。死んだふりしてた張本人がその日にマジで死にかけるっていうのが面白かったからこれでチャラで」

「あんまりないだろうしな」

「百二十万のホバーボードが燃えるところもね」

「そうだよなぁ」

「うん」

　家が燃えること自体がまたとない経験な所為で、ここから上手く話が広げられなかった。どう会話を続けていいのかさっぱりわからず、何だか結構気まずい。嗄井戸も同じ気持ちだったのか、取り繕うように奴の口が開く。

「英語で get on like a house on fire って言葉があってね。これは『仲が良くなる』という意味のスラングなんだ」

「……へー」

　今のはまさか和ませようとしたのだろうか。だとしたら壊滅的なセンスである。だって、目の前で家が燃えている人間に対してそんな英会話教室みたいな真似をする人間がいるだろうか？　俺が反応に困っている横で、取り繕うように嗄井戸が言う。

「だからこう……こうして雨降って地固まるみたいなね」

「仮に雨降ってくれたらこんなに酷く燃えてねーよ……本当に和ませようとしてたのか……お前未知数だな……」

「だってどう慰めたらいいかわかんないし……」

「そうだよなー、目の前で家が燃えてる人間に軽々しく大丈夫？　なんて言えないよなー」

「そもそも僕のホバーボードも燃えてるんだからね？　見てよこの燃え具合。多分もう取り返しつかないよ？　奈緒崎くんの全財産より断然高い代物なのに……」

「おい」

でも確かに、俺の持っている全てを合わせてもあのホバーボードの値段には届かない気もする。一番高級なパソコンだって十万ちょっとで買った中古の品だ。ＤＶＤレコーダーどころかテレビすら置いてない部屋だし。

日比谷に踏み込まれるのを嫌がったくらいの大切なプライベートルーム、その中でも一等大事にしていた件のホバーボードが燃えていくのだから、頓珍漢なフォローをしてくる嗄井戸の方も結構なダメージを負っているはずなのだ。

「まあ、最悪物はまた買えばいいから……」

金持ちが故《ゆえ》の聞き捨てならない台詞もあったような気がするが、それも置いておく。

大事なのは、あの大切なホバーボードを台無しにする覚悟どころか、あの部屋から出る覚悟さえ決めて、嗄井戸高久が遥々戸田までやってきたことだった。それは、果たして、どういうことだろうか。

「嗄井戸」

「何？」

「ありがとう」

「あー……うん」

燃え盛る炎を眺めながら、嗄井戸が小さく言う。艶やかな白髪が火を受けてオレンジ色に光るのが見えた。西ヶ浦のキャンプファイアーが一緒に見られていたら、こんな感じだったのかもしれない。

「君が生きててよかった」

そう言って、嗄井戸は目をきらきらさせながら笑った。

そして、燃え盛る俺の家を見ながら、盛大に吐いた。

その後の話をしよう。

「名探偵は遅れて登場するものである」

家が焼けて一週間が経ち、学校帰りの矢端束が嗄井戸の家にやってきた。偉そうにそう言い放つ彼女に、後ろ暗いところなどまるでない。まったく、ご苦労な話だ。今日は仕事？　と尋ねると、後処理だと返された。

「にしても遅れ過ぎだろ。もう全部終わったぞ」

「確かに私はスピーディーに生きる現代っ子だけどね。まさか昨日の今日でこんなことになるなんて思いもしてませんでしたよ、いや本当に。というか家燃えちゃったって本当？　ウケる」

「ウケるの三文字で終わらせていい話じゃねぇよ」

全てが終わった後に颯爽と現れた彼女によると、正確に言うなら、捜査資料を拝借されていた現役刑事の兄によると、花村例司は職場での評判も悪くない平凡な男だったらしい。真面目に仕事をこなし、同僚とも上手くやっていた。仕事帰りにレンタルDVDショップに寄り、数本のDVDを借りるのが日課の男だった。有給をぽつぽつと消化し始めたのも、最近になってからのことらしい。もっとも、その休暇で一体何をしていたかと言えばお察しの通りだ。

家宅捜索の際、クローゼットから多種多様の制服が発見されたという。電力会社の作業服、ガス会社の作業服、それに、スーツも様々取り揃えてあった。その場その場に馴染むように、花村は〝衣装〟を変えていたらしい。

あと職場への聴取でわかったことといえば、花村の健康診断の結果が、それほどよろしくなかったことくらいだ。あの男が「映画は永遠に生き続ける」と言っていたことを思い出す。

花村例司の部屋にあったパソコンからは、犯行の目的と手口の詳細を記した文書と、被害者の遺体の写真が発見された。全てが終わったら、本気でマスコミに送るつもりだったようだ。俺が花村の意図を警察に知らせたことで、この事件については、詳細が一切報道されないことになった。その方がいい、と思う。あの男の企《たくら》みなんか、一ミリも成就《じょうじゅ》させてやりたくなんかない。

焼死してしまった今となってはもう花村を罰することは出来ない。死んだ人間も戻ってこない。加えて、燃えてしまった俺の家も元通りにはならない。俺の中で事件はこれで本当に終了だ。

流石に火事の責任は取らされなかったものの、一階部分が殆ど焼けてしまったあの場所に住むことも出来ず、結局俺は戸田から離れることになった。

かといって、大学がもうすぐ始まるというのに、実家がある深谷《ふかや》市にわざわざ戻る気にもなれなかった。留年の話もいつかはしなくちゃいけないだろうが、今は顔を合わせるのが気まずいのもある。

焼け出された俺が向かう先なんて一つしかなく、あの事件から何となくしょげていた嗄井戸はむしろ食い気味で俺の居候《いそうろう》を受け入れた。二週間という期限付きで、俺は生活を立て直す。今が夏休みでよかったと心から思った。紫外線に縁取られたインターバル、火事よりは生ぬるい再スタート！

嗄井戸は外に出過ぎた反動か、今度はソファーの上からもまともに動けなくなってしまい、俺の居候期間を丸々いっぱい使ってようやく部屋の中を歩き回れるようになった。そのリハビリが成功したのも、半分以上が束のフリーエージェントとしての働きのお蔭である。俺が嗄井戸の部屋を出る数日前には、ようやく身の回りのことが出来るようになっていた。

「まあ、私に不可能はないからね」

「束、恩に着る」

「いいよ。高久くんと奈緒崎くんのお蔭で全部解決したんだし、サービスしておく。びっくりしちゃったし嬉しかったよ。ありがとう」

「俺は何もしてないよ。全部嗄井戸がやったんだ」

「それ高久くんも同じこと言ってた。ねえ、引っ越しってもうすぐ？」

「そうだな。家具とか全部焼けちまったから、なるべく安く買ったり譲ってもらったりしたのを運び入れるだけだけど」

「ふーん、寂しくなるね」

「いや、全然寂しくないだろ」

「ふーん。ふふふ、高久くんは寂しいかもねえ」

束はそう呟くと、楽しそうに笑い声をあげた。こうしてみると、彼女は普通の女子高生にしか見えなかった。

「なあ、俺が引っ越したら遊びに来る？」

「そうだな。遊んで欲しいときは電話してよ。シフトによっては行ってあげる。一回九十分で」

「仕事？」

「仕事」

束はそう言って、また一度大きく笑うと、今日も所定時間ぴったりで帰った。束はドライでビジネスライクで、本当に素敵な女子高生なんだけれど、ソファーで眠る嗄井戸のことを見つめる目がとても優しかったので、それだけで俺は束のことが大好きになってしまった。新居にビジネス訪問を依頼したくなるくらいだった。

そして、あっという間に引っ越しの日になった。

トラックが昼に着くという連絡があり、遅く起きた俺たちは慌ただしく準備をしなくてはいけなくなった。ただ、準備することなんてそれほどあるわけじゃない。俺たちはのんびりしてもいられず、かといってそこまで切羽詰まっているわけでもないという奇妙な時間を消化していた。

嗄井戸は珍しくスクリーンに映画を映していなかった。何をするでもなく、ソファーにごろんと横になっている。嗄井戸が妙にセンチメンタルな空気を醸しているみたいで、なんだかかたまらなくなった。これが永遠の別れというわけでもないのに、この空気はおかしい。

もしかすると、嗄井戸は嫌な記憶でも追体験しているのだろうか、とさえ思った。短絡的な発想である。嗄井戸はもう既に追い出されているのだ。今回は逆パターンだけど、何か思うところがあるのかもしれない。そう思うと、余計に行きづらくなってしまう。本当に、永遠の別れでもないのに。

「そろそろ家具積んだトラック着く頃だし、行くわ」

ソファーに寝転ぶ嗄井戸に向かってそう告げる。

「あ、うん。じゃあね」

随分あっさりした言葉だった。別に泣くほど寂しがれとは言わないが、もう少し何かあってもいいんじゃないか？　と少しだけ思う。

「何？」

「え、いや別に」

「人の顔じろじろ見て。なんか余計なことでも考えてたんじゃないだろうね」

嗄井戸がじっとりとした目でこちらを見る。図星のましらばっくれた。黙って見つめ返してやる。ややあって、相手の口が開いた。

「奈緒崎くん」

「何だよ」

「奈緒崎くんを助ける為に窓を思い切りぶち破ったとき、何となく、僕も変われるような気がした。ここから出られるような気がした。あの瞬間、確かにそんな気がしたんだ。映画のクライマックス、出来過ぎたハッピーエンドみたいに、全部がよくなるような気がしたんだよ」

「よくなってるよ。これから多分、全部平気になるから」

無責任な言葉だった。でも、それは祈りと呼んでも差し支えない言葉だった。一回の遠出で二週間近くソファーから降りられなくなるような男が言った言葉は、無神論者の俺でもわかるくらい尊い代物だった。それなら、祈りぐらい、捧げてもいいじゃないか。叶う世界線を想ったっていいじゃないか。そう思わずにはいられなかった。

「……奈緒崎くん」

「あ、ほら、もう行くから。それじゃあ、また来る」

俺は言い逃げたまま、玄関に向かう。夏が終わり、秋が来ようとしていた。扉を開けた瞬間の風が、そのことをしっかり伝える。

「奈緒崎くん！」

その絶叫が聞こえたのは、銀塩荘の階段を下りてからだった。血糊で嗄井戸を脅かしたあのときと、丁度反対の状況だった。

嗄井戸は玄関から出て、階段の手前で叫んでいた。家から約二メートル。地縛霊《じばくれい》みたいな行動範囲！　それでも精一杯、嗄井戸は俺を見送っていた。

「奈緒崎くん！　あのさぁ、本当にいつか僕、奈緒崎くんの家に行きたいんだよ！　だから、もう少し待っててよ！」

叫ぶ顔が泣いている。こんなことで泣くなんて馬鹿みたいだ。嗄井戸高久が囚《とら》われている密室、閉じ込められた無数のフィルム！　こいつに起こった悲劇がありふれた残酷物語に回収されてしまうなら、カタルシスだってかくあるべきだ。情けない。釣られて涙が滲むなんて馬鹿みたいだ。数ある映画の中に、こういうハッピーエンドは果たしていくつある？

「馬鹿かよ！　さっさと来いよ！　階段下りたらすぐそこだろうが！」

「玄関から二メートルまでが、今の僕の限界なんだよ！」

「もう飛び降りてこいよ！　めんどくせえな！」

引っ越し屋のトラックがやってきたら、アパートの一階と二階で叫び合っている俺たちを見てぎょっとするだろう。嗄井戸高久が、銀塩荘一階角部屋の俺の部屋に遊びに来る日は来るんだろうか？　果たしてそれはハッピーエンド？　嗄井戸高久の鮮やかなる社会復帰の鍵！

とりあえず俺はその日の為に、ＤＶＤデッキくらいは買っておこうと、そんな決意をする。

（了）

あとがき

　はじめまして、斜線堂有紀《しゃせんどうゆうき》と申します。この場をお借りして、僭越ながら謝辞を述べさせて頂きます。この度の選考に携われた全ての方々に感謝申し上げます。また、根気よくご指導くださった担当編集のお二方には、なんとお礼を申し上げて良いものかわかりません。本当にありがとうございます。素敵なイラストを添えてくださったスカイエマ様にも頭が上がりません。この度はお引き受けくださり、本当にありがとうございました。

　敬愛する三上《みかみ》先生が推薦文をお寄せくださった時は、恐れ多さに心臓が止まる思いでした。アドバイスを含め、本当にありがとうございました。

　最後になりますが、この本をお手にとってくださった皆様、以前より見守ってくださっていた方々へ、心よりお礼申し上げます。私が小説を書けるのは皆様のお陰です。本当にありがとうございました。これからも何卒よろしくお願いいたします。

斜線堂有紀

斜線堂有紀　著作リスト

キネマ探偵カレイドミステリー（メディアワークス文庫）

本書は第23回電撃小説大賞で《メディアワークス文庫賞》を受賞した
『キネマ探偵カレイドミステリー』に加筆・修正したものです。

メディアワークス文庫

キネマ探偵《たんてい》カレイドミステリー

斜線堂有紀《しゃせんどうゆうき》

2017年2月25日　初版発行
2025年4月15日　6版発行

発行者　山下直久
発行　株式会社KADOKAWA
〒102-8177　東京都千代田区富士見2-13-3
0570-002-301（ナビダイヤル）
装丁者　渡辺宏一（有限会社ニイナナニイゴオ）
印刷　株式会社KADOKAWA
製本　株式会社KADOKAWA

●お問い合わせ
https://www.kadokawa.co.jp/（「お問い合わせ」へお進みください）
※内容によっては、お答えできない場合があります。
※サポートは日本国内のみとさせていただきます。
※Japanese text only

※定価はカバーに表示してあります。

Printed in Japan
ISBN978-4-04-892704-8 C0193

メディアワークス文庫　https://mwbunko.com/

本書に対するご意見、ご感想をお寄せください。

あて先
〒102-8177　東京都千代田区富士見2-13-3
メディアワークス文庫編集部
「斜線堂有紀先生」係

驚異のミリオンセラーシリーズ
日本で一番愛される文庫ミステリ
鎌倉の片隅に古書店がある。
店に似合わず店主は美しい女性だという。
そんな店だからなのか、訪れるのは奇妙な客ばかり。
持ち込まれるのは古書ではなく、謎と秘密。
彼女はそれを鮮やかに解き明かしていき――。
著◎三上 延
ビブリア古書堂の事件手帖
ビブリア古書堂の事件手帖
～栞子さんと奇妙な客人たち～
ビブリア古書堂の事件手帖2
～栞子さんと謎めく日常～
ビブリア古書堂の事件手帖3
～栞子さんと消えない絆～
ビブリア古書堂の事件手帖4
～栞子さんと二つの顔～
ビブリア古書堂の事件手帖5
～栞子さんと繋がりの時～
ビブリア古書堂の事件手帖6
～栞子さんと巡るさだめ～
ビブリア古書堂の事件手帖7
～栞子さんと果てない舞台～